Ingrid und Jan, beide um die 50, sind seit 25 Jahren verheiratet. In Oslo führen sie ein Leben in Wohlstand. Doch Ingrid kann nicht mehr – die freudlose Ehe frustriert sie, und von den halbwüchsigen Söhnen ist kein Trost zu erwarten. Während Ingrid eine Therapie beginnt, schlittert Jan in eine Affäre mit seiner jungen Kollegin Hanne. Hanne drängt den zaudernden Jan, Ingrid zu verlassen. Diese zieht kurzerhand in ihr Auto und fühlt zum ersten Mal seit langem eine tiefe Zufriedenheit. Mitreißend und voll schwarzem Humor erzählt Nina Lykke vom Drama einer Familie – mit fast versöhnlichem Ausgang.

NINA LYKKE, geboren 1965 in Trondheim, Norwegen wuchs in Oslo auf. Sie studierte Grafik in Kopenhagen, arbeitete als Grafikdesignerin und war von 1997 bis 2003 Redaktionsmitgleid der feministischen Zeitschrift »Utflukt«. Ihren Durchbruch als Schriftstellerin hatte Lykke mit ihrem Roman »Aufruhr in mittleren Jahren« (2016), der in Norwegen eines der am meisten besprochenen Bücher des Jahres war.

# Nina Lykke

# Aufruhr
# in mittleren
# Jahren

Roman

*Aus dem Norwegischen*
*von Ina Kronenberger und Sylvia Kall*

**btb**

Die finnische Originalausgabe erschien 2016 unter dem Titel
»Nei og atter nei« bei Forlaget Oktober, Oslo.

Verlagsgruppe Random House FSC® N001967

1. Auflage
Genehmigte Taschenbuchausgabe November 2019,
btb Verlag in der Verlagsgruppe Random House GmbH, München
Copyright © der Originalausgabe 2016 by Forlaget Oktober, Oslo
Copyright © der deutschsprachigen Ausgabe 2018 by
Nagel & Kimche im Carl Hanser Verlag, München
Covergestaltung: Sempersmile nach einem Entwurf und unter
Verwendung einer Illustration von Hauptmann & Kompanie
Werbeagentur, Zürich
Druck und Einband: GGP Media GmbH, Pößneck
SL · Herstellung: sc
Printed in Germany
ISBN 978-3-442-71878-8

www.btb-verlag.de
www.facebook.com/btbverlag

«Es gibt eine Unzufriedenheit, die ich die Unzufriedenheit der hohen Erwartungen nennen möchte. Voll-
beschäftigung, soziale Absicherung und ein von Jahr
zu Jahr rasant steigender Standard sorgen bei
uns für einen zuversichtlichen Blick in die Zukunft,
aber auch für größere Ungeduld, weil es
nicht schneller vorangeht.»

Ministerpräsident Tage Erlander während
einer Etatdebatte im Stockholmer Reichstag.
Stockholm, im Januar 1956

# 1

〰〰〰〰〰〰〰〰

Was hat es für einen Sinn, sich in der Schule zu quälen und abzumühen, nur um irgendwann einen Job, ein Haus und Kinder zu haben und sich dann weiterzuquälen, bis man stirbt?», fragte Jonas, als er dreizehn war. «Warum zieht man nicht einfach in einen Wohnwagen und lebt von Sozialhilfe?», fuhr er fort, und Ingrid wusste darauf keine Antwort. Warum zog man eigentlich nicht in einen Wohnwagen, dachte sie, warum lebte man nicht von Sozialhilfe, warum streckte man nicht einfach alle viere von sich, warum gab man nicht einfach auf? Das war ihr Erbe, hier trat ihre Krankheit zutage, das Nichtlebenstüchtige, das sie bei sich selbst möglicherweise mit Erfolg bekämpft hatte, siehe da, jetzt war es bei Jonas wiederaufgetaucht, und bald würde es auch bei Martin auftauchen, und die beiden würden depressiv und übergewichtig werden und rund um die Uhr am Computer sitzen und spielen.

Zum Glück kamen nicht noch mehr Bemerkungen dieser Art, aber etwa ein Jahr später stellten beide Söhne das Reden ein. Von einem Tag auf den anderen hörten sie auf, wie kleine Vögelchen zu zwitschern, stattdessen starrten sie stumm auf ihre Teller, und wenn ihre Eltern versuchten, sie am Esstisch in ein Gespräch einzubinden, gaben sie nur vereinzelte Grunzlaute von sich. Ingrid und Jan versuchten, wenigstens untereinander ein Gespräch am Laufen zu halten, aber in

Gegenwart der stillen kauenden Gesichter war das nicht leicht, und außerdem schienen auch sie nach den vielen Jahren der ständigen Unterbrechungen die Fähigkeit zu einer Unterhaltung zu zweit eingebüßt zu haben.

Mit der Zeit fanden die Söhne ihre Stimmen wieder, aber es wurde nie mehr so wie in ihrer Kindheit. Das wäre auch komisch und nicht normal, dachte Ingrid. Sie war trotz allem zufrieden. Es könnte schlimmer sein. Solange sie denken konnte, hatte sie sich Katastrophen ausgemalt oder vielmehr Möglichkeiten, sie abzuwenden. Als Ingrid drei Jahre alt war, nahm ihre Mutter sich das Leben. Ingrid konnte damals laufen und sprechen, was ihr bewusst wurde, als ihr Vater es vier Jahre später endlich schaffte, sich zu Tode zu saufen. Sie wäre groß genug gewesen, um die Haustür zu öffnen und bei den Nachbarn zu klopfen, damit sie den Krankenwagen riefen, so wie sie als Siebenjährige mit der Straßenbahn zum Frognerpark hätte fahren können, um den stockbesoffenen Vater auf den Rücken zu drehen, weg von der Pfütze, in der er ertrunken war.

Stattdessen hatte sie im Bett gelegen und geschlafen. Erst am nächsten Morgen, lange nachdem die mehr als dreißig Schlaftabletten durch die Mutter hindurchgewandert waren und bereits alle Organe zerstört sowie alle Lebensfunktionen gestoppt hatten, waren die Nachbarn auf Ingrids Schreie aufmerksam geworden. Sie wurde zu den Großeltern nach Hovseter gebracht, wo sie hin und wieder Besuch vom Vater bekamen, der sich ins Gästezimmer legte, um seinen Rausch auszuschlafen. Dort lag er und schrie, phantasierte von kleinen grauen Männchen, die ihn in die Hölle zerren und am Spieß braten wollten. Dann verschwand er wieder, kam zurück und verschwand, und eines Morgens wurde er im Frognerpark gefunden, wo er mit dem Gesicht nach unten in einer Pfütze lag. In den paar Tagen, die er noch lebte, bevor er an einer chemischen Lungenentzündung starb, nachdem er das Wasser in der Pfütze eingeatmet hatte, besuchte Ingrid ihn mit ihren Großeltern im Krankenhaus. Als sie ihn dort liegen sah, an Kabel und Schläuche angeschlossen, erkannte Ingrid, dass sie ihn hätte retten können. Dieser winzige Gedanke nistete sich im Herbst 1972 im Ullevål-Krankenhaus in ihr ein, als sich ihr siebenjähriges Gehirn in einem Entwicklungsstadium befand, in dem es wohl besonders empfänglich für neuen Input war, denn der Gedanke wuchs und gedieh. Bald wurde Ingrid klar, dass sie auch ihre Mutter hätte retten können, und mit der Zeit dehnte sich der Gedanke in Raum und Zeit aus, so dass sie sich auch verantwortlich fühlte für Dinge, die auf der anderen Seite des Erdballs geschehen waren oder sogar im Zweiten Weltkrieg, 1941, also lange vor ihrer Geburt, als ihr Großvater nach Sachsenhausen deportiert worden war. Wenn die Rede auf den Zweiten Weltkrieg kam oder auf ein Thema, das theoretisch zum Zweiten Weltkrieg hinführen konnte, verließ ihr Großvater das Zimmer. Dass der Großvater mitten im Gespräch aufstand und ging, war für Ingrid so selbstverständlich wie die Tatsache, dass man im Regen nass wurde. Keiner stellte sein Verhalten in Frage, vielmehr war die restliche Familie der Ansicht, es gebe eine direkte Verbindung zwischen Großvaters Schweigen und dem Selbstmord der Mutter. Der Zweite Weltkrieg setzte sich in den Familien fort, von Generation zu Generation, Ingrid hätte ihren Großvater warnen sollen, bevor ihn die Gestapo schnappte, dann hätte ihre Mutter sich nicht das Leben genommen, und ihr Vater hätte nicht ständig zur Flasche gegriffen.

*Es kam darauf an, auf das Schlimmste vorbereitet zu sein.* Das hatte sich an einer Stelle in ihr festgesetzt, auf die Vernunft und Logik keinen Zugriff hatten, auch Hypnose und Psychotherapie nicht, Methoden, die sie ebenfalls ausprobiert hatte. Und genau wie ihre Eltern umgekommen waren, während sie im Bett gelegen hatte, kamen weiterhin Menschen um, während sie im Bett lag, und jeden Morgen las sie von Katastrophen, die sich in der Nacht ereignet hatten, ohne dass sie einen Finger gerührt hätte, um diese zu verhindern.

Kam sie an einer leeren Galerie oder einem leeren Restaurant vorbei, musste Ingrid gegen den Drang ankämpfen, die Galerie zu betreten und Interesse an den Bildern an der Wand zu heucheln oder in das Restaurant hineinzugehen und sich an einen Tisch zu setzen. Es kostete sie viel Kraft, diesen Impulsen zu widerstehen, die sich nicht selten für etwas anderes ausgaben. Ging sie an einem leeren Café vorbei, in dem ein einsamer Kellner stand und nach draußen sah, kamen ihr alle möglichen Gründe in den Sinn, weshalb sie unbedingt einen Kaffee brauchte, obwohl sie gerade erst einen getrunken hatte, nur um vor sich zu rechtfertigen, dass sie das Café betrat und Ordnung herstellte. Nichts war gewonnen, wenn sie irgendwo eintrat und sich ein paar Bilder anschaute oder einen Kaffee bestellte, das war ihr klar, und wenn sich jemand in den Kopf gesetzt hatte, in einer schwach frequentierten Gegend Galerien oder Cafés zu eröffnen, war das nicht ihr Problem. Doch hier sprachen Logik und Vernunft, und ihre geschwätzigen, aber dünnen Stimmchen konnten gegen den starken Drang, dennoch einzutreten, nichts ausrichten, ganz so, als würde sie mit diesen zwecklosen Handlungen ein allgegenwärtiges Wesen nähren, das sagte: Tu es, dann nehme ich dir einen Teil deiner riesigen Schuld ab, versprochen. Das Wesen hielt seine Versprechen nicht, trotzdem ließ sie sich immer wieder verführen.

Sollte ihren beiden Söhnen etwas zustoßen, wäre ihr Leben vorbei. Dann wäre sie am Ende, nichts ginge mehr. Trotzdem wollte sie nicht mehr Zeit als nötig mit ihnen verbringen. Kam einer von ihnen ins Zimmer, stieg ihr Puls, als wäre sie eine Angestellte, die sich vor der Arbeit drückte, und als wären Jonas mit seinen zwanzig Jahren sowie Martin mit seinen achtzehn ihre autoritären Chefs. Ingrid wusste immer, wann sie Geld haben wollten: Dann waren ihre Gesichter offen und freundlich, fast so wie früher. Anfangs war sie darüber traurig gewesen. Wie bei einem Liebesverhältnis, das zu Ende war, dachte sie, wenn die beiden durchs Haus trampelten und nur lächelten oder ihr in die Augen sahen, sobald sie Geld brauchten.

*Kommst du heute zum Essen?*, fragte sie manchmal per SMS, und wenn die Antwort, falls eine kam, *nein* lautete, ohne großen Anfangsbuchstaben, Erklärung oder Entschuldigung, schrieb sie zurück: *Okay. Dann hebe ich dir eine Portion auf :-)* An mir soll es nicht liegen, dachte Ingrid, während sie auf *Senden* drückte.

Ein Jahr nach dem Abitur wohnte Jonas immer noch zu Hause, und während er überlegte, was er studieren wollte und ob er überhaupt studieren wollte, jobbte er in einer Bäckerei in Holtet und investierte alles Geld, das er verdiente, in Aktien.

«Sollte er nicht etwas Geld zu Hause abgeben?», hatte Ingrid Jan gefragt.

«Schon … aber wir brauchen das Geld ja nicht», hatte Jan geantwortet. «Es ginge also nur ums Prinzip. Und das ist sinnlos.»

«Ja, vielleicht», hatte Ingrid erwidert. «Aber wenn er etwas Geld abgeben müsste, wäre es weniger attraktiv für ihn, hier zu wohnen.»

«Er zieht schon früh genug aus. Ich finde es schön, dass er noch hier wohnt, dass wir zusammen fernsehen oder Sushi essen. Ist doch toll, dass er überhaupt am Freitagabend mit uns zusammensitzen, Sushi essen und Weißwein trinken will, das machen bestimmt nicht viele Zwanzigjährige.»

«Doch, das machen viele Zwanzigjährige. Bei der Arbeit reden sie ganz oft über dieses neue Phänomen, dass die erwachsenen Kinder am Wochenende lieber mit ihren Eltern vorm Fernseher sitzen, als auszugehen. Aber es geht ganz schön ins Geld, wenn man für vier Leute Sushi und Weißwein kaufen muss anstatt für zwei. Erwachsene Menschen sind viel teurer im Unterhalt als Kinder. Es ist wie das Leben in einer WG, nur dass du für alle zahlst. Und auch noch hinter ihnen aufräumst und putzt.»

Ingrid wusste, dass ihre Söhne nur aus einem einzigen Grund am Freitagabend mit ihnen zusammensaßen, weil es nämlich Wein und Sushi umsonst gab und Ingrid und Jan, die sich geehrt fühlten, dass die beiden überhaupt da sitzen wollten, ihnen die Entscheidung über das Fernsehprogramm überließen, und so endeten diese Freitagabende mit Filmen und Serien, die Ingrid veranlassten, sich in die Küche zu setzen und auf ihrem Handy in Onlinezeitungen zu lesen, während Pistolenschüsse und Schreie durchs Haus gellten.

«Sie ziehen schon früh genug aus», sagte Jan.

Ingrid hatte oft bereut, dass sie Kinder bekommen hatte. Was ihnen nicht alles zustoßen konnte, was sie nicht alles bedrohte, es war ein neuer Abgrund, der sich am Tag von Jonas' Geburt aufgetan hatte und sich erst wieder schließen würde, wenn sie selbst nicht mehr lebte. Jonas' kleiner Babykörper hatte ihren alten Katastrophenphantasien neues Leben eingehaucht, daher wusste Ingrid, dass weder sie noch Jan es jemals übers Herz bringen würde, die Söhne hinauszuwerfen und sie damit zu zwingen, auf eigenen Füßen zu stehen. Sie würden es nicht einmal fertigbringen, sie freundlich zum Ausziehen aufzufordern. Denn was wäre, wenn etwas passierte? Wenn sie Jonas zwangen, sich ein Zimmer zu suchen, von einem Job oder einem Studienkredit zu leben, und er zum Beispiel nach einer Party von der Veranda stürzte und künftig gelähmt war oder wenn er in einer Taxischlange erschlagen wurde oder sich bis zur Besinnungslosigkeit besoff und in einer Schneewehe einschlief und erfror, und keiner würde es merken, weil er nicht länger in einem Haus lebte, in dem jemand aufblieb und auf ihn wartete, so wie Ingrid, die, auch wenn sie nicht im wörtlichen Sinne aufblieb, so doch wach lag, bis er wieder zu Hause war?

Ingrid erinnerte sich an die Nachmittage ihrer eigenen Kindheit, wenn ihre Großeltern Ruhe einforderten, weil sie Mittagsschlaf halten wollten. Die Vorstellung, dass Jan oder sie sich zu irgendeinem Zeitpunkt in der Kindheit ihrer Söhne nach dem Essen aufs Sofa gelegt und Ruhe im Haus verlangt hätten, war vollkommen abwegig. Nach dem Essen ging es laut und hektisch zu, bis sie endlich mit den ganzen Sportsachen zur Tür herauskamen, sich in ein kaltes Auto setzten und zu einem erleuchteten Sportgelände oder Stadion fuhren, wo man zähneklappernd herumstand, weil der Weg nach Hause so weit war, dass man, kaum angekommen, gleich wieder losfahren müsste, um die Kinder abzuholen, und so weiter.

Heute sah sie ein, dass die ganze Mühe umsonst gewesen war. Vielleicht nicht für Jan und sie, die sie eine gewisse Befriedigung darin gefunden hatten, ihre Pflicht im Einklang mit dem Zeitgeist zu erfüllen. Für die Jungen schien es aber keinen Unterschied gemacht zu haben, sie waren weder besonders gut in der Schule noch besonders umgänglich oder freundlich, alles an ihnen war durchschnittlich und gewöhnlich, und wenn Ingrid sie irgendwie hätte charakterisieren sollen, hätte sie gesagt, dass sie *gut für sich selbst sorgen* konnten. Aber hatten Jan und sie die beiden nicht genau dazu erzogen: für sich selbst zu sorgen, damit ihnen nichts zustieß?

Für die Zukunft sah sie vor sich, wie ihre Söhne sie im Altersheim besuchten, sah sie vor sich in mittlerem Alter mit Teenagern und Ehefrauen im Schlepptau, es wäre Sonntag, der allmonatliche Sonntag, sie würden ihre Jacken nicht ausziehen und sich im Aufenthaltsraum neben sie setzen. Den Kopf seitlich angelehnt, würde Ingrid dort sitzen und im Halbschlaf vor sich hin dämmern, um den Hals hätte sie vielleicht noch ein Lätzchen mit eingetrockneten Essensflecken, das ihr das Pflegepersonal aus Zeitgründen noch nicht hatte abnehmen können. Neben ihr säßen die mittelalten Söhne in ihren Jacken und starrten in die Luft oder auf ihre Smartphones oder welche Geräte dann üblich wären, während ihre Frauen versuchten, ein Gespräch zu führen, vielleicht würden sie Ingrid fragen, was es zum Nachtisch gegeben habe, in neckischem Ton, als wäre Ingrid ein unartiges Kind, das nur Nachtisch und Süßigkeiten haben wollte. Die Teenager würden in regelmäßigen Abständen stöhnen, und nach einer halben Stunde würden alle aufbrechen, und bis zum nächsten Besuch würde wieder ein Monat vergehen.

Sie würden sich keine Gedanken und Sorgen machen, so wie Ingrid sich Gedanken und Sorgen um ihre Eltern und Großeltern gemacht hatte, und Ingrid erkannte das Paradox an diesem Phänomen, das sie in ihrer eigenen Familie wie auch in der Gesellschaft allgemein beobachten konnte: Eltern, die ihren Aufgaben nicht gerecht geworden waren, wurden häufig mehr Interesse und Zuwendung zuteil als Eltern,

14

die ihre sogenannte Pflicht getan hatten. Es kam nicht selten vor, dass sich Kinder alkoholkranker Mütter um den Haushalt kümmerten, sich in Erwachsene verwandelten, die Flaschen versteckten und die Mütter vor Elternabenden ankleideten, damit das Jugendamt nicht eingeschaltet wurde. Je nachdem, wie man es sah, ging es für diese Söhne und Töchter später gut oder schlecht aus, aber allen gemeinsam war, dass die Eltern den Mittelpunkt ihres Lebens bildeten: Die alkoholkranken oder drogensüchtigen Eltern waren eine schwarze Sonne, um die die Kinder unablässig kreisten, ein Rätsel, das zu lösen sie nie aufgaben. Ingrid hatte Dokumentarfilme über solche Kinder gesehen, und das Gesicht eines Sohnes hatte sich besonders intensiv in ihr Gedächtnis eingebrannt, das offene, hoffnungsfrohe Gesicht, als er seine alkoholkranke Mutter in ihrer Sozialwohnung besuchte. Die Mutter brauchte einige Zeit, um die Tür zu öffnen, sie ging an Krücken, und der Sohn umarmte sie, fragte, wie es ihr gehe: «Wie geht's dir, Mama, wie fühlst du dich, isst du vernünftig?», woraufhin die Mutter nur etwas vor sich hin murmelte und in die Wohnung humpelte. Der Sohn ging hinter ihr her, aber zuvor drehte er sich zur Kamera und sagte: «Ich glaube, heute hat sie einen ziemlich guten Tag.»

Ingrid war zu folgendem Schluss gelangt: Eltern sind wichtig, wie Luft und Wasser wichtig sind, die man erst wahrnimmt, wenn sie nicht mehr da sind oder vergiftet. So ist es auch mit den Eltern, dachte Ingrid: Es fällt einem erst auf – beziehungsweise wirkt sich erst aus, und dann stets negativ –, wenn sie verschwinden, giftig oder schädlich sind oder wenn sie sich das Leben nehmen, alkoholsüchtig, drogenabhängig oder kriminell werden. Mit anderen Worten: Man kann als Eltern seine Kinder nicht besser machen, als sie sind, man kann sie aber sehr wohl kaputtmachen.

Hätte Ingrid diese Erkenntnis früher gehabt, wäre ihr vieles erspart geblieben. Denn Jan und sie hatten sich bei der Erziehung ihrer Kinder selbstverständlich am Zeitgeist orientiert, sie hatten ihnen eine Kindheit mit Liebeserklärungen und Körperkontakt geschenkt, mit Familienfrühstücken, Anfeuerungsrufen bei Fußballspielen, Geburtstagsfeiern, gesunden Pausenbroten, die die gesamte Ernährungspyramide berücksichtigten, mit Vorlesen und Aufmerksamkeit – also einem interessierten Ohr für ihre Phantasien und Träume sowie geduldigen Antworten auf alle Fragen. Mindestens eine halbe Stunde pro Kind hatten Jan und sie ein Jahrzehnt lang jeden Abend bei ihnen am Bett gesessen und sich dabei abgewechselt. Sie hatten frisches Essen gekocht und keine Fertiggerichte serviert, hatten bei der kleinsten Kleinigkeit den Arzt aufgesucht, hatten die Söhne getröstet und beklatscht, sie begleitet, gefahren und abgeholt. Sie waren bei allen Sprechstunden, Elternabenden und Arbeitseinsätzen dabei gewesen, hatten beiden Jungen erlaubt, in der Blaskapelle mitzumachen, obwohl sich keiner der beiden besonders für Musik interessierte, sondern nur wegen der Reisen dabei sein wollte, die über zwei Flohmärkte im Jahr finanziert wurden, was Ingrid und Jan jedes Frühjahr und jeden Herbst vier, fünf Nachmittage und Abende kostete, an denen sie durch die Stadt fuhren, um Möbel, Vorhänge, Spiele, Kleidung, Nippes und Elektrogeräte abzuholen, und woraufhin sie ein weiteres Wochenende opfern mussten, um das ganze Zeug zu verkaufen, und alles nur, damit die Jungen zitternde, unbeholfene Versionen von «Yesterday» und «Just a gigolo» spielen lernten, der eine auf der Trompete, der andere auf dem Saxophon.

*Warum?*, dachte Ingrid jede Nacht, wenn sie gegen halb zwei aufwachte und so gut wie immer erst am frühen Morgen wieder einschlief. Wach genug zum Grübeln, aber für fast alles andere zu müde, lag sie da, während die Nacht langsam hell wurde und dem Ende entgegenging, ohne Versteckmöglichkeiten zu bieten, und in dieser Zeit drängte sich ihr eine bestimmte Erinnerung auf. Jahrelang hatten Jan und sie die Jungen zum Fußballplatz hoch nach Ekeberg gefahren, und nicht nur die Jungen, sondern auch ihre Fahrräder, und als wäre das noch nicht genug: Ingrid kniff die Augen zu, um sich vor der glasklaren Erinnerung an sich selbst zu schützen, wie sie die Fahrräder der Jungen ins Auto hievte, einen VW Caravelle, während die Jungen darin saßen und auf ihre Handys starrten. Da läuft sie, verschwitzt und erschöpft, in mittlerem Alter und hievt die Räder in den Caravelle, während zwei große männliche Wesen darin sitzen und *darauf warten, dass sie endlich losfahren können.*

Die beiden männlichen Wesen, die sie hervorgebracht hatte, waren mittlerweile größer als sie, überragten sie, aber sie waren nicht in der Lage, sich den Hintern abzuwischen. Ihre Unterhosen zeigten Bremsspuren, die Ingrid mit Fleckentferner einsprühte und dann im Kochwaschgang wusch. Mit anderen Worten, sie wechselte ihnen noch immer die Windeln. Mochten sie für sich sprechen und gut argumentieren, mochten sie ihr kleines Aktienportfolio im Blick haben – denn mittlerweile hatte auch Martin einen Job in der Bäckerei und hatte ebenfalls angefangen zu investieren –, sie konnte sich die beiden trotzdem schwerlich vorstellen, wie sie wahren Herausforderungen begegneten, Langeweile aushielten, Schmerzen.

Ingrid würde es begrüßen, wenn es noch den obligatorischen Wehrdienst gäbe. Doch nur ein Teil von ihr verspürte diesen Wunsch. Der andere Teil wollte auf die Söhne aufpassen, wollte sie nicht in einen möglichen Krieg schicken. Natürlich nicht. Und doch. Manchmal lag sonntagmorgens eine verkohlte Pizza im Backofen, der immer noch an war, während Martin im Badezimmer auf dem Boden schlief und schnarchte, noch besoffen vom Abend vorher. Jeden Nachmittag kam Ingrid in eine unordentliche, schmutzige Küche, egal wie sauber und aufgeräumt sie sie verlassen hatte, und nachts lag sie wach und stritt und argumentierte sich durch Dialoge, Telefongespräche und E-Mails, die in der Realität niemals geführt oder abgeschickt würden. Das kriegte sie hin, aber sie schaffte es nicht, ihre Söhne dazu zu bringen, dass sie sich den Hintern richtig abwischten oder ihre Unterhosen wuschen oder die Küche hinter sich aufräumten oder auch nur ein normales Gespräch mit ihren Eltern führten, in dem es nicht um Geld oder sonstige Dienste ging.

Ingrid würde am liebsten die Zeit zurückdrehen und alles anders machen. Aber der Zug war abgefahren, die Söhne waren groß, sie waren geformt, daran gewöhnt, dass im Namen der Liebe alles für sie geregelt wurde. In Ingrids Tagträumen zogen die beiden nach Australien, zugleich wünschte sie sich eine Garantie dafür, dass sie in Australien zu hundert Prozent sicher waren. Sie träumte davon, dass die beiden wieder Kinder wären und sie einen anderen Kurs einschlagen könnte. Welchen Kurs, wusste sie nicht, und Ingrid stellte sich vor, wie sie mit zunehmend krummerem Rücken durch die Gegend lief und Fleckentferner auf Unterhosen sprühte, bis sie umfiel.

Aus der engen dunklen Wohnung der Großeltern in Hovseter war Ingrid zu Jans solider, traditionsreicher Familie in das große Haus im Solveien gezogen. Im zugehörigen Garten unten an der Straße hatten Jan und sie ihr eigenes Haus gebaut, eine moderne Ausgabe des alten Hauses, im gleichen Braunton gehalten, mit den gleichen blauen Fensterrahmen.

Im Sommer saßen Ingrid und Jan – und die beiden Jungen, als sie noch jünger waren – gern zusammen mit Ulla und Jørgen, Jans Eltern, unter dem alten Birnbaum und aßen Waffeln mit selbstgemachter Birnenmarmelade, tranken Kaffee aus Ullas altem, ziemlich verblichenem Rörstrand-Service. Die Nachmittagssonne fiel durch das Laub auf sie und übersäte sie mit hellen Flecken. An dem schmiedeeisernen Tisch, an dem sie saßen und an dem die Farbe abblätterte, hatte Jan schon als Kind gesessen, genau wie sein Vater und dessen Vater vor ihm. Das war auf alten Schwarzweißfotos in Jørgens Familienalbum zu sehen, denn das Grundstück war schon seit über hundert Jahren in Familienbesitz. Eine Generation folgt auf die andere, dachte Ingrid und betrachtete die dunkelvioletten Fliederbüsche, die die Außentreppe zu beiden Seiten säumten, auch sie mehr als hundert Jahre alt. Wenn sie sich nur anständig benahm und ihre Pflicht erfüllte, würde alles unverändert weiterlaufen. Ohne jemals innezuhalten. An ihr sollte es jedenfalls nicht scheitern.

Etwa einmal pro Woche schlief sie mit Jan und hakte es anschließend auf einer imaginären Liste ab. So, dachte sie, *das* wäre erledigt. Eine Woche war der Rhythmus, der sich in all den Jahren etabliert hatte, so wie alles seinen Rhythmus hatte: Rasen mähen, Schnee fegen, Glühbirnen auswechseln, zum Sport gehen, Ölwechsel machen, Sex haben, und wenn mehr als eine Woche verstrich, dann staute sich etwas in ihr an, eine Unruhe, ein Gefühl mangelnden Gleichgewichts. Aber nun war das schon mal erledigt, und bald schnarchte Jan, und Ingrid lag wach und dachte an den nächsten Tag, das Essen, die Gefriertruhe, den Kühlschrank, die Garderobe, die Schüler, die Kollegen, die Konferenzen. Noch zu erledigende Aufgaben strömten nur so auf sie ein, und so wie sich eine Turnerin den Salto auf dem Schwebebalken vorstellt, bevor sie überhaupt auf den Schwebebalken steigt, so stellte Ingrid sich vor, wie sie in nur wenigen Stunden zu einem neuen Tag aufstehen würde, einem neuen Tag, den sie als Hindernislauf vor sich sah. Der Tag bestand im Überwinden von Hindernissen, und sie hakte jedes Hindernis auf ihrer imaginären Liste ab. Und dann?, flüsterte sie vor sich hin. Wenn alle Hindernisse überwunden sind, was dann? Dann kommt der Tod, antwortete sie und empfand Erleichterung, denn in letzter Zeit hatte sie beim Gedanken daran, dass es für alles ein endgültiges Ende gab, Erleichterung empfunden. Diese Erleichterung beim Gedanken an den Tod rief ihr wieder das Erbe ins Bewusstsein, das sie mit sich herumschleppte. Schlug es jetzt durch und bedeutete das dann, dass etwas in ihrem Leben nicht stimmte, dass sie etwas ändern, sich anders ernähren, den Job wechseln sollte? Aber sie ernährte sich schon gesund. Sie trank wenig Alkohol und kochte nahrhaftes Essen. Sie bezahlte pünktlich ihre Rechnungen, sortierte den Müll und putzte selbst im Gegensatz zu vielen Leuten in ihrem Freundeskreis und in der Nachbarschaft, von denen die meisten eine Putzfrau aus Polen, der Ukraine oder von den Philippinen hatten. Und auch wenn sie ihre Arbeit nicht länger liebte, konnte sie sich nicht vorstellen, dass es ihr anderswo besser gefallen würde. Außerdem war sie fünfzig. Es gab keinen Grund, alles hinter sich zu lassen, keinen Grund zu klagen, alles war in Ordnung, und es gab keinen Ort, wohin sie gehen könnte, wohin sie flüchten könnte, und weshalb sollte sie auch flüchten?

Die Welle aus zu erledigenden Aufgaben baute sich vor ihr auf, Ingrid wäre am liebsten aufgestanden und hätte einiges davon abgearbeitet, gern wäre sie aufgestanden und hätte alles Essen, Aufräumen, Arbeiten hinter sich gebracht, hätte gern ein für alle Mal die Arbeit hinter sich gebracht, ein für alle Mal das Essen hinter sich gebracht, ein für alle Mal den Toilettengang hinter sich gebracht, hätte gern ein für alle Mal ihre Söhne gefragt, wohin sie wollten und wann sie zurück wären, und somit jede einzelne Aufgabe *ein für alle Mal* abgehakt.

Und damit verbunden war das Bedürfnis nach Vereinfachung. Das Bedürfnis, nicht so viel Auswahl zu haben. Im Laden stand sie manchmal vor den Regalen mit Zahnpasta und versuchte, die unterschiedlichen Angebote auseinanderzuhalten. Wollte sie weiße Zähne haben, wollte sie Fluor, wollte sie die Kälteempfindlichkeit ihrer Zähne verringern, und was war mit Zahnstein? Schließlich nahm sie aufs Geratewohl eine Tube aus dem Regal, und auf dem Weg zur Kasse: Hätte sie besser eine andere nehmen sollen, hätte sie Verbrauchertests studieren, sich für eine Zahnpastasorte entscheiden und diese beibehalten sollen? So, damit war das Thema Zahnpasta abgeschlossen, darüber brauchte sie nicht mehr nachzudenken, und so würde sie alles in ihrem Leben durchgehen und dem Ökonomieprinzip unterwerfen, vereinfachen, bis es nichts mehr gab, worüber sie sich noch Gedanken machen musste.

Der Tod, dachte sie wieder, und erneut empfand sie Erleichterung, und möglicherweise bestand eben darin ihr Erbe, in dieser Erleichterung, sobald sie an den Tod dachte, jedenfalls an ihren eigenen, denn ihr ganzes Leben lang hatte sie darauf gewartet, dass das Erbgut, das sie in sich trug, alles einreißen würde, was sie aufgebaut hatte. Ingrid gefiel die Vorstellung, sie stünde mit dem Rücken zu einem Kugelhagel, von dem die beiden Söhne verschont geblieben waren, weil sie keine Alkoholikerin und nicht verrückt geworden war, sondern vielmehr alles, was ihre Eltern zerschlagen hatten, repariert hatte oder zumindest versucht hatte, es zu reparieren. Backstein für Backstein, Planke für Planke hatte Ingrid eingesammelt und wieder aufgebaut, so wie Jan und sie das Haus gebaut hatten, in dem sie wohnten.

Ingrid verglich ihr Leben gern mit den Flickenteppichen, die Ulla auf dem großen Webstuhl im Keller webte. Da saß ihre Schwiegermutter, die in einem Arbeiterviertel in Göteborg aufgewachsen war, in einem Berg aus Lumpen, die sie auf dem Flohmarkt und in Secondhandläden aufgestöbert oder von Freunden und Bekannten bekommen hatte, denn alle wussten, dass sie Lumpen sammelte, dass sie eine «Lumpensammlerin» war, wie Ulla sich gern nannte, und langsam, aber sicher verwandelte sie die Lumpen in schöne strapazierfähige Teppiche. Das Haus der Schwiegereltern war voll von Ullas Flickenteppichen, von denen jeder sein eigenes Farbthema hatte: Gelb, Grün, Rot oder Blau, und so wie die Lumpen dank Ullas unermüdlicher Arbeit zusammengefunden hatten, um sich zu etwas Solidem und Schönem zu fügen, so hatte Ingrid aus ihrem eigenen lumpigen Ausgangspunkt eine dichte, strapazierfähige Decke gewebt. Solche Gedanken gehörten zu dem, was sie früher ihre Tage hatte überstehen lassen. Aber in letzter Zeit schienen die alten Kniffe nicht länger zu wirken, als hätte das Leben den einen oder anderen Misston angenommen. Früher hatte sie gern geredet, Geschichten erzählt, telefoniert, gelacht, diskutiert, getratscht, Reisen und Hüttenwanderungen geplant. Sie war sogar gern zur Arbeit gegangen. Aber heute graute ihr vor allem, was Sozialkontakt mit sich brachte, und sie war erleichtert, wenn es vorbei war. Nach der Arbeit lag sie auf dem Sofa und lauschte dem Piepen eingehender SMS oder E-Mails. Früher konnte man behaupten, man hätte das Telefon nicht gehört, heute gab es kein Entrinnen, heute hatten alle ein Smartphone, auf dem klar und deutlich zu lesen stand, wer angerufen hatte und wann. Und erreichte man jemanden auf dem einen Medium nicht, gab es tausend andere. Jedes einzelne Medium und jeder einzelne Kommunikationskanal waren ein Nadelstich in die Haut, ein Zupfen am Ärmel, eine winkende Hand, ein Gesicht, das sich mit überdeutlicher Mimik bemerkbar machte und das Entsprechendes zurückerwartete. Bestimmte Gesichtsausdrücke, bestimmte Töne.

Ingrid verhielt sich wie ihr altes Ich, sie telefonierte und antwortete mit demselben Enthusiasmus auf Einladungen und Vorschläge, weil sie nicht wusste, was sie sonst tun sollte, und außerdem war sie noch Teil desselben Netzwerks, es hatte sich nicht verändert und bestand aus Jan und ihren beiden Söhnen, aus Ulla und Jørgen im Nachbarhaus, aus ihren Freunden und der Schule, in der alle Korridore und Klassenzimmer jederzeit mit mal mehr, mal weniger Menschen gefüllt waren und wo erwartet wurde, dass man aufmerksam war, grüßte, Türen aufhielt, redete, zuhörte, erklärte, verstand, sich verständlich machte.

In der Schule war sie nur auf der Behindertentoilette allein. Und es gab Grenzen, wie oft sie auf die Behindertentoilette gehen und den Kopf hängen lassen konnte, wie lang sie dort sitzen und Trost in der Tatsache finden konnte, dass sich zwischen ihr und jedem anderen Lebewesen vier Wände und eine verschlossene Tür befanden.

Es war, als hätte sie etwas verloren, das sie früher den Tag hatte überstehen lassen, einen Stoff, etwas, das ihre Handlungen mit Sinn erfüllt hatte und das ihr erst auffiel, als es nicht mehr da war.

Na ja, dachte Ingrid. Hätte sie vor hundert Jahren gelebt oder an einem anderen Flecken auf diesem Globus, wäre sie längst schon tot.

Ingrid fand es unangenehm, betrunken zu sein, sie erkannte sich selbst nicht im Verlangen nach Alkohol, das ihr bei Freunden und Kollegen auffiel, aber dann waren da noch andere Symptome: Sie hatte keine Lust, sich mit Leuten zu unterhalten, und verspürte diese Sehnsucht nach Schlichtheit, diese Sehnsucht, zum Ende zu kommen, fertig zu werden. Waren das die ersten Anzeichen einer klinischen Depression, ja, war das ihr Erbe und war es jetzt doch im Begriff, sich wie eine Krebsgeschwulst oder eine fleischfressende Bakterie in ihr auszubreiten? So lag sie nachts wach und grübelte, während sie Jans leichtem Schnarchen lauschte, das kam und ging.

«Vielleicht solltest du mal zum Arzt gehen», hatte Jan gesagt.

In jüngeren Jahren war sie zu einem Psychologen gegangen, der ihr zu der Erkenntnis verhelfen wollte, dass der Tod ihrer Eltern nichts mit ihr zu tun hatte, und zwischendurch schien es, als hätte es funktioniert. Aber dann war alles zurückgekommen, stärker denn je, und als Ingrid schließlich nach vielen Jahren die Therapie beendete, hatte sich nichts geändert, und doch sagte sie sich, es hätte geholfen, denn alles andere wäre unerträglich, wenn man alle Stunden zusammenrechnete, die sie dort verbracht hatte, alle Tränen, die sie vergossen hatte, und alles, was sie erzählt, erinnert und durchgeackert hatte. Es konnte nicht sein, dass all diese Arbeit vergeblich gewesen war.

Dennoch besorgte sie sich einen Termin, damit Jan nicht behaupten konnte, sie weigere sich, zum Arzt zu gehen. Die meisten Menschen gingen zum Arzt, wenn sie Probleme hatten, sie gingen zum Arzt und legten ihre Probleme in seine Hände, und dann taten sie das, was der Arzt ihnen empfahl.

Ingrid hatte beim Hausarzt gesessen und gesagt, sie erkenne sich selbst nicht wieder.

«Ich laufe durch die Straße und würde am liebsten andere Menschen zusammenschlagen. Gestern stand ein Mann vor der Straßenbahntür und weigerte sich, zur Seite zu gehen, um denen, die aussteigen wollten, Platz zu machen, so dass sich alle an ihm vorbeizwängen mussten. Ich hätte ihn am liebsten umgestoßen. Ich habe es nicht getan, aber der Drang war sehr stark. Es wäre mir leichter gefallen, es zu tun, als es zu unterlassen.»

Der Arzt nickte. «Es ist sehr verständlich, dass Sie sich über so etwas ärgern. Das ginge mir genauso.»

«Aber die Wut wird immer größer, und ich kann sie nirgendwo ausleben. Ich rege mich unheimlich auf über einen übergewichtigen Menschen, der die Straße entlangwatschelt oder neben mir in der Straßenbahn sitzt, wie viel Platz dieser Mensch beansprucht, mit wie vielen Beschwerden dieser Mensch das Gesundheitssystem belastet, einfach nur, weil er oder sie darauf beharrt, sich mit Essen vollzustopfen. Jetzt schreiben sie in der Zeitung auch noch, man solle die Leute nicht diskriminieren, man solle ihnen mit Rücksicht begegnen, weil sie ansonsten Komplexe bekommen und noch mehr in sich hineinstopfen könnten. Menschen, die den ganzen Bürgersteig einnehmen und so fett sind, dass sie sich kaum bewegen können, die in der Straßenbahn zwei Plätze belegen, und dann soll man auf *ihre* Gefühle Rücksicht nehmen? Was ist mit *meinen* Gefühlen? Was ist, wenn ich irgendwann Hilfe brauche oder finanzielle Unterstützung, aber die Kassen leer sind, weil diese Typen alles aufgebraucht haben? Und in der Schule haben wir Anorektiker, die essen überhaupt nichts, beanspruchen dann aber alle möglichen Spezialbehandlungen, obwohl sie sonst nur wenig Platz einnehmen.»

Ingrid saß ganz vorne auf der Stuhlkante und fuchtelte mit den Armen. Der Arzt schaute auf den Bildschirm vor sich.

«Aha. Und Ihr Schlaf?»

«Welcher Schlaf?»

Ingrid versuchte zu lachen, aber der Arzt tippte nur auf seiner Tastatur herum und starrte unverwandt auf den Bildschirm.

«Und die Libido? Das Sexualleben?»

«Na ja, einmal die Woche, aber ich empfinde keine Lust mehr. Ich mache es trotzdem, weil es mir Spaß macht, wenn wir erst mal dabei sind, und nicht zuletzt gefällt es mir, es hinter mich gebracht zu haben, das Gefühl danach, die Nähe zu Jan. Aber ich habe es satt, so wütend zu sein, wütend zu werden, sobald ich nur in die Straßenbahn steige oder auf die Straße gehe, als hätte sich etwas aufgelöst, irgendeine Art mildernder Umstand, ein Schleier oder ein Vorhang, der zur Seite gezogen wurde, so dass ich die Welt sehe, wie sie wirklich ist und immer war. Ich hoffe natürlich, dass das nicht stimmt. Ich hoffe, dass es umgekehrt ist und ich jetzt unter Zwangsvorstellungen leide.»

«Sie sind bestimmt in den Wechseljahren», sagte der Arzt, und Ingrid wurde ins Labor geschickt, wo man ihr ein Röhrchen Blut nach dem anderen abzapfte. Sie bekam ein Rezept für Schlaftabletten und ein Hormonpflaster, das sie sich auf den Bauch kleben und jeden dritten Tag wechseln sollte, und in den ersten Wochen hatte sie besser geschlafen, und die Lust war ganz allmählich zurückgekehrt, aber dann schien sich der Körper auf die neuen Chemikalien einzustellen, und so lag sie wieder die halbe Nacht wach, wollte wieder alle anschreien, die in die Straßenbahn drängten oder langsam über den Bürgersteig liefen, und so setzte sie die Schlaftabletten und das Pflaster ab, da beides Nebenwirkungen hatte: Sie wachte mit trockenem Mund auf und lief mit Dauerkopfschmerzen durch die Gegend, sie wurde etwas wirr im Kopf und vergesslich. Sie setzte die Medikamente ab, die Nebenwirkungen verschwanden, und sie lag wieder schlaflos da.

Jan hörte auf zu schnarchen, dann fing er wieder an. Ingrid strich ihm über den Arm, es wurde still, zu guter Letzt schlief sie wieder ein, um wenige Stunden später erneut aufzuwachen und es in jeder Körperzelle zu spüren: dass es dringend etwas zu erledigen gab, dass sie irgendwo sein müsste, etwas vergessen haben musste, übersehen, und das, was sie vergessen oder übersehen hatte, hätte etwas Schreckliches zur Folge. Gegen halb fünf gab sie auf, setzte die Füße auf den Boden, schlüpfte in den Bademantel und ging hinunter in die Küche. Dabei kam es ihr die ganze Zeit so vor, als würde ihr die Situation entgleiten. Sie holte sich etwas zu essen aus dem Kühlschrank, und die Situation entglitt ihr. Sie kochte Kaffee, und die Situation entglitt ihr. Warum war sie hier, warum tat sie, was sie tat? Wo vorher alles geflutscht hatte, kam es jetzt zum Stillstand, und sie musste sich gut zureden, um weiterzukommen, denn wenn sie in dieses Träge, quasi Zähflüssige eintauchte, musste sie die Küche aufräumen, duschen oder etwas erledigen, sie musste sich zur nächsten Station schleppen und zur übernächsten.

Nachdem sie gegessen, die Küche aufgeräumt, ein paar Klassenarbeiten korrigiert, sich fertiggemacht und die Tasche gepackt hatte, war es gerade mal halb sieben. Als wäre sie in eine Zeitschleife geraten, in der alles festzusitzen schien. Gleichzeitig war es ihr unbegreiflich, wo die Zeit geblieben war. Es musste das Alter sein, das die Zeit so kommen und gehen ließ: schwerfällig und fordernd, solange sie da war, und so leer, nichtssagend und zusammengepresst wie ein Stapel leerer Blätter, wenn sie vorüber war.

Bevor sonst jemand aus der Familie aufwachte, war sie aus

dem Haus, und schon bald saß sie mit Kopfhörer und geschlossenen Augen in der aus Ljabru kommenden Straßenbahn. Den Kopfhörer hatte sie von Jan zu Weihnachten bekommen, es war einer von denen, die keine Geräusche durch-
ließen, sie hörte nichts anderes als das entfernte Rumpeln der
Straßenbahn und das Rauschen in ihren Gehörgängen. Und
obwohl so früh morgens nicht viele Fahrgäste unterwegs waren, war angesichts der vielen Schüler, die sie im Laufe der
Zeit unterrichtet hatte, und der zwei Kinder, die sie in dieser
Gegend großgezogen hatte, die Chance groß, dass sie Bekannte traf, weshalb sie die Augen geschlossen hielt, um sich
vor Smalltalk zu schützen – den sie früher gern gemocht hatte, der ihr jetzt aber so vorkam, als schnitte ihr ein stumpfes,
rostiges Sägeblatt ins Gehirn – wie auch vor anderen denkbaren Reizquellen. Kleinkinder, die ohne Grund wimmerten,
während sie in ihren gutgepolsterten Fortbewegungsmitteln
saßen, daneben eine Mutter oder ein Vater, die sich über sie
beugten, um herauszufinden, was nicht stimmte, die die Decke und das Kopfkissen in dem weichen Wagen zurechtzo-
gen, dem Kind die Mütze abnahmen oder ihm einen Keks gaben, den das Kind ihnen aus der Hand schlug, und so weiter,
und Ingrid dachte: Du weißt nicht, wie gut du es hast, keiner
weiß, wie gut er es hat, die Wahrscheinlichkeit, dass ausgerechnet du geboren wurdest, geht gegen null. Wie verwöhnt
wir doch alle sind. Es ist nicht nachhaltig. Nichts davon ist
nachhaltig.

Aber sie war selbst verwöhnt, wie sie hier mit einem
Kopfhörer für mehr als dreitausend Kronen in der Straßenbahn saß, um ihre überempfindlichen Ohren zu schützen,
auf dem Weg zu einem guten Job an einem attraktiven Arbeitsplatz, gut verheiratet war sie auch, sie wohnte in einem
großen Haus mit allen Annehmlichkeiten, sie war Mitglied in

einem Lesekreis, im Lehrerverband und in einem Fitness-studio, und trotzdem saß sie hier in der Straßenbahn und ärgerte sich über kleine Kinder, diese unproduktiven Menschen, diese kleinen Psychopathen. Zwanzig Jahre lang würden sie umsorgt, gehegt und beaufsichtigt werden, sie würden vier Mahlzeiten am Tag bekommen sowie Aufmerksamkeit und Anregung und Unterricht, bevor man überhaupt irgendetwas von ihnen erwarten durfte. Und selbst dann war es nicht selbstverständlich, dass sie sich auch nur den Hintern abwischen konnten, dachte Ingrid.

Sie wurde überwältigt von etwas, das sie *Trägheit* nannte: von der fehlenden – oder unsichtbaren – Produktivität, der Tatsache, dass Menschen sich von Punkt A nach Punkt B bewegten, aber warum taten sie das und was wollten sie an Punkt B, was wurde durch diese riesige, krabbelnde Massenbewegung erreicht, der sie selbst Tag für Tag angehörte, was genau wurde erreicht und welchen Platz nahm das Ganze im Bruttonationaleinkommen ein und wie hing alles miteinander zusammen? Was geschah mit der ganzen Arbeit, von all denen, die hier in der Straßenbahn saßen oder standen und in die Stadt wollten, um sich dort in die verschiedenen Gebäude zu verteilen, sich hinter ein leuchtendes Fenster zu begeben und ihre Energie wegzugeben? Was geschah mit der Energie und wie viele Ressourcen waren nötig, damit sich Schüler und Lehrer aller Schulen morgens einfinden konnten: all die Mahlzeiten und Straßenbahnfahrten und Mieten und Kreditraten, aber wo blieben die handfesten *Produkte*, was leisteten die müden Gesichter der Schüler über den Pulten, ihre Laptops, auf denen Hunderte von Tabs mit Facebook, Instagram, Twitter und weiß der Kuckuck was nicht allem ständig geöffnet waren, diese ständigen Schulkonferenzen – alles hatte seinen Inhalt eingebüßt und somit seine

Existenzberechtigung, deshalb suchte Ingrid in diesem Nebel nach handfesten Resultaten, nach dem Beitrag der Schule zur Volkswirtschaft, doch sie sah nichts anderes als Pausen, Zwischenräume, Trägheit, *Transportetappen*.

Ingrid schlug die Augen auf, sie waren jetzt in Gamlebyen. Die Straßenbahn ratterte über die Eisenbahnbrücke, und sie kühlte ihren heißen Kopf an der kalten Scheibe.

Sie stieg am Stortorvet aus und holte sich einen Kaffee bei Seven Eleven. Sie hatte reichlich Zeit, aber das war nicht der Grund, weshalb sie sich für den längsten Weg zur Schule entschied. Ingrid nahm den längsten Weg zur Schule, weil der kürzeste Weg durch ein Sträßchen führte, in dem vor einem alten Gründerzeithaus fünf Messingtafeln in den Bürgersteig eingelassen waren. Auf jeder Tafel war der Name des Angehörigen einer jüdischen Familie eingraviert. 1942 war die ganze Familie nach Deutschland deportiert worden, keiner hatte überlebt, und jedes Mal, wenn Ingrid in die unglückliche Situation kam, die Abkürzung durch diese Straße nehmen zu müssen – und es nicht rechtzeitig auf die andere Straßenseite schaffte, weshalb sie schließlich auf die Messingvierecke trat –, stellte sie sich vor, wie sie an die Tür der Familie klopfte, um sie zur Flucht zu bewegen, bevor die Gestapo eintraf. Am Ende war sie sogar in den 1930er Jahren angekommen und hatte es sich zur Aufgabe gemacht, durch Europa zu reisen und alle Juden Europas zur Emigration zu überreden. Um das alles zu verhindern, nahm sie den längsten Weg, und um fünf nach halb acht trat sie durch die Tür der Zentrumsschule, in der sie als Studienrätin arbeitete. Vor fünfzehn Jahren war die alte Schule renoviert worden, und mit ihren offenen Lernlandschaften, den verschiebbaren Wänden, der modernen Kunst und den ergonomischen Möbeln hatte die Schule einst dafür gesorgt, dass Ingrid sich als

Teil von etwas Modernem und Progressivem, etwas Dynami-
schem, etwas *Richtigem* gefühlt hatte. Aber mittlerweile war
das alles – von den ergonomischen Möbeln bis zu den ab-
strakten Skulpturen auf jedem Treppenabsatz – nichts anderes als ein Überbleibsel aus einer Zeit, in der man glaubte, für
alle Probleme gebe es eine Lösung und eine richtige Antwort
in Form von Möblierungen und Raumaufteilungen, Kunst
oder Kultur, neuen Ordnungen, Strategien, Schlagworten
und Evaluationen über Evaluationen.

Ingrid warf den leeren Kaffeebecher in einen Papierkorb
und stieg die vier Etagen hoch zu ihrem Büro, das zum Glück
leer war. Dort hängte sie ihre Jacke auf, setzte sich an den
Schreibtisch und holte den Laptop aus der Tasche.

Sieh nur, wie leicht er ist, dachte sie mit dem äußeren, of-
fiziellen Teil ihrer Persönlichkeit. Wenn du bedenkst, wie
schwer der alte war. Wie toll, dass man sein Büro überallhin
mitnehmen kann. Man kann sogar im Café sitzen und Arbeiten korrigieren. Es geht wahrhaftig aufwärts im Leben.

Die Tür ging auf, und Ingrid spürte ein Unbehagen, das ihr
über den Rücken lief.

«Na so was, Ingrid. Sitzt du hier ganz allein?»

«Hallo, Leif.»

Leif hängte die Jacke auf und ging zu seinem Pult. Er war
in Ingrids Alter und zum dritten Mal verheiratet, mit einer
zwanzig Jahre jüngeren Frau, die als Referendarin an die
Schule gekommen war, als er noch mit seiner zweiten Frau
verheiratet war. Die Referendarin hatte kürzlich ihr erstes
gemeinsames Kind zur Welt gebracht, Leifs fünftes. Sag jetzt
nichts mehr, dachte Ingrid, konnte aber erkennen, wie er sich
auf einen Plausch vorbereitete, bald würde er Laute von sich
geben, die eine Reaktion erforderten. Das alles machte die
Luft kompakter, erschwerte das Atmen im Büro.

Auf dem letztjährigen Sommerfest waren Leif und sie irgendwie ineinandergestolpert. Anschließend konnte sie sich nur noch daran erinnern, dass sie irgendwann zu dem alten Sommerhit «Lambada» getanzt hatten, und wie alle auf der Tanzfläche hatten sie die vulgären Bewegungen aus dem Video nachgemacht. Aber im Alkoholrausch hatten ihre Körper die Ironie darin nicht erfasst und deshalb die Prozesse in Gang gesetzt, die sie mit derlei Bewegungen in Verbindung brachten. Das Nächste, woran sie sich erinnern konnte, war, dass sie sich zu den Tönen von Lionel Richies «Hello» eng an Leif geschmiegt hatte. Sie hatten sich gegenseitig ins Ohr gestöhnt, die Hände ineinandergeflochten, Ingrid hatte seine Erektion an ihrem Oberschenkel gespürt. Schon standen sie auf dem Korridor, und er wollte sie – ausgerechnet – auf die Behindertentoilette entführen, und erst in dem Moment war es ihr gelungen, sich loszureißen. Ihre letzte Erinnerung von Leif an diesem Abend waren seine geröteten Augen und seine Alkoholfahne, die in Kombination mit dem Wort *Behindertentoilette* den Zauber aufgehoben hatten, so dass sie das Weite suchte und sogar noch die letzte Straßenbahn nach Hause erwischte. In der Straßenbahn stellte sie es sich dann in allen Details vor. Sie stellte sich vor, wie sie sich am Haltegriff um die Toilette festhielt. Anschließend musste sie daran denken, wie viele Lehrerinnen und Referendarinnen – und nach allem, was sie gehört hatte, auch einzelne Schülerinnen – Leif im Laufe der Jahre herumgekriegt hatte. Mich allerdings nicht, dachte sie. Und jetzt will ich nach Hause.

«Bist du heute bei der Konferenz dabei?»

«Ich glaube schon», sagte Ingrid, ohne ihn anzuschauen.

«Wir haben überlegt, hinterher noch ein Bier trinken zu gehen. Darüber haben wir am Freitag gesprochen, als du nicht da warst.»

Ihm ist aufgefallen, dass ich nicht da war, dachte Ingrid. Eigentlich will er mich haben. Ingrid lauschte ihren eigenen Gedanken. Helfen und trösten, dachte sie. Stattdessen sagte sie: «Das klingt verlockend. Vielleicht komme ich mit.»

«Das hoffe ich», sagte Leif und blinzelte ihr zu.

Einmal bekam Ingrid eine SMS von einem Schüler. *Sie sind wunderschön. Ich denke ständig an Sie, und ich weiß, dass es mit uns zweien im Bett phantastisch sein könnte.* Die SMS kam von einem zurückhaltenden und etwas schiefen Jungen, er war lang und dünn und streckte nur auf, wenn er etwas zu sagen hatte, was nicht oft vorkam. Ingrid hatte zunächst angenommen, dass jemand sich sein Handy geschnappt und die SMS geschickt hatte, da es keinen Zusammenhang zwischen ihrem Wortlaut und seinem sonstigen Verhalten gab. Aber dann fiel ihr auf, wie er sie ansah, als sie, nachdem sie die SMS gelesen hatte, das Klassenzimmer betrat. Sie löschte die SMS und ließ sich nichts anmerken, dennoch hatte sich etwas davon in ihr festgesetzt. Einmal hielt er ihr die Tür auf, und sie schauten sich etwas zu lange an, ein andermal blieb er im Raum und half ihr, ein paar Stühle umzustellen, und die ganze Zeit über sah er sie an, sein ganzes Verhalten signalisierte ihr, er wüsste, *wie es eigentlich um sie bestellt war.*

Das hier war reinste Phantasie ohne auch nur die geringste Verankerung in der Realität, trotzdem ließ sie zu, dass sich diese Phantasie in ihre Tagträume schlich. Um dem ein Ende zu bereiten, stellte sie sich seinen dünnen unfertigen Körper vor. Und wo sollten sie sich treffen – in seinem Kinderzimmer? Die Mutter des Jungen würde die Tür öffnen, und sie würden dort liegen, die Lehrerin und ihr Schüler, und an dieser Stelle griff sich Ingrid stets an die Brust und stieß einen Laut aus, entweder das Wort *Nein* oder ein Japsen nach Luft, und dann stellte sich die Belohnung ein, die Erleichterung darüber, dass es nicht passiert war. *Es ist nicht passiert. Es ist nicht passiert. Gott sei Dank.*

Nein, es war überhaupt nichts passiert. Sie hatte nicht einmal eine SMS geschickt im Gegensatz zu ihrem Verhalten vor elf Jahren, einer Zeit, die Ingrid heute noch für ihre persönliche Zeitrechnung benutzte: *vor oder nach der Geschichte mit Steinar.*

Und das hier war die Geschichte mit Steinar: Marianne und Steinar waren Freunde von Ingrid und Jan. Die beiden Ehepaare hatten Söhne im gleichen Alter, und jedes Jahr im Sommer machten die Familien zusammen Urlaub auf Jomfruland, wo Steinars Familie eine Hütte besaß. Im Sommer vor elf Jahren waren sie wie üblich nach Kragerø gefahren und mit der Fähre nach Jomfruland übergesetzt, um dort die großen Ferien zu verbringen. Am ersten Abend, als Jan und Marianne die Kinder ins Bett brachten, stand Ingrid zusammen mit Steinar in der Küche und wusch ab. Die Paare teilten sich die Arbeit oft so auf, und vor dem Fenster konnten sie Jan und Marianne auf dem Uferfelsen sehen, wie sie dafür sorgten, dass die insgesamt vier Jungen sich die Zähne putzten. Draußen wurde gerufen und gelacht, und mit jeder Minute wurde die Stille in der Küche greifbarer. Ingrid spülte, und Steinar trocknete ab, und als sie fast fertig waren, sagte Ingrid: «Stimmt was nicht?»

«Ich muss mit dir reden. Aber nicht hier. Können wir einen Spaziergang machen?»

Krebs, dachte Ingrid. Oder Ehebruch. Er will sich mir anvertrauen, damit ich es Marianne sage.

Steinars und Mariannes Eheprobleme wurden oft in gemeinsamer Runde erörtert, mit Ingrid und Jan in den Rollen als Therapeuten.

Schweigend liefen sie die Straße entlang, bogen auf den

Pfad in den Wald, und als sie am Ziel waren und sich auf die Bank an dem kleinen See gesetzt hatten, sagte Steinar: «Ich muss die ganze Zeit an dich denken.»

«Was?»

«Ich bin total verliebt in dich. Ich weiß nicht, was ich machen soll.»

Ingrid fing an zu lachen.

«Lach nicht.»

«Was soll das? Ist das ein Scherz? Habt ihr zwei euch das ausgedacht, Marianne und du?»

Steinar hielt sich die Hände vors Gesicht, seine Schultern bebten. Ingrid wartete. Sie war an Steinars Anfälle und das Drama drum herum gewöhnt, Mariannes Telefonanrufe mitten in der Nacht, wenn sie weinte und behauptete, dieses Mal würden sie sich wirklich scheiden lassen, dieses Mal sei es ernst.

«Ostern in Ustaoset, erinnerst du dich an die Nacht, in der wir noch lange aufgeblieben sind und uns unterhalten haben, nachdem die anderen ins Bett gegangen waren? Als wir wieder in der Stadt waren, musste ich unaufhörlich an dich denken. Hier habe ich die Tage bis zu deiner Ankunft gezählt. Wir wären das ideale Paar. Meinst du nicht auch, dass wir zwei das ideale Paar wären? Ständig denke ich daran, wie es wäre mit uns zwei.»

Ingrid stand auf. «Jetzt gehen wir zurück zu den anderen, und dann reden wir nicht mehr davon. Erwähnen es nie wieder. Ich werde es Jan nicht erzählen, und du Marianne nicht.»

«Nein. Auf keinen Fall. Das schaffe ich nicht. Ich halte es nicht aus, hier zu sein und zu wissen, dass du nur wenige Meter von mir entfernt im Bett liegst. Ich kann nicht schlafen. Das ertrage ich nicht.»

«Steinar, hör zu. Die Ferien haben gerade erst angefangen.

Denk an die Kinder, sie haben sich so gefreut hierherzukommen.»

«Ich halte es mit Marianne nicht länger aus, wir streiten uns nur.»

Ingrid setzte sich wieder auf die Bank. «Ist das bei euch beiden nicht der Normalzustand? Mit mir würdest du dich schon nach fünf Minuten langweilen.»

«Auf keinen Fall. Es würde mir gutgehen, wenn ich mit dir zusammen wäre. Einmal nur will ich mit einer Frau ein schönes ruhiges Leben führen. Warum ist mir das nicht vergönnt? Warum darf nur Jan mit dir zusammen sein, warum darf nur Jan ein schönes ruhiges Leben führen?»

«Wir zwei würden uns auch streiten, wenn wir zusammen wären. Allein schon, dass du das hier machst. Ich glaube, du willst nur Marianne treffen, eigentlich geht es hier um Marianne.»

«Hör auf mit diesem Psychokram.»

«Siehst du, so etwas würde Jan nie sagen. Nicht einmal zu mir, der Frau, mit der er verheiratet ist. Aber du suchst ständig Streit.»

«Du durchschaust mich total. Das war schon immer so. Du siehst mein wahres Ich. Marianne ist nur mit sich selbst beschäftigt. Ich komme mir vor wie ihr Vater.»

Steinar hatte ihre Hand genommen, und sie hatte es zugelassen. Etwas später hatte sie ihm die Wange getätschelt, und dann hatte er seinen Kopf in ihren Schoß gelegt. Bei Ingrid war es nämlich so: Wenn jemand etwas von ihr wollte, wirkte ein Nein, eine Weigerung, so übertrieben und dramatisch verglichen damit, demjenigen einfach zu geben, was er wollte. Wenn es nun mal so wichtig für denjenigen war. So war es damals nach den Sommerferien in der sechsten Klasse gewesen, Marianne war neu in die Klasse gekommen, und als sie dastand und auf Ingrid zeigte und sagte: «Dich will ich zu Hause besuchen», war Ingrid wie üblich etwas überrumpelt gewesen und hatte nicht gewusst, wie sie aus der Nummer herauskommen sollte, und deshalb hatte Marianne sie zu Hause besucht, und so waren die Jahre vergangen. Warum auch nicht?, dachte Ingrid dann, vor Marianne hatte sie keine beste Freundin gehabt, und warum nicht Marianne, vielleicht war es mit Freunden wie mit Familie, dass man sie sich nicht wirklich aussuchte, und so verging die Zeit, und die Freundschaft bekam ein Eigenleben und hatte nicht unbedingt mehr mit den ursprünglichen persönlichen Wünschen zu tun, wenn das überhaupt je der Fall gewesen sein sollte.

Da hatte er also in ihrem Schoß gelegen. Ingrid hatte die dunklen Locken betrachtet, damals hatte er noch keine grauen Haare gehabt. Wie jung sie gewesen waren, noch nicht einmal vierzig. Aber das wussten sie damals nicht, sie hatten sich für alt gehalten.

«Ich will mit dir zusammen sein. Sag es jetzt, wenn du denkst, dass das nicht geht. Wenn du nicht mit mir zusammen sein willst, musst du es jetzt sagen.»

Ingrid spürte seinen warmen Kopf in ihrem Schoß. Nein, hätte sie sagen sollen. Nein, nein, nein. Stattdessen sagte sie: «Du bist verrückt.»

Ihre Stimme war heiser geworden, sie musste permanent schlucken, und während Steinar redete, merkte sie, wie alles um sie herum, die Bank, die Bäume, der Himmel, der See, sich langsam verformten und eine andere Bedeutung bekamen, und schon am nächsten Abend hatte sie sich daran gewöhnt, sobald sie aufsah, Steinars intensivem Blick zu begegnen. Sie hatte sich an das warme Bein gewöhnt, das sich beim Essen eng an ihres schmiegte, oder, wenn er ihr gegenübersaß, an seinen Fuß, der ihr über den Unterschenkel strich. Sie hatte sich an all die Heimlichkeiten gewöhnt, wenn sie sich allein auf der Insel bewegten unter allen denkbaren Vorwänden, bis zum See, zum Steinstrand oder zu abgelegenen Stellen im Wald. Seine Seufzer, sobald sie ihn berührte, seinen Mund, seine Hände. Nach nur einer Woche war es ihr unbegreiflich, wie sie es jemals ohne das alles ausgehalten hatte.

Nach den Ferien machten sie weiter. Manchmal schafften sie es, sich zu treffen, aber dann schien es, als hätte Steinar weniger Zeit, alles wurde schwieriger, und bald bestand der Kontakt zwischen ihnen nur noch aus Handynachrichten und Mails, wobei Ingrid permanent Angst hatte, dass Marianne diese entdecken und lesen könnte. Mitte September war Schluss, und so wie Steinar die Initiative ergriffen hatte, trat er auch als Erster auf die Bremse, und in einer ihrer letzten Nachrichten hatte Ingrid ihm vorgeworfen, abwesend zu sein. *Du wirkst so abwesend,* hatte sie dem Mann ihrer besten Freundin geschrieben, mit dem sie nicht im technischen Sinne Beischlaf gehabt hatte, mit dem sie aber alles andere gemacht hatte, zuerst auf Jomfruland, anschließend in den Parks der Stadt und in abgelegenen Kneipen. *Ich vermisse deine Begeisterung. Stimmt was nicht?* Das war passiert, es gab in der Geschichte handfeste Beweise dafür, dass sie nicht der schuldbewusste und anständige Mensch war, für den sie sich ausgab, und seither lebte sie mit der Angst, Marianne könnte die elektronischen Beweise für ihr verwerfliches Verhalten entdecken oder Steinar würde bei einem Streit mit der ganzen Geschichte herausplatzen.

In jenem Sommer hatten sich Steinar und Marianne mehr als sonst gestritten, sie hatten sich von morgens bis abends in der Wolle gehabt, und Jan rang Ingrid das Versprechen ab, dass dies ihr letzter Sommer auf Jomfruland wäre, denn jetzt sei das Maß voll, das mache er nicht länger mit. Doch nach der Geschichte mit Steinar konnte Ingrid die beiden nicht fallenlassen. Es galt vielmehr, sie eng an sich zu binden, *seine Feinde zu umarmen*, deshalb überredete sie Jan im Sommer darauf, trotzdem nach Jomfruland zu fahren. Dieses Mal übernahm sie gewissermaßen den Job einer Haushaltshilfe und ließ Jan auf eigene Faust losziehen, wann immer er das wollte, sie opferte sich für die Gemeinschaft und räumte die Küche auf, leerte den Müll, schrieb Listen, was in Kragerø einzukaufen sei, sorgte dafür, dass das Plumpsklo geleert wurde, alles Dinge, die Marianne und Steinar gern zum Vorwand nahmen, um sich zu streiten, und sie hielt durch, wie eine selbsterklärte Geisel, bereit, zu bagatellisieren und zu überspielen, bereit, diejenige zu sein, die die Sonnenseite sah, die lächelte und Ruhe bewahrte. Steinar und Marianne hingegen hielten sich nicht zurück, sie machten noch dem geringsten Ärger Luft und ließen keine Gelegenheit aus, nicht einmal dann, wenn die beiden Familien im Pizzarestaurant am Fähranleger aßen, einem Lokal, das immer voll war, weshalb Steinar und Marianne sich dort besonders gut austoben konnten, ob sie nun mit der Faust auf den Tisch hauten, sich oder die Kinder anschrien, etwas zerbrachen oder sich über ihr Sexualleben ausließen, wie an dem Nachmittag, als Marianne Steinar an den Kopf warf: «DU BERÜHRST MICH DOCH NUR, WENN DU EINEN FICK WILLST», und Ingrid sah, wie Köpfe sich hin- und herdrehten, zuerst zu ihnen, dann zueinander, geschockte Gesichter, und Steinar und Marianne labten sich daran, und noch in derselben Nacht konnte Ingrid sie durch die dünnen Holzwände stöhnen hören.

«Was sind das bloß für Untiere», hatte Jan im Halbschlaf gemurmelt.

«Aber unterhaltsam sind sie schon», hatte Ingrid geantwortet und versucht zu kichern, so als könnte sie kaum an sich halten.

Während Ingrid darauf wartete, dass die Schüler ihre Plätze einnahmen, dachte sie an den Tag, der vor ihr lag. Die monatliche Motivationssitzung war eine von zwei Sitzungen heute, die wiederum Teil des Bergs an Extraarbeit waren, die man ihnen in den letzten Jahren aufgebrummt hatte. Nicht nur, dass die Schüler sich seit vielen Jahren per SMS oder Mail sowohl am Wochenende als auch an Feiertagen an sie wandten, ganz zu schweigen von den Abenden und nicht selten auch mitten in der Nacht, dazu gab es die halbjährlichen Schülergespräche, die nationalen Schulleistungsuntersuchungen, die Motivationskurse und Evaluationen. Ingrid könnte ihr Handy natürlich ausschalten und zwischen dem Eingang der Nachricht eines Schülers bis zu ihrer Beantwortung Tage verstreichen lassen, aber dann würde es nicht lange dauern, bis sie bei den Evaluationen durchfiel. *Wie viel Unterstützung bekommst du von deinem Lehrer/deiner Lehrerin, um deine Wunschergebnisse zu erreichen, wie motivierend ist dein Lehrer/deine Lehrerin: Trifft zu* oder *Trifft nicht zu* auf einer Skala von eins bis sechs. Aus genau diesem Grund fürchteten die Lehrer, auf dem Flur nicht überschwenglich genug zu grüßen, nicht positiv, kreativ, aufmunternd oder empathisch genug zu sein, die einzelnen Schüler nicht ausreichend wahrzunehmen, ihre Tür zu schließen, ihr Handy oder ihre Mailverbindung nicht Tag und Nacht empfangsbereit zu haben für alle Deprimierten, Essgestörten, Selbstverletzer, Suizidalen und Legastheniker, da einer von ihnen irgendwann auf die Idee verfallen könnte, die Schuld für eigene Handlungen oder Handlungen anderer auf eine geschlossene Tür, eine abweisende Haltung oder eine ausgebliebene Antwort auf seine Nachricht zu schieben.

Ging ihnen etwas gegen den Strich, schalteten sie ihre Mutter oder ihren Vater ein, und Ingrid erhielt meterlange Mails mit wohlgeformten Sätzen von gut ausgebildeten Eltern, die schwere Geschütze auffuhren. Ingrid war selbst nicht besser gewesen, auch sie hatte im Laufe der Zeit solche Mails an die Lehrer ihrer Söhne und an andere Eltern geschickt, aber das war lange her, und nach zwanzig Jahren als Studienrätin waren ihr Einfühlungsvermögen und ihr Mitleid aufgebraucht, und was sie der Welt zeigte, war nur mehr eine Hülle dessen, was sie in früheren Zeiten gezeigt und empfunden hatte. Überall wurde geklagt. Sich zusammenzureißen war aus der Mode gekommen, und es lohnte sich auch nicht mehr. Wer am lautesten klagte, bekam am meisten. So war es heute, als hätte sich die ganze Gesellschaft in eine einzige Krankenstube verwandelt, in der man seine Wunden zur Schau stellte. Reißt euch zusammen, richtet euch auf, wollte sie denen zurufen, die sich mit ihren Diagnosen schmückten, sie pflegten, gossen und kultivierten, Vorträge darüber hielten, sie vorzeigten wie Medaillen. Was hatte das zu bedeuten? Welche Schlüsse konnte man daraus ziehen? Ingrid lauschte ihren eigenen Gedanken. War das ihr eigentliches Ich – dieser Trotz, dieses Etwas, das sich ständig auf die Hinterbeine stellte? Vielleicht war es die vererbte Krankheit, vielleicht äußerte sie sich so, darum achtete Ingrid darauf, diesen Teil von sich, der sich zunehmend mehr als der authentische zu erkennen gab, in Schach zu halten und zu verbergen. Und während sie darauf wartete, dass das Leben wieder wie früher würde, benahm sie sich wie früher. Sie erschuf eine Figur, die sie vor sich hertrug, die sich um die Welt und alle Probleme da draußen kümmerte. Das war nicht schwer. Sie lebte und redete und reagierte schon seit so vielen Jahren, dass ihr Körper und ihr Gesicht selbständig damit weitermachen konnten. Allem Anschein nach verhielt sie sich wie früher, doch auch wenn sie tat und sagte, was sie immer getan und gesagt hatte, sprach nur die Figur, die sie vor sich hertrug, und nicht sie selbst, und das ermöglichte es Ingrid, sich am helllichten Tag zu verstecken.

Niemandem war etwas Ungewöhnliches aufgefallen, keiner hatte darauf reagiert. Die Gespräche verliefen wie gewohnt, und Ingrid musste an all die Energie denken, die sie im Laufe der Zeit aufgewendet hatte, Gefühle und Erregung, die sie investiert hatte, sei es in der Schule, bei einer Feier, am Telefon oder an einer Straßenecke, und dabei hätte sie jedes Mal einfach nur den Mund aufzumachen brauchen, ohne Verbindung zu etwas anderem als dem automatisch funktionierenden Teil ihres Nervensystems. Ihr Gehirn durfte sich ausruhen, und Ingrid konnte sich nur darüber ärgern, dass ihr das nicht früher eingefallen war.

Ihr Hauptfach war Norwegisch, ein Fach, zu dem sie derart die Verbindung verloren hatte, dass es ihr vorkam, als stünde sie nur noch daneben und zeige mit einer schlaffen Handbewegung darauf. Das müsst ihr lernen, das ist wichtig. Aber warum war es wichtig, und was hatte sie in ihrer Kindheit dazu gebracht, stundenlang im Bett zu liegen und zu lesen, nachdem sie ihre Großmutter davon überzeugt hatte, dass sie krank war – Ingrid suchte dort nach der Antwort, wo sie früher fündig geworden war, in den Büchern, aber sie wurde nicht länger fündig. Neue Frage: War sie überhaupt jemals dort gewesen? Sah sie jetzt endlich der Wahrheit ins Auge, dass nämlich die Literatur ein ebensolcher Betrug war wie alles andere auch, oder stimmte mit ihr selbst etwas nicht?

Ja, weshalb hatte sie studiert, warum schrieb man, warum las man?, so dachte sie heute; und hier lauerte die Krankheit, weshalb sie sich zusammennehmen musste, um zu derjenigen zurückzufinden, die sie einmal war. Aber auch der *Drang, es zurückzubekommen,* war verschwunden, und im letzten Jahr hatte sie keine anderen Bücher gelesen als die vom Lesekreis ausgewählten, durch die sie sich kämpfen musste und die von Wesen zu handeln schienen, die auf einem anderen Planeten lebten, geschrieben in einer Sprache, die auseinanderfiel und sich in Einzelworte auflöste, die sich überallhin verteilten.

Diskutiert, legt dar, was könnte der Autor gemeint haben – all das, was sie früher mit Überzeugung vertreten konnte, wohinter sie stehen konnte, jetzt musste sie sich jedes Wort abringen. Wen interessierte es, was der Autor gemeint haben könnte? Autoren mussten sich an die Schwerkraft halten, an Tag und Nacht, an Leben und Tod, genau wie alle anderen auch, und wen interessierte es, was sie mit ihrer Wortklauberei meinten? *Warum, warum, warum?,* gluckerte es in ihr wie ein giftiger Bach, der tief in ihrem Innern sprudelte und floss. *Warum?* Ingrids Gehirn war von einem Bakterium befallen worden, das dieses Wort hinter jedes Wort schob, das sie von sich gab oder dachte. Sie hatte allen Schwung und Fluss und Zusammenhang eingebüßt, dennoch tat sie, was sie so viele Jahre lang getan hatte, sie sorgte dafür, dass alles weiterfloss. Wie früher leistete sie ihren Beitrag zu diesem unklaren und nicht zu greifenden Bruttonationaleinkommen, und nicht einmal die Schüler schienen zu merken, dass sich etwas verändert hatte, wenn Ingrid sie Jahr für Jahr von Hausarbeiten zu Tests und Examensarbeiten trieb, und dann kam eine neue Kohorte, und schon war sie wieder zurück auf Start.

Ingrid saß allein an einem Tisch im Lehrerzimmer mit einer Scheibe Brot in der einen Hand und dem Handy in der anderen. Am Nachbartisch saßen drei, vier Kollegen und unterhielten sich über eine Fernsehserie. Ingrid hatte die Serie auch gesehen, und früher hätte sie ebenfalls dabeigesessen und den Wunsch gehabt mitzureden – dazu hatte sie immer einen starken Impuls verspürt, *das Buch habe ich gelesen, die Serie habe ich gesehen*, und das hier ist meine Meinung dazu, meine Sichtweise. Aber früher oder später sagte sowieso jemand genau das, was sie dazu sagen wollte. Die Menschen waren gleich, und doch war jeder für sich, sie waren wie einsame Schneekristalle, die durch ihr eigenes Universum schwebten. Aber was sie aus sich herauspressen, ist derselbe Brei, sie sondern alle denselben Brei ab, dachte Ingrid, die in sich versunken dasaß und darüber brütete, dass ausgerechnet sie sie war, welche Einsamkeit damit verbunden war, mit ihrem einzigartigen Fingerabdruck und ihrer Familiengeschichte, so wie alle in diesem Lehrerzimmer mit ihrem eigenen Wust an Merkwürdigkeiten dasaßen und danach strebten, sich so oder so zu präsentieren, und zu diesem Zweck hatten sie all das Vorgekaute, an das sie sich klammerten und das sie von sich gaben.

Falls sie doch dort sitzen und etwas sagen sollte, wüsste sie, noch bevor die Worte ihren Mund verließen, dass sie sie schon einmal von sich gegeben hatte, auf genau dieselbe Art und Weise, mit derselben Mimik und denselben Gesten. Wenn man ein gewisses Alter erreicht hat, hat man alles schon einmal gesagt. Egal welche Geschichte man erzählt, man hat sie schon einmal erzählt.

Gunnar, einer der jüngeren Lehrer, kam mit Kaffeebecher und Brotdose herein. Ingrid hörte, wie seine Schritte entschlossener wurden, als er sie erblickte.

«Kann ich mich zu dir setzen?», fragte er, und noch bevor sie antworten konnte, hatte er sich hingesetzt und die Brotdose aufgemacht. Seine Haare waren lang und fettig und zu einem dünnen Pferdeschwanz gebunden, und Ingrid roch den Pilzgeruch, der ihn stets umgab, der Geruch eines Mannes, der – um Strom zu sparen, das hatte er erzählt – seine Klamotten nie heißer als bei dreißig Grad wusch.

*Kann ich mich zu dir setzen?*, dachte Ingrid, während Gunnar redete, auf diese Frage konnte man unmöglich mit Nein antworten, und die Tatsache, dass diese Frage einzig und allein mit Ja beantwortet werden konnte, sollte Grund genug sein, sie nicht zu stellen. Andererseits: Hätte Gunnar begriffen, dass sie in Ruhe gelassen werden wollte, wäre er einer, mit dem sie sich – zumindest theoretisch – gern unterhalten hätte. Aber Ingrid wollte mit niemandem reden, und da Gunnar so war, wie er war, bemerkte er ihre geistige Abwesenheit nicht. Sein Gesichtsausdruck und der Ton seiner Stimme verrieten jeweils, was er an Gesichtsausdrücken und Lauten von ihr erwartete, und da Gunnar ein Mann war, der Vorträge hielt und nicht gut zuhören konnte, setzte sich kein anderer an ihren Tisch, wenn er schon daran saß.

Diese Überlegungen hatten etwas Verlockendes, sie konnten anfangs noch befriedigend sein, aber mit der Zeit begannen sie, was sie zu spät erkannte, all das wegzuätzen, was Dinge zusammenhielt, was Zwischenräume, Ritzen, Spalten stopfte.

Und wie stand es um sie selbst, die sie hier saß und blinzelte, was wollte sie? Sie wollte nichts. Sie wollte weg. Sie wollte in Ruhe gelassen werden. Man durchschaute sich selbst, wenn man älter wurde, und je mehr man sich selbst durchschaute, desto schweigsamer und handlungsunfähiger wurde man.

Ingrid lachte, wenn Gunnar lachte. Genauso verhielten sich alte Menschen. So hatten sich ihre Großeltern in den letzten Jahren vor ihrem Tod verhalten, wie mechanische Aufziehpuppen. Vielleicht wirkten alte Menschen deshalb so träge. Wonach sie sich in Wahrheit sehnten, waren Ruhe und Frieden, um sich ihrer inneren Welt hinzugeben, die sie, wie sie nach vielen Jahren und einigem Hin und Her eingesehen hatten, ohnehin mit niemandem teilen konnten.

Die Kollegen glaubten, Ingrid und Gunnar hätten einen besonderen Draht zueinander, dieses ungleiche Paar, die mittelalte Mutter von zwei Kindern und der komische junge Physiklehrer. Gunnar hatte beschlossen, dass er und Ingrid zusammengehörten, und da Gunnar trotz seines exzentrischen Lebensstils noch in Verbindung stand zu dem großen Wir, von dem Ingrid sich abgekoppelt hatte, gegen das sie aber noch nicht aufzubegehren wagte, weil sie vorläufig keine Alternative hatte, nickte sie und tat so, als hörte sie ihm zu, als stimmte sie Gunnar in allem zu. Dieses Verhalten war weniger anstrengend, als ihre Meinung zu sagen, und außerdem wusste Ingrid sowieso nicht mehr, was ihre Meinung war.

Wo waren ihre festen Ansichten von früher geblieben, wo war ihr Schnauben, das sie immer auf Lager und jederzeit parat gehabt hatte, die gerunzelte Stirn und die hochgezogenen Schultern, all diese Gesten, die sie den lieben langen Tag angewandt hatte und die sie für einen Teil ihres Wesenskerns gehalten hatte und nicht nur für eine Hülle oder gar eine Schlangenhaut, unterwegs abgestreift und zurückgelassen.

Da Ingrid nur Ja und Amen sagte, und das schon das ganze Jahr, in dem Gunnar als Lehrer an dieser Schule arbeitete, konnte er von ihr denken, was er wollte. An die leere Tafel, die Ingrid war, konnte Gunnar schreiben, was er wollte, und er hatte beschlossen, in Ingrid eine Verbündete zu sehen, jetzt sprach er über das Fach Sport, das von allen Lehrplänen gestrichen werden würde, sobald er Ministerpräsident wäre. Ganz zu schweigen von «Medienunterricht» und allem, was mit Kunst und Religion zu tun hatte. Nur Mathematik, Naturwissenschaften, Sprachunterricht und Geschichte würden übrig bleiben, wenn er erst mal aufgeräumt hätte.

Gunnar machte eine Pause in seinem Monolog, um in sein Knäckebrot zu beißen. Er starrte in den Raum zu einer kleinen Gruppe, die am Kaffeeautomaten stand und miteinander plauderte. Vor allem Silje starrte er an, eine der jungen Spritzigen, die sich mit Terje unterhielt, der vom selben Schlag war wie sie, ein wohlduftender, schnieker junger Mann mit ausgeprägter Mimik, der voller Begeisterung sprach. Und hier saß Gunnar, der direkt vom Knaben zum Greis avancieren würde, der schon jetzt etwas Greisenhaftes und Knarrendes an sich hatte, und starrte Silje an, pikiert, weil Silje sich nicht für ihn ins Zeug legte, so wie sie jetzt bei Terje stand und ihn bezirzte. Denn Gunnar war viel intelligenter als Terje, Gunnar konnte zu fast allem mit komplizierten alternativen Theorien aufwarten, und wer war schon Terje? Terje interessierte sich für Fußball und Radfahren, er unterrichtete Sport und irgendwas mit Medien und Kommunikation, mit anderen Worten Pipifax und bedeutungslosen Kram, während Gunnar ordentliche Fächer wie Physik, Chemie und Mathematik unterrichtete. Die Entrüstung darüber, dass Siljes Aufmerksamkeit dennoch auf Terje gerichtet war, ließ Gunnars Augen aus ihren Höhlen hervortreten.

Gunnars Tragik bestand darin, dass die Frauen, zu denen er sich am meisten hingezogen fühlte, diejenigen waren, die er am meisten verachtete und bei denen er die geringsten Chancen hatte. Es war bereits geschehen, es würde wieder geschehen, die Situation war uralt, rostig und schimmelig, auf ihr wuchs schon jetzt Moos, während sie noch hier saßen und Gunnar die zwitschernde Silje anstarrte und in Ingrids Kopf verschiedene Bilder hervorrief, Bilder von Gunnar, der nachts im Bett lag und mit den Zähnen knirschte, warum verliebte er sich nicht in sein weibliches Pendant, wie beispielsweise Kjersti, die dort drüben saß mit kurzen Haaren und Brille, die Französischlehrerin Kjersti, die Gunnar in diesem Augenblick sogar ansah? Kjersti könntest du haben, Gunnar, warum willst du sie nicht? Ingrid aß die trockenen Brote, die sie sich vor ein paar Stunden geschmiert hatte, und sah, wie sich in Gunnars Brillengläsern die Neonröhren an der Decke spiegelten, und dieses Blinken zusammen mit dem Geruch von Gunnars Knäckebrot mit Sardinen und dem Stimmengewirr im Lehrerzimmer ließ in Ingrid ein überwältigendes und ermüdendes Gefühl von Alltag aufkommen.

Vor der großen Pause hatte sie an einer Eilsitzung über eine norwegisch-pakistanische Schülerin teilgenommen, der eine Zwangsheirat drohte. Die Schülerin war am Wochenende von der Polizei an einen geheimen Ort gebracht worden, und der Direktor hatte bereits eine fächerübergreifende Arbeitsgruppe ins Leben gerufen, die dafür sorgen sollte, dass sie per Mail und Skype ihre Prüfung ablegen konnte, ohne zum Unterricht erscheinen zu müssen, wo sie riskierte, dass ihr Vater, ihre Brüder und Onkel vor der Schule auf sie warteten, sie in ein Auto zerrten und dann in ein Flugzeug in die Heimat setzten – was letztes Jahr einer anderen Schülerin passiert war.

Die Sitzung hatte etwas Feierliches an sich gehabt, zumal die Polizei involviert war und die ganze Geschichte es in die Nachrichten schaffen könnte. Mit heiteren Gesichtern wurden Hausarbeiten und Noten diskutiert, und obwohl diese Rettungsaktion noch mehr unbezahlte Mehrarbeit mit sich bringen würde, protestierte kein Mensch, kein Vertreter des Lehrerverbands oder der Bildungsgewerkschaft brachte Gegenargumente vor. Denn, dachte Ingrid, wenn man gegen die

Mehrarbeit protestierte, sagte man zugleich Ja zur Zwangsheirat. Aber warum war das ein Problem der Schule? Die Schule sollte Schüler, die zum Unterricht erschienen und Aufgaben einreichten, examinieren, sie sollte weder die Welt retten noch Krankheiten heilen.

Ingrid hatte viele Schüler mit ihren jeweiligen schwerwiegenden Gründen, dem Unterricht fernzubleiben. Ein Schüler litt am Erschöpfungssyndrom und hatte den ganzen Herbst in einem abgedunkelten Raum gelegen. Nach Weihnachten war er langsam wieder zu sich gekommen, und jetzt wollte er die Abschlussprüfung ablegen. Ingrid hatte vorgeschlagen, dass er seine Energie darauf verwenden sollte, wieder ganz gesund zu werden, dann würden sie sich im Herbst wiedersehen. Doch daraufhin hatten seine Eltern – die geschieden waren – je eine lange Mail an Ingrid geschrieben mit Kopie an den Rektor. Und Ingrid musste sich bei einem Gespräch mit diesem bereit erklären, dem erschöpften Schüler einen maßgeschneiderten persönlichen Plan zusammenzustellen. Als wäre das hier eine teure Privatschule in den USA und keine Schule, die der Stadtgemeinde Oslo unterstand, dachte Ingrid, als sie dem Rektor gegenübersaß, und dann musste sie daran denken, dass das Wort *Rektor* mit dem Wort *Rektum* verwandt war.

Verstehst du, was ich meine, fragte Gunnar mit weitgeöffnetem Mund, und Ingrid nickte gedankenverloren, während sie das halbzerkaute Essen in seinem Mund betrachtete. Menschen wie Gunnar wäre vielleicht damit gedient, wenn sie in einer Kultur der Zwangsehe leben würden, in der der Clan die Entscheidungen traf. Und hatte man erst eine Ehepartnerin zugeteilt bekommen, gab es keine zweite Chance mehr. Dafür wurde man auch nicht geschieden. So kamen alle auf ihre Kosten, und man brauchte bloß stillzuhalten und zufrieden zu sein. In einer solchen Kultur würde Gunnar Kjersti zugeteilt bekommen und nicht Silje. Aber Gunnar war scharf auf Silje, denn so wie Gunnar es nicht schaffte, zuzuhören oder seine Klamotten zu waschen, schaffte er es auch nicht, sich von außen zu betrachten und einzusehen, dass Menschen wie Silje Menschen wie Terje haben wollten, und erst nach vielen Jahren mit zwei Kindern und mindestens einer Scheidung auf dem Buckel bekämen Männer wie Gunnar bei Frauen wie Silje eine Chance.

Ingrid stellte sich vor, wie Gunnar und Silje sich in vielen Jahren erneut begegnen würden, zu einer Zeit, in der Silje verblüht und desillusioniert wäre und Gunnar die grundlegenden Hygieneregeln erlernt hätte, und so würden sie sich einander nähern und könnten einen Kaffee trinken und vielleicht weitere Treffen verabreden, und beide würden sich im Glanz der alten Zeiten sonnen, und zwischendurch käme Gunnar der Gedanke: Ich liege im Bett, nackt und unter einer Decke mit *Silje*, und Silje ihrerseits könnte sich einbilden, sie wäre schon damals ein wenig in Gunnar verliebt gewesen, aber so heftig von Terje umworben worden, dass sie ihren vagen Gefühlen für Gunnar nicht auf den Grund gehen konnte, doch dann hatte das Leben zum Glück eine solche Wendung genommen, dass sie trotzdem eine Chance bekam, nach all den Jahren, denn irgendetwas musste es geben, das das Früher und das Jetzt miteinander verband, etwas musste all das, was nicht zusammenpasste, verdecken und verbergen.

Ingrid kaute mechanisch und freute sich darauf, alles hinter sich zu bringen: die Brote, Gunnar, die Pause, die Konferenz, zu der sie bald müsste, den Tag, die Nacht und den nächsten Tag. Während sie kaute, stellte sie sich vor, wie sie das Einwickelpapier zusammenknüllte, aufstand und in die Küchenecke ging, wo sie das zerknüllte Papier wegwerfen, den Becher abspülen und in die Spülmaschine stellen würde, bevor sie das Lehrerzimmer verließ, denn wie gewöhnlich ging sie alle Bewegungen vor ihrer Ausführung im Geiste durch, und wie gewöhnlich hielt sie den Blick auf den Boden gerichtet, als sie die Tür öffnete und in den Korridor trat. Und dort konnte sie aus den Augenwinkeln eine Bewegung erkennen, jemanden, der etwas von ihr wollte, und derjenige, der etwas von ihr wollte, war Oline. Oline stand vor Ingrid und redete, zugleich trank sie aus einer Flasche mit grünem Inhalt, einem selbstgepressten Saft aus Brokkoli, Grünkohl, Spinat, Karotten, Blumenkohl, Zitrone, Ingwer und Gurke. Das wusste Ingrid, weil Oline in einer Psychologiestunde einen Vortrag über ihre Essstörung gehalten hatte – eine Form von Anorexie –, daher wusste Ingrid auch, dass Oline weder Gluten noch Zucker, Weißmehl, rotes Fleisch, Milchprodukte, Zusatzstoffe, Convenience Food, Margarine, Schweinefleisch oder Eier aus Käfighaltung aß, und jetzt stand sie vor Ingrid und gestikulierte mit ihrem mageren Körper, der scharf konturiert und ständig in Bewegung war, entweder lief sie im Flur auf und ab, machte auf den Bänken hinter der Turnhalle Sit-ups oder saß an ihrem Pult im Klassenzimmer und schwang die Beine hoch und runter. Über Olines eingefallene Wangen liefen Tränen, weil Ingrid ihr für die letzte Hausarbeit eine Zwei und keine Eins gegeben hatte. Das kantige Gesicht, der geöffnete hilflose Mund. Ingrid wusste, dass die Angst vor einem solchen Anfall ständig an ihr zerrte, wenn sie Noten verteilte, und dass dieses Zerren sie dazu veranlasste, Oline eher eine Eins zu geben, auch wenn Olines Arbeit ganz offensichtlich nicht für mehr als eine Zwei reichte, nur um sich den Anblick dieses Leids zu ersparen, das Olines Gesicht so überdeutlich zum Ausdruck bringen konnte, weil ihm das ausgleichende Fett fehlte.

Diese ganzen Krankheiten, dachte Ingrid, in diesem wohl-genährten, friedlichen Land. Als bräuchte das Gehirn etwas, worin es sich verbeißen, woran es sich abarbeiten konnte. Und ist der Weg zu gerade oder zu glatt, sucht man sich einen steinigeren und unwegsameren, entweder verbietet man sich bestimmte Lebensmittel, oder man verbietet es sich, über-haupt etwas zu essen, oder man denkt sich andere Sachen aus – eine syrische Schülerin war in den letzten Wochen mit einem Nikab erschienen, einem schwarzen bodenlangen mus-limischen Gewand, das nur die Augen frei ließ. Im Lehrer-zimmer hatte Ingrid gehört, wie eine Kollegin, die die Nikab-schülerin im Unterricht hatte, sagte, die vorher so streitsüch-tige Schülerin sei jetzt ganz ruhig geworden, als sammle sich die ganze Unruhe nun in dem umstrittenen Gewand. Ingrid wusste, dass Essstörungen und das Tragen eines Nikabs zwei völlig verschiedene Dinge waren, aber für sie verschmolzen sie zu ein und derselben Hysterie, zu ein und demselben Irr-sinn.

«Oline», sagte sie und packte Oline an den mageren Schul-tern, die nur aus Haut und Knochen bestanden. Ingrid spürte einen Anflug von einem vertrauten Gefühl, Mitleid, Sympa-thie, das aber gleich wieder verschwand. «Ich bin auf dem Weg zu einem Termin, das müssen wir später besprechen. Kannst du nicht heute nach der Schule in mein Büro kom-men? Dann finden wir eine Lösung.»

Aufgrund der Motivationssitzung wäre sie am Nachmit-tag gar nicht im Büro. Sie würde schon jetzt ihre Sachen mit-nehmen, damit sie nach der letzten Stunde nicht noch ein-mal nach oben müsste, so dass nicht die geringste Gefahr be-stand, Oline am heutigen Tag noch einmal zu begegnen.

Schließlich schaffte sie es, sich auf die Behindertentoilette zu retten. Dort saß sie auf dem Klodeckel und fragte sich, wo ihr früheres Ich geblieben war: ihre Persönlichkeit, die sie durch den Tag getragen hatte, der frühere Enthusiasmus, den sie für nichts und niemanden mehr aufbringen konnte. Und warum sah sie nur das Kranke, das, was hervorstach? Ingrid starrte auf den überfüllten Papierkorb und auf die Toilettenpapierrolle, die auf dem Haltegriff steckte, und dachte an die Tatsache, dass jede Schulklasse im Schnitt zwei verschiedene Essstörungen, einen halben Selbstverletzer, viereinhalb Depressive und zwei mit ADHS aufwies, als würde ein wie auch immer gearteter Mechanismus dafür sorgen, dass die Diagnosen gleichmäßig verteilt wurden. Und jetzt auch noch das Risiko einer Zwangsheirat. Das Ganze bildete einen gleichmäßigen Rhythmus, ein Tortendiagramm, das Jahr für Jahr dasselbe war, und jeden Herbst kamen neue Ladungen von Schülern, die treu und brav die Statistik am Leben erhielten. Und hier saß Ingrid mit ihrer quasi geschrumpften Seele, die jetzt irgendwo tief in ihr drin ruhte, in einer Ecke oder einer Falte, dort hielt sie sich fest, versteckte sich, schloss die Augen und überließ die Formalitäten der äußeren Hülle. Die äußere Hülle hielt sich an die gängige Mentalität, die darin bestand, Krankheiten und Andersartigkeiten mit Respekt und Verständnis zu begegnen. Aber tief in ihrem Innern dachte sie: Reißt euch zusammen und esst normales Essen, tragt normale Kleidung und hört auf mit dem Quatsch. Mittlerweile sind wir so reich und satt, dass wir uns den absurden Unsinn leisten können, allem Quatsch mit unverdientem Respekt zu begegnen, anstatt euch einen Klaps zu geben, den ihr eigentlich verdient hättet! Ingrid saß auf der Behindertentoilette und würde an ihrer Schule am liebsten wieder die Prügelstrafe einführen. In diesem Punkt würde Gunnar ihr zustimmen, was sie bewog, den Gedanken so schnell wieder wegzuschieben, wie er gekommen war, und außerdem war ihr Großvater in Sachsenhausen gewesen und begegnete derlei Anwandlungen stets mit dem Satz: *Der Brand, den du legen willst, wird dich früher oder später selbst einholen.* Und das war der Brand, den sie gern legen würde, die Grube, die sie graben wollte, und der Brand würde sie einholen, und früher oder später würde sie selbst in die Grube fallen, denn Ingrid war im Begriff, sich in Hitler zu verwandeln, bald würde sie alle Menschen mit Sommersprossen töten wollen, und sie verließ die Behindertentoilette und lief mit möglichst beherrschten Schritten über den Flur und versuchte, sich auf die Motivationssitzung zu konzentrieren, gegen die sich alles in ihr sträubte. Aber es würde auffallen, wenn sie fernbliebe, und sie musste vorsichtig sein, damit nichts von dem, was in ihr war und sie erfüllte, eine Öffnung fand und nach draußen drang. Nein, sie hatte keine Lust auf die Sitzung, und sie hatte keine Lust, alle von der Norm Abweichenden und Verrückten zu unterrichten und sich mit ihnen abzugeben. Nichts in ihrem Leben war mehr eine Frage der Lust, dennoch tat sie, was verlangt wurde, weil es zu unangenehm wäre, es zu unterlassen, und so gelangte sie zu ihrem nächsten Steckenpferd: Überall hieß es, die Arbeit, die man täglich verrichtete, solle eine Herausforderung und erfüllend sein und zur eigenen Entwicklung beitragen, und man solle Lust auf die Arbeit haben, die Jugendlichen sollten Lust auf die Schule haben, und Ingrid dachte: Sollte ich anfangen, so zu denken, wäre alles dahin. Man beißt die Zähne zusammen. Schläft regelmäßig mit seinem Mann, hält sich und seine Umgebung in Ordnung, geht zu Konferenzen und Terminen, spricht freundlich mit seinen Kindern, benimmt sich anständig, pinkelt nicht in die Hose und schlägt nicht leck.

Und darum ging sie, wie es von ihr erwartet wurde, zur Motivationssitzung, obwohl ihr mehr danach war, sich den

Arm abzunagen, als im Auditorium zu sitzen und den kleinen Rektor unten auf dem Podium herumstolzieren zu sehen. Seine glänzenden spitzen Schuhe, die einstudierten Gesten, wie er auf und ab lief und ihre müden Ohren mit seinem im Bergenser Dialekt vorgetragenen Geblubber malträtierte, das nur ein Ziel kannte: ihr den letzten Rest an Energie zu rauben, sie tief in ihren Taschen graben zu lassen, um alles, absolut alles, was sie an Ressourcen und Lebenskraft hatte, *diesem Laden* zu geben, wie der Rektor die Schule gern nannte.

«Unser Laden ist jetzt ganz oben angekommen», sagte der Rektor und fuchtelte mit den Armen. «Und wenn man oben ist, gibt es nur einen Weg: nach unten. Und darum müssen wir neu denken. Was machen wir jetzt? Wir müssen etwas tun, um den Status zu halten. Wir können uns nicht auf unseren Lorbeeren ausruhen. Wir müssen uns etwas ausdenken, um die Bewerberzahlen zu halten, damit die Gelder weiterhin fließen und wir unsere Stellen behalten, denn die Gelder kommen mit den Schülern, und niemand kann sich hier sicher fühlen. Ich wiederhole: Niemand kann sich hier sicher fühlen!»

*Neues Lernzentrum, Karriereberatung, enge individuelle Betreuung, Personal Learning Coach* waren Stichworte, die auf der Leinwand auftauchten, als der Rektor sie nach und nach ins Spiel brachte. Aber wie konnte die Betreuung noch enger und persönlicher werden, als sie schon war? Ingrid war bereits der *Personal Learning* Coach ihrer Schüler. Was sollte sie noch bieten, sollten die Schüler bei ihr zu Hause einziehen? Sollte sie ihnen Organe spenden, sollte sie dafür sorgen, dass sie die vom Gesundheitsamt empfohlene Anzahl täglicher Orgasmen bekamen, sollte sie vielleicht auch in ihre Unterhosen Fleckentferner sprühen?

Früher hatte sie sich mit der Schule und dem Rektor identifiziert, sie war gern Teil dieses Organismus gewesen und hatte an seiner Weiterentwicklung mitgewirkt, und wenn sie von der Schule, den Lehrern und Schülern sprach, benutzte sie die erste Person Plural und sagte *wir*. Wir hier an der Schule hoffen, (dies oder das) mit Hilfe von (diesem und jenem) zu erreichen. Aber jetzt hatte sie es satt, und das Einzige, womit sich ihr Gehirn beschäftigen wollte, war, sich Gründe auszudenken, um gehen zu können. Ingrid fühlte sich wie ein Tier, das an der Kette lag und erst beim Kampf gegen die Fesseln feststellte, dass es angekettet war. Sie hatte damit gerechnet, dass das Alter mehr Einsicht und Klarheit mit sich bringen würde, stattdessen wuchsen Unruhe und Schlaflosigkeit, und dann noch dieser neue Widerwille gegen alles und alle, der Drang, die Arme eng am Körper zu halten, still dazusitzen, über neutrale Themen zu reden, seine Energie nicht zu vergeuden, vorsichtig zu sein bei dem, was sie in der Zeitung las oder was sie dachte, weil alle Erregung von gutartig in bösartig umgeschlagen war, von etwas, das sie – wie ihr jetzt klar wurde – inspiriert hatte, zu etwas, das nur noch zerstörerisch und ermüdend zu wirken schien. Alles war ermüdend. Die neue umfassende Müdigkeit zeigte sich darin, dass der Gedanke, in der Straßenbahn auf dem Heimweg von der Arbeit bis zu ihrem Zielpunkt ausharren zu müssen, so belastend war, dass sie am liebsten viel früher aussteigen würde, schon an der Haltestelle Oslo Hospital, um sich eine Bank zu suchen und sich hinzulegen. Das wäre ihr lieber, als bis Sørli sitzen zu bleiben, um dann nach Hause zu trotten, den Schlüssel hervorzuholen und aufzuschließen. Und dennoch blieb sie sitzen, bis die Straßenbahn Sørli erreichte. Sie lief den Solveien entlang, und wenn sie endlich zu Hause ankam, vor der Tür stand und in der Tasche nach ihrem Schlüssel kramte, wurde sie erneut derart von Müdigkeit überwältigt,

dass sie sich lieber auf die Treppe setzen und einen Schlüssel-
dienst anrufen wollte, als weiter nach dem Schlüssel zu kramen. Auf der Treppe zu stehen und nach ihrem Schlüssel zu
kramen erinnerte sie daran, dass sie noch viele tausend Tage
vor sich hatte, überwiegend im Dunkeln, in denen sie dazu
verdammt wäre, auf der Treppe zu stehen und nach ihrem
Schlüssel zu suchen, und dieser Gedanke haute sie dermaßen
um, dass sie beim Kramen eine Pause machen musste und
sich nicht mehr bewegen konnte. Sie hätte auch klingeln
können, warum tat sie das nicht, es war ganz bestimmt jemand zu Hause. Das wäre eine kurzfristige Lösung. Eine
langfristige Lösung bestünde darin, sich den Schlüssel an einem Band um den Hals zu hängen, an einem dieser Reklame-
bänder, die man überall bekam, das taten mehrere der jüngeren Kollegen, eine solche Traube von klimpernden Schlüsseln
und Türkarten um den Hals wirkte effektiv. Aber diese neue
grundlegende Müdigkeit zeichnete sich dadurch aus, dass sie
sich allen Maßnahmen zu ihrer Bekämpfung widersetzte,
und darum blieb Ingrid auf der Treppe stehen und kramte
nach ihrem Schlüssel, wie schon am Tag zuvor und auch am
Tag davor, und in der Regel fand sie ihren Schlüssel schließlich. Am Ende fand sie ihn immer.

Es war niemand zu Hause, und sie legte sich aufs Sofa. Hin
und wieder brummte ihr Handy, entweder das leise Summen
einer SMS oder das kurze Pling einer Facebook-Nachricht.
Vom Laptop auf dem Tisch waren leise Maileingangstöne zu
hören. Im Halbschlaf verwandelten diese Signale und alle,
die etwas von ihr wollten – Schüler, Schülereltern, Kollegen,
Freunde, Verwandte – sich in ein Rudel Wölfe, die geifernd
auf sie zurasten, und Ingrid kauerte sich auf dem Sofa zusammen und verbarg den Kopf unter ihren Armen.

Von dort, wo sie lag, sah sie den Schatten ihres früheren Ichs von einer Aufgabe zur nächsten sausen. Sie erinnerte sich an den Duft eines frischgewaschenen Bettbezugs, daran, wie es war, ihn zusammenzulegen und in den Schrank zu räumen. Hausarbeiten und Tests zu korrigieren, das Gefühl, alles abzuhaken, das Gefühl einer geglückten Unterrichtsstunde, einer gutformulierten Mail, eines gelungenen Elterngesprächs, das Gefühl eines Tagwerks. Dass diese Freuden jetzt vorbei waren, war nicht so merkwürdig. Das Merkwürdige, dachte sie, wie sie dort lag, war, dass sie überhaupt existiert hatten.

Die verschiedenen Töne nahmen zu, und sie setzte sich auf dem Sofa auf, griff zum Handy und beantwortete Nachrichten und Mails, die aufgelaufen waren, schickte Jonas und Martin eine SMS, dass sie heute Abend ausgehe und es deshalb kein Abendessen gebe. Das war vergebene Liebesmüh, es kam fast nicht mehr vor, dass die Familie zur selben Zeit aß, die Nachrichten waren daher nur der Versuch, so zu tun, als wäre alles wie früher. Auch Jan kam nicht länger zur gewohnten Zeit nach Hause. Nachdem er Referatsleiter geworden war, machte er oft Überstunden und hatte ständig die Nase vor dem Tablet, Smartphone oder dem kleinen Laptop, und seine erste Amtshandlung am Morgen war der Griff nach einem dieser Geräte.

Ingrid loggte sich bei Facebook ein, wo jemand einen Film über Bären hochgeladen hatte, die in einem Schwimmbecken badeten. Unter dem Film fanden sich weitere Tierfilme, und während sie sich einen Clip anschaute, der mit «Hund Jaspers Bad nimmt das Netz im Sturm» überschrieben war, schwirrte eine Fliege durch das Zimmer und landete unsanft auf ihrer Wange, sie schlug nach ihr, und als die Fliege diese Angriffslandung zweimal wiederholt hatte, ohne dass Ingrid sie erwischen konnte, legte sie das Handy weg und fing an zu heulen. Endlich, dachte sie, aber es war vorbei, noch bevor es richtig angefangen hatte. Sie vermisste es, richtig zu heulen, sie vermisste die Weinkrämpfe, die sie früher in regelmäßigen Abständen bekommen hatte. Es war, als würde sie allmählich austrocknen.

Erneut setzte sie die Füße auf den Boden, denn es war wichtig, dass sie zum nächsten Hindernis kam und zum übernächsten, und das nächste Hindernis war der Lesekreis, zu dem sie am Abend wollte, für den musste sie sich fertigmachen, den Schulstaub abwaschen, sich nicht bremsen lassen, sondern weiterkommen, darum ging es. Alles im Fluss halten, wieder einmal mit Jan reden, sie würde heute Abend früh nach Hause kommen, damit sie sich unterhalten konnten, das letzte Mal war Ewigkeiten her, sie wusste kaum noch, was er so trieb. Sie konnte sich nicht einmal daran erinnern, wann sie zuletzt in der Küche gesessen und wie früher über Gott und die Welt geredet hatten.

Der Lesekreis traf sich jeden zweiten Monat, und heute Abend wollten sie über eine Neuerscheinung sprechen. Das Buch war auf Nynorsk geschrieben, von einem Debütanten, und handelte von einem jungen Mann, der in den Ort seiner Kindheit zurückkehrte, weil sein Vater gestorben war. Im Nachbarhaus war eine Frau in seinem Alter eingezogen. Nach einer gewissen Zeit schliefen sie miteinander, und am Ende stellte sich dank alter Briefe und Tagebücher, die er in einer Schachtel auf dem Dachboden gefunden hatte, heraus, dass sie seine Halbschwester war. Ingrid hatte das Buch und ein paar Kritiken überflogen und sich entschieden, welche Meinung dazu sie offiziell vertreten würde. Sie würde sagen, dass die Handlung sie nicht besonders gepackt habe, dass das Buch ansonsten aber *auf eine Weise rührend gewesen sei, die sie nicht näher erklären könne,* und dass die Sprache *elegant, lyrisch, nahezu mystisch* sei – der Autor verwendete ein archaisches Nynorsk, von dem Ingrid, die seit mehr als zwanzig Jahren Nynorsk unterrichtete, nicht einmal die Hälfte verstanden hatte. Ingrid hatte nie gern Nynorsk gelesen, es war für sie so, als läse sie Dänisch oder Schwedisch, alles war verdeckt und verschleiert. Aber erstens galt das in ihren Augen jetzt für die meisten Bücher, nicht nur für die auf Nynorsk, und zweitens gehörte Nynorsk zu den Fächern, die sie unterrichtete, weshalb Ingrid es auch in ihrer Freizeit tunlichst vermied, etwas Negatives darüber zu sagen.

Warum bist du eigentlich immer noch in diesem Lesekreis?, fragte sie sich, als sie auf die Straßenbahn wartete. Weil sie gern an einen Ort kam, wo man sich um *Literatur* versammelte, ein Wort, das seinen alten Glanz behalten hatte und noch immer voller Hoffnung war. Ihr gefiel das Kultivierte daran, dass sich alle herausgeputzt hatten, dass der Gastgeber oder die Gastgeberin etwas zu essen vorbereitet hatte, dass Erwachsene zusammensaßen und über *ein Buch* redeten, dass sie die Energie dafür hatten. Nach dieser Wärme sehnte sie sich jetzt, als würde alles auf Kalorien und Materie reduziert, und außerdem: War all die Unlust, all das Asoziale, nicht mit einer gewissen Koketterie verbunden, ganz so, als wäre sie in eine zweite Pubertät geraten, und warum glaubte sie, sie sei die Einzige, der es so ging? Dieser Wunsch abzuhauen. Auf jeden Menschen, der abhaute, kamen bestimmt zwanzig oder dreißig, die nicht abhauten, sondern alles am Laufen hielten. Damit die Menschenscheuen ihre Menschenscheu ausleben konnten, musste es etwas Etabliertes geben, von dem man sich distanzierte, vor dem man fliehen konnte, so wie Ingrid in der Straßenbahn saß und wie gewöhnlich abhauen wollte, so tun wollte, als vergäße sie, an der richtigen Haltestelle auszusteigen, oder als hätte sie einen Schwächeanfall, was auch immer, um zu Hause aufs Sofa zu kriechen und weiterzudösen. Aber irgendwo dort draußen hatte jemand den Tisch gedeckt und Essen gekocht, und Ingrid stieg an der richtigen Haltestelle aus, und bald drückte sie auf den Klingelknopf des Obergeschosses in einem Zweifamilienhaus in Vinderen, bald hängte sie ihre Jacke auf, übergab eine Flasche Wein und gesellte sich zu den anderen, die um den Wohnzimmertisch saßen und Sørlands-Chips aßen. Ja, hier gehörte sie hin, hier war ein Platz für sie reserviert.

Aber das Nynorsk-Buch über den Mann, der am Ende mit seiner Halbschwester schlief, hatte das Gefühl in ihr verstärkt, außerhalb der Gesellschaft zu stehen. Das Gefühl, nicht länger mittendrin zu sein, weil sie irgendwo unterwegs hinuntergeplumpst war. In den Rezensionen hatte unter anderem gestanden, der Autor habe ein Talent, *wie es sich hierzulande sehr selten zeige.* Mehrere Kritiker hatten das Wort *meisterhaft* benutzt. Würde sie sagen, was sie von dem Buch hielt, dass sich ihr die Frage stellte, was der Sinn war, nicht nur des Buchs, sondern überhaupt, ja, dann sägte sie an dem Ast, auf dem sie saß, dann meldete sie sich aus der guten Gesellschaft ab, zu der sie immer noch gehören wollte, deshalb war sie ja hierhergekommen, an diesen langen Tisch in Vinderen, an dem sie mit ihren Kollegen saß, der mit Snacks, Karaffen mit Rotwein und Vasen mit Tulpen gedeckt war.

Wenn Ingrid sich ihr Gehirn vorstellte, sah sie einen löchrigen Schweizer Käse vor sich. Sie hatte vor ihrem eigenen alphabetisch sortierten Bücherregal gestanden und in ihren alten Lieblingsbüchern geblättert und festgestellt, dass sie auch in diesen Büchern nicht mehr als eine halbe Seite lesen konnte. Vielleicht wurde sie dement. Oder war es etwa so, dass alle so empfanden, aber nicht darüber sprachen, weshalb bald Schluss wäre mit der Literatur als Phänomen und Fach, als Bildungszutat und Pflichtlektüre, und damit auch: Schluss mit Ingrids Beruf und Platz in der Welt? Sie betrachtete die sprechenden Münder und verstand weder, was sie sagten, noch, warum sie dort saßen oder warum sie selbst hier saß. Sie redete, es ging ganz automatisch, der ganze Abend verlief automatisch, und mehr denn je erlebte Ingrid, wie sie sich innerlich zurückzog, sich an einer Stelle tief in ihrem Innern versteckte. Aber die Hülle dort draußen wusste, wie man sich benahm, die Hülle hatte ein dickes Handbuch von hundert möglichen, anerkannten und landestypischen Äußerungen und Handlungen auswendig gelernt, die alle zueinanderpassten und sich kombinieren ließen.

Sie brauchte nicht viel zu sagen, und als der Alkoholpegel am Tisch mit der Zeit stieg, brauchte sie überhaupt nichts mehr zu sagen. Sieh nur, wie die Leute aufblühten, wenn ihnen zugehört wurde. Hatte sie jemals jemandem wirklich zugehört, oder hatte sie nur so getan, als ob, während sie darauf gewartet hatte, dass sie an die Reihe kam? Rastlos hatte sie gewartet und dabei gespürt, wie sich das Geblubber in ihr aufstaute, wie sie zunehmend ungeduldig wurde, es loswerden wollte, so wie man stets voller Ungeduld darauf wartet, Abfall loszuwerden.

Erneut war es so, als würde ein Vorhang zur Seite gezogen, so dass sie alles sehen konnte, wie es war. Oder war es umgekehrt? War sie früher verrückt gewesen, oder war sie jetzt verrückt?

## 2

Wenn Hanne bei Paaren zu Besuch war, fand sie es jedes Mal unbegreiflich, wie diese Menschen tagaus, tagein weitermachen konnten. Wie lief man in derselben Wohnung herum, um sich dann in dasselbe Bett zu legen und im selben Raum mit derselben Person zu schlafen, und das Woche für Woche? Hanne war entsetzt über die Alltäglichkeit und das ganze Grau. Sie ging ins Badezimmer und ließ sich überwältigen vom Uringestank um die Toilette, vom Anblick der Salbe gegen Scheidenpilz in dem kleinen Schränkchen, das sie immer öffnete von dem Drang getrieben, den Code zu knacken.

Hanne war die Einzige in ihrem Freundeskreis, die nicht verheiratet war oder in einer festen Beziehung lebte. Sie war vierunddreißig und arbeitete als Referentin in einem Ministerium, und am Kühlschrank ihrer kleinen Wohnung in der Tøyengata hingen Hochzeitsfotos und Einladungen zu Einweihungspartys, Junggesellinnenabschieden und Hochzeiten. Aber nicht zu Tauffeiern oder Namensweihen, denn zu diesem Zeitpunkt hatte sich die Mauer um die Familien bereits geschlossen, und sie befanden sich an einem Ort, zu dem Hanne keinen Zugang mehr hatte. Überhaupt lag über diesem rings um sie keimenden und wachsenden Familienleben etwas Geheimnisvolles – etwas Rätselhaftes, als ob alle in Reih und Glied in einen Hangar marschierten, wo sie einen geheimnisvollen Prozess durchliefen, ähnlich dem beim Militär, wo man angeblich erst gebrochen wird, um dann wieder aufgebaut zu werden. Zu Eheleuten und jungen Eltern umgebildet, kamen sie aus dem Hangar heraus. Hanne hatte gesehen, wie die Leute sich, einer nach dem anderen, in solche Klone verwandelten. Aber was ging im Hangar selbst vor sich? Urin und Pilz. Sie schloss das Schränkchen, betätigte die Toilettenspülung und ging wieder zu den anderen. Alles reduzierte sich auf Urin und Pilz. Und dennoch wollte auch sie nichts lieber, als in den Hangar zu marschieren. Das war der nächste Programmpunkt, und auch wenn das Kinderkriegen an sich nicht verlockend wirkte, wollte sie sich die existentielle Erfahrung nicht entgehen lassen, die das Sichfortpflanzen allem Anschein nach war, obwohl es sich um einen Vorgang handelte, den alle Lebewesen blind vollziehen konnten.

Was sollte sie auch sonst tun, was blieb ihr anderes übrig? In den Clubs der Stadt war eine neue Generation aufgetaucht. Die war genauso jung und frech wie Hanne und ihre Freunde vor zehn, zwölf Jahren, und mit genauso großer Selbstverständlichkeit herrschte sie jetzt über das Osloer Nachtleben. Hanne dagegen – zu alt, um sich an den Orten heimisch zu fühlen, die jetzt fest in der Hand der neuen Generation waren, und zu jung, um sich unter die Alten, Geschiedenen und Verzweifelten zu mischen, Hanne hatte keine Orte mehr, an denen sie sich aufhalten konnte, keine Orte mehr, die ihr gehörten und an denen sie wie selbstverständlich ihren Platz hatte. Sie vermisste die Partys und das Nachtleben von früher. In den letzten Jahren hatte sie schon an den äußersten Rändern ihres Bekanntenkreises suchen müssen, um Leute zu finden, die noch Single waren.

Ab und an wollten ihre verheirateten oder fest liierten,

schwangeren oder stillenden Freundinnen etwas aus dem Leben hören, das sie selbst hinter sich gelassen hatten, vielleicht um sich ein bisschen zu gruseln und die Erleichterung auszukosten, dass sie sich nicht mehr in dieser Phase befanden, auch wenn sie Hanne gegenüber behaupteten, sie würden sie um ihre Freiheit und das ganze amüsante Auf und Ab beneiden. Daher traf Hanne ungefähr einmal im Vierteljahr ihre alten Freundinnen, immer unter der Woche, nach der Arbeit, in einem Bistro, wo die Schwangeren oder Stillenden dann auf Alkohol verzichteten und sich stattdessen an Hanne berauschten. Die Freundinnen fragten, Hanne erzählte und trank. Früher hatte sie getrunken, um sich selbst zu ertragen. Jetzt trank sie, um ihre Freundinnen zu ertragen, wie sie da um den Bistrotisch saßen, am Ehering fingerten oder sich über die pralle Babykugel strichen, und je deutlicher und lauter Hanne wurde, desto lauter lachten ihre Freundinnen, und schließlich zockelten sie satt und zufrieden nach Hause zu ihren Männern und ihrem Familienleben, während Hanne allein in die Tøyengata heimwankte und die steile Treppe zum vierten Stock hochkraxelte. In ihrer Wohnung ging sie geradewegs in die Küche und trank einen Liter Wasser, und beim Trinken dachte sie, nun müsste sie bald jemanden finden, mit dem sie Kinder kriegen könnte, sonst würde sie die erste Runde verpassen. Die Alternative wäre, auf die Scheidungen zu warten, aber dann könnte es zu spät sein.

Ihre Ausstrahlung hatte sich verändert. Sie sah es im Spiegel: eine gewisse Schwerfälligkeit, eine Mattigkeit. Wäre sie ein Hund, hätte sie struppiges und zerzaustes Fell. Sie musste etwas unternehmen. Musste üben, positiv und fröhlich auszusehen, bevor das Scheitern unauslöschliche Spuren hinterließ. Sie war noch jung, aber sie hatte ihre Leichtigkeit verloren. Und wenn sie mehrere Abende hintereinander getrunken hatte und sich am Morgen danach im Spiegel betrachtete, war das wie ein Blick in die Zukunft: So würde sie in zehn oder zwanzig Jahren *ständig* aussehen. Vorläufig ließ es sich noch abwaschen und wegschminken, aber schon bald würde dieses abgekämpfte und verlebte Gesicht im Spiegel von Dauer sein.

Noch aber nicht. Hanne starrte sich an, bis ihr schwindelig wurde, als wäre der Mensch im Spiegel wirklich ein anderer Mensch.

Von irgendwoher roch es nach Moder, wie nach einem Wasserschaden. Der Geruch war schon seit ihrem Einzug da, aber bei der Wohnungsbesichtigung mussten die Vorbesitzer ihn mit Räucherstäbchen oder Parfüm überdeckt haben, denn sie hatte ihn erst bemerkt, als der Umzug überstanden und die erste, gute Zeit vorüber war. Einmal war sie nach einem Abend in der Stadt nach Hause gekommen und hatte angefangen, im Bad herumzuschnuppern, und damit war das Problem in der Welt. Sie sprach mit den Nachbarn und rief einen Klempner, doch niemand nahm den Geruch wahr, und der Klempner hatte alle Rohre gereinigt, ohne dass es etwas genützt hätte.

In der letzten Zeit kam es ihr vor, als hätte der Gestank sich in der ganzen Wohnung ausgebreitet, und nachts träumte sie von vermodernden Blättern und Brunnen mit abgestandenem Wasser und von Ratten, die in den Abflussrohren schwammen und unten im Klo auf der Lauer lagen.

Seit Hanne mit neunzehn zu Hause ausgezogen war, hatte sie neun Wohnungen gehabt und sechzehn oder siebzehn Beziehungen, die One-Night-Stands nicht mitgerechnet. Zu Anfang hatten jeder Mann und jede Wohnung gleichermaßen verheißungsvoll und belebend gewirkt, aber noch bevor sie wusste, wie ihr geschah, hatte sie mit einem Mann Schluss gemacht oder ein Angebot für eine neue Wohnung abgegeben. Auslöser für jede Trennung und jeden Umzug war irgendeine geringfügige Irritation – die Art, wie jemand ging, seine Vorliebe für bestimmte Wörter, Schimmelgeruch im Treppenhaus, Kindergeschrei in der Nachbarwohnung oder wie jetzt: der Gestank aus dem Bad, der die gesamte Wohnung und sogar ihre Träume in Besitz genommen hatte.

Einmal machte sie mit einem Mann Schluss, weil er X-Beine hatte und die Füße beim Gehen nach außen setzte, ein andermal verließ sie einen, der ständig das Wort *verdammt* benutzte, zum Beispiel: *Am Wochenende war das Wetter verdammt schlecht.* Aus einer Wohnung zog sie aus, weil das Treppenhaus in einem Rot gestrichen war, das an geronnenes Blut erinnerte, in einer anderen bekam sie auf dem altersschwachen Balkon Höhenangst. Wieder eine andere lag nur ein paar Häuserblocks von einer starkbefahrenen Straße entfernt, und nachdem Hanne einmal angefangen hatte, auf die Geräusche dieser Straße zu achten, setzten die sich in ihrem Kopf fest und nahmen noch zu, bis sie schließlich glaubte, verrückt zu werden. «Hör dir diesen Krach an», hatte sie zu allen Besuchern gesagt, ebenso wie sie jetzt alle fragte, ob sie den Gestank aus dem Bad wahrnähmen.

Doch niemand konnte hören oder riechen, was sie hörte und roch, weshalb in Hanne der Verdacht aufkam, sie halluziniere und ihre Wahrnehmungen seien Symptome einer Krankheit, woraufhin sie versuchte, sich zusammenzureißen. Aber je mehr sie sich bemühte, das Gefühl der Irritation zu unterdrücken, desto stärker wurde es, und daher erschienen ihr jeder Umzug und jede Trennung in der konkreten Situation stets als absolut unausweichlich. Danach fühlte sie sich, als wäre sie in einen Sturm geraten. Nach dem Sturm saß sie da, zwischen Umzugskartons oder wieder allein nach einer weiteren Trennung, und versuchte zu rekonstruieren, was dieses Mal passiert war und warum sie jetzt wieder hier saß. Dann konnte sie es jedoch nicht mehr nachvollziehen, denn im Nachhinein bekamen die Männer wie die Wohnungen ihren anfänglichen Glanz zurück, aber da war es zu spät. Da war die Wohnung mit dem altersschwachen Balkon verkauft, der x-beinige Mann weg oder schon mit einer anderen zusammen, und Hanne stellte sich vor, wie andere Menschen völlig entspannt auf ihrem alten Balkon säßen und sich sonnten oder in den Armen des x-beinigen Mannes lägen, Menschen, die würdigen konnten, was ihnen das Leben vor die Füße warf. Es half ihr allerdings nicht, diesen Mechanismus zu durchschauen. Sie schien einen Affen in sich zu haben, einen Affen, der sich tief in ihrem Innern festgekrallt hatte und sich von ihr ernährte und der sich all ihrer Intelligenz und Kräfte bediente, um seinen Willen zu bekommen. Wenn ihm das wieder einmal gelungen war, versuchte sie zurückzudenken, versuchte, in ihrer eigenen Spur zurückzugehen, um den Affen, der so mächtig und schlau war, wenigstens beim nächsten Mal überlisten zu können. Aber der Affe saß an den Kontrollhebeln und sorgte dafür, dass Hanne wegen einer bedeutungslosen Kleinigkeit das Interesse an einem Mann verlor oder dass sie schlaflos dalag wegen Verkehrslärm, der ihr einige Tage zuvor noch nicht einmal aufgefallen war.

Sie ging ins Wohnzimmer und setzte sich in einen Sessel. Bald war Weihnachten. Der Raum wurde nur von den Straßenlaternen draußen erhellt, und durch den schwarzen Regen fuhren Autos. Auf dem Boden lagen Kleidungsstücke und andere Dinge wild durcheinander, der kleine Couchtisch war übersät mit Zeitungen und Tellern voller Essensreste. Hanne wusste, dass der Geruch im Bad ein Vorwand war, ein Trick des inneren Affen, damit sie weiterhetzte, sich einen neuen Ort zum Leben suchte, und dann noch einen, und so würde es weitergehen, bis sie die Kraft fand, zu bleiben, still zu sitzen, zur Ruhe zu kommen.

Um sie herum rauschte es in den Leitungen, im ganzen Gebäude wurde geduscht, gespült, abgezogen, und aus der Nachbarwohnung hörte sie Reden und Kinderlachen. Keiner ihrer Nachbarn ließ zu, dass ihm die Kleinigkeiten über den Kopf wuchsen und die Steuerung übernahmen, daher lachten und redeten sie im Kreise ihrer Angehörigen.

Vor sieben Jahren hatte sie abgetrieben, und mindestens einmal am Tag dachte sie daran, wie alt dieses Kind jetzt wäre – ein Fötus, der sich nicht vollständig entwickeln durfte, weil sein Vater eine allzu hohe Stimme gehabt hatte. Der offizielle Grund war gewesen, dass sie zu verschieden waren, dass sie nicht bereit war, sich zu binden, oder was auch immer sie damals vorgebracht hatte – sie hatte immer mehrere Erklärungen parat, wenn sie eine Beziehung beendete –, aber der wahre Grund war seine Stimme gewesen. Sie wusste, sie könnte nicht tagaus, tagein mit dieser Stimme leben, und sie wollte auch kein Kind mit einer solchen Stimme. So war es nun einmal. So war sie.

Einem spontanen Einfall folgend, suchte sie den Mann mit der Piepsstimme bei Facebook. Er hieß Håvard, sie hatten dreizehn gemeinsame Freunde, und Hanne sandte eine Freundschaftsanfrage, die er nach zwei Minuten annahm. In seinem Profil deutete nichts darauf hin, dass er mit jemandem zusammen war, daher schickte sie ihm eine Nachricht mit der Frage, wie es ihm gehe, und bekam eine nette, aber neutrale Antwort. Sie schickte ihm eine weitere Nachricht, in der sie ein Treffen vorschlug. Håvard hatte sie damals ins

Krankenhaus begleitet, er hatte auf sie gewartet und sich in den ersten vierundzwanzig Stunden nach dem Eingriff um sie gekümmert. Da konnten sie doch wohl zusammen einen Kaffee trinken. Aber er lehnte ab. Und dann kam es:

*Ich werde bald Vater, will im Sommer heiraten und im Moment ist alles ziemlich hektisch,* schrieb er. *Aber es war schön, von dir zu hören :-)*

Warum hatte er das nicht gleich gesagt? Hatte er sie aufs Glatteis gelockt, um sie zurückweisen zu können? Damals hatte Håvard im Wartezimmer gestanden und sie mit seinen braunen Augen angesehen. Dann hatte er sie nach Hause gefahren und anschließend im Chinarestaurant unten im Haus in Torshov, wo sie damals wohnte, Essen für sie geholt. Sie hatten sich einen Film angesehen und waren auf dem Sofa eingeschlafen. Als er später anrief und Nachrichten schickte, war sie weder ans Telefon gegangen, noch hatte sie die Nachrichten beantwortet, und sie hatte ihm auch nicht aufgemacht, als er schließlich an ihrer Tür klingelte.

Aber was machte es schon, wenn seine Stimme zu hoch war, niemand war perfekt, sie ja auch nicht, sie am allerwenigsten, mit ihren ganzen Umzügen und ihrer Rastlosigkeit, und den Rest des Abends verbrachte sie damit herauszufinden, wo er wohnte und arbeitete. Sie fand Fotos seiner Verlobten, einer blonden Frau mit großen Zähnen. Auf den Fotos lächelte sie so breit, dass man das komplette Zahnfleisch sehen konnte, und Hanne musste an einen Fisch denken, der mit weitgeöffnetem Maul schwimmt, um die im Meer vorhandenen Nährstoffe aufzunehmen. Die Frau sah aus wie jemand, der das Leben in vollen Zügen genießt. Ganz und gar nicht wie jemand, der sich von Bagatellen und Albernheiten aufhalten lässt.

Am nächsten Morgen ging Hanne an der Kanzlei vorbei, in der Håvard als Anwalt arbeitete. Auch in den folgenden Tagen machte sie diesen Umweg auf dem Weg zur Arbeit ebenso wie auf dem Heimweg. Ein konkretes Ziel zu haben, weckte in ihr eine ähnliche Erwartung, wie sie sie sonst bei Wohnungsbesichtigungen verspürte, und während sie durch die Straßen schlenderte, dachte sie an alles, was hätte sein können, mit Håvard und dem Kind, dessen Geschlecht sie nicht kannte, das aber jetzt sechs Jahre alt wäre. Vielleicht hätte es einen Bruder oder eine Schwester, vielleicht würden sie in einem Reihenhaus oder einem Vierparteienhaus in Sogn oder Tåsen wohnen, wo viele von Hannes Freunden und Kollegen lebten. Vielleicht hätten sie eine Katze oder einen Hund.

Sie hoffte beinahe, ihn nicht zu treffen, so angenehm war es, durch die Straßen zu schlendern. Aber schon am Freitagnachmittag kam er ihr in der Pilestredet entgegen. Da sie ihn fast nicht wiedererkannte, musste sie keine Überraschung heucheln. Sie umarmten sich zur Begrüßung, wobei Håvard ihr über den Rücken strich. Er hatte sich einen Bart wachsen lassen und wirkte größer. Und noch etwas anderes hatte sich in diesen Jahren an ihm verändert, doch zunächst kam sie nicht darauf, was es war.

«Hanne», sagte Håvard. «Wie geht's dir?»

Er hatte immer noch diese eindringliche Art zu sprechen, so als wollte er wirklich wissen, wie es ihr ging. Hanne konnte sich daran erinnern, wie sie das früher immer zum Reden gebracht hatte, bis auch diese Eigenschaft ihr schließlich auf die Nerven gegangen war. Aber jetzt war die alte Verärgerung weit weg, und mit Håvards konzentriert lauschendem Gesicht vor sich redete sie munter drauflos, dass sie noch im selben Ministerium arbeite, aber mittlerweile umgezogen sei. Wie viele Umzüge es gewesen waren, erwähnte sie nicht, und während sie sich unterhielten, wurde ihr klar: Håvards Stimme war völlig normal. Sie war überhaupt nicht dünn oder schrill, und vielleicht war sie es auch nie gewesen. Zudem bemerkte Hanne, dass er eine ruhige Sicherheit ausstrahlte, er zeigte eine abwartende und entspannte Haltung, die sie von früher nicht in Erinnerung hatte. Mit diesem gutgekleideten Juristen mit seinem gepflegten Bart und dem Funkeln in den Augen hatte sie kein Kind haben wollen, und schließlich hatte sie sich sogar geweigert, ihm die Tür aufzumachen. Er könnte jetzt ihr Mann sein. Er könnte der Vater ihres Kindes sein, wenn sie etwas abgewartet hätte, wenn sie eine andere wäre, wenn sie normal wäre.

Sie lächelte und lachte, und kurz darauf fragte er, ob sie Zeit für einen Kaffee habe, vielleicht stellte er diese Frage, weil sie ihren Charme spielen ließ oder weil sie es möglicherweise geschafft hatte, ein vages Schuldgefühl in ihm zu wecken, oder einfach, weil sie zufällig nur ein paar Meter vom Sjakk Matt entfernt standen, in dem sie sich früher immer getroffen hatten. Denn ich bestimme, dachte Hanne, als sie zum guten alten Sjakk Matt gingen, wo Håvard ihr die Tür aufhielt. Und ich wollte, dass wir uns unterhalten und einen Kaffee zusammen trinken, und siehe da, jetzt tun wir genau das.

Im Café erzählte sie, sie müsse jeden Tag an die Abtreibung denken. Dabei gebrauchte sie nicht das Wort «Abtreibung», sie sagte bloß: «Ich denke jeden Tag daran.» Håvard nickte und sah ihr in die Augen, ihr fiel auf, wie intim es war, in solchen Andeutungen reden zu können, als seien sie immer noch ein Paar, und Wärme breitete sich in ihrer Brust aus.

Sie sagte: «Ich denke daran, wie alt er oder sie jetzt wäre.»

«Ich versuche, nicht so viel daran zu denken», sagte Håvard.

«Wie schaffst du das?»

«Man muss solche Dinge hinter sich lassen. Sonst machen sie einen kaputt.»

Sein Gesichtsausdruck war sanft und traurig, was in Hannes Augen absolut angemessen war für einen Mann, der mit seiner Exfreundin im Café saß, nachdem sie vor einer ganzen Weile seinetwegen abgetrieben hatte, so wie auch sein Bart heute absolut zu einem Juristen passte, während er vor fünf Jahren noch komisch ausgesehen hätte.

Nachdem sie einige Zeit vergeblich darauf gewartet hatte, dass er mehr sagen würde, begann sie, ihn auszufragen. Obwohl sie die Antworten schon kannte, fragte sie, wo er mit seiner Verlobten wohne (Grünerløkka), wann das Kind komme (bald), was seine Verlobte beruflich mache (Versicherungsmaklerin), und er antwortete auf alles, aber so kurz und bündig, dass sie nicht daran anknüpfen konnte, es kam kein richtiges Gespräch in Gang, und als ihr die Fragen ausgingen, wurde es wieder still.

Håvard hatte für sie beide bezahlt. «Was möchtest du trinken?», hatte er gefragt, als sie in der Schlange standen. «Einen doppelten Cortado», hatte sie geantwortet und in der Tasche nach ihrem Portemonnaie gekramt. Daraufhin hatte Håvard insistiert: «Lass nur, ich zahle, such du uns lieber einen Tisch», und Hanne hatte sich daran erinnert, wie es war, zu zweit zu sein – der eine zahlte, während der andere einen Tisch suchte –, aber um das erleben zu dürfen, musste man in der Lage sein, über alle möglichen Macken und schlechten Angewohnheiten hinwegzusehen.

Hanne wusste nicht, was sie noch sagen sollte. Sie hatte nichts geplant, sondern war einfach davon ausgegangen, es wäre alles wie früher, wenn sie sich erst über den Weg liefen. Irgendwo in ihrem Innern war sie sich sicher gewesen, Håvard wie auch all die anderen Männer, die sie im Laufe der Zeit verlassen hatte, warteten nur darauf, dass sie wieder Kontakt zu ihnen aufnähme. Langsam dämmerte ihr jedoch, dass all ihre Verflossenen weitergegangen waren und jetzt ihr eigenes Leben lebten, völlig unabhängig von ihr, und diese Erkenntnis war wie ein Sturz ins Bodenlose.

Håvard sah sie an. «Hanne, was willst du eigentlich, nach all den Jahren, warum hast du dich ausgerechnet jetzt gemeldet?»

Wie intim es doch war, durchschaut zu werden, entlarvt, bloßgestellt: Håvard war der Einzige, der sie wirklich kannte, der Einzige ihrer vielen Männer, mit dem sie eine echte Chance gehabt hätte. Sie war sogar von ihm schwanger gewesen, sie hatte Håvards empfindliches Genmaterial in sich getragen.

Hanne spürte, wie ihr Tränen in die Augen traten. «Ich weiß es nicht. Ich habe mir nichts dabei gedacht. Ich wollte einfach mit dir reden. Was damals passiert ist, war für dich vielleicht nicht so wichtig, aber für mich war es ganz entscheidend. Ich lebe allein und hatte seit damals keine ernsthafte Beziehung mehr.»

Håvard schüttelte den Kopf. «Wie kannst du so was sagen? Ich denke natürlich auch an das, was damals passiert ist. Soweit ich mich erinnere, habe ich mich mehrmals bei dir gemeldet, ich habe sogar bei dir zu Hause geklingelt. Aber du hast mir weder geantwortet noch aufgemacht. Und das ist völlig in Ordnung, das heißt, damals fand ich es nicht so in Ordnung, aber es ist ja Jahre her, und ich bin in meinem Leben weitergekommen, um es mal so auszudrücken.»

*Um es mal so auszudrücken.* Das hatte Hanne, wie ihr jetzt einfiel, damals auch schon gestört: all die abgedroschenen Floskeln. Sie versuchte, zu der alten Verärgerung zurückzufinden, bekam sie jedoch nicht zu fassen. Sie versuchte, den Håvard der alten Zeiten wiederzufinden, den etwas faden Typen, den sie nicht ertragen konnte, aber der Håvard der alten Zeiten wurde verdrängt von dem neuen Håvard, voller Selbstvertrauen und mit einem modischen Bart.

Håvard atmete schwer, und sein Gesicht war rot. Er nahm die Kaffeetasse hoch, sah, dass sie leer war, und stellte sie geräuschvoll wieder ab. «Wir waren damals erst seit wenigen Monaten zusammen, trotzdem war ich bereit gewesen, dieses Kind mit dir großzuziehen. Und das weißt du auch. Du wolltest nicht. Und jetzt sitzt du hier und erzählst mir, dass du keine ordentliche Beziehung führen kannst, als wäre das meine Schuld.»

Hanne antwortete: «Schön, dass du in deinem Leben weitergekommen bist. Dann ist das wenigstens einem von uns gelungen, *um es mal so auszudrücken.*»

Håvards Gesicht wurde noch röter. Sein ständiges Erröten hatte sie damals auch genervt. Aber jetzt gefiel es ihr. Jetzt lechzte sie nach Feingefühl und Nähe, nach all dem, was Håvard ihr hatte geben wollen und was sie damals zurückgewiesen hatte, jetzt wollte sie es. Seine feuchten braunen Augen, als sie nach der Abtreibung ins Wartezimmer gekommen war. Aber nun war es zu spät. Nun würde Håvard nach Hause gehen, zu seiner Verlobten. Vielleicht hätte sie das Essen fertig, vielleicht würde er auf dem Heimweg etwas zu essen für sie besorgen. Etwas zu essen für seine schwangere Verlobte, als Belohnung dafür, dass sie sein Kind ausbrütete. Zwei Vögel, die ein Nest gebaut hatten.

Hanne stand auf. «Na dann, mach's gut, war schön, dich zu sehen. Viel Erfolg weiterhin.»

Håvard starrte sie mit offenem Mund an.

Denn ich bestimme, wiederholte sie für sich, als sie das

Café verließ. Denn ich bestimme, wann ein Gespräch zu Ende ist, nicht du. Du mit deinem Bart und deinen Floskeln. Du gebrauchst so viele Floskeln, dass sie sich an den Händen fassen und ein ganzes Gespräch bilden könnten, das ausschließlich aus Floskeln besteht: *Danke, gut, kann nicht klagen. Lass uns zum Zapfenstreich blasen, morgen ist auch noch ein Tag. Am Wochenende war das Wetter verdammt gut, um es mal so auszudrücken.*

In den Straßen wimmelte es von festlich gekleideten Menschen, die auf dem Weg zu irgendwelchen Weihnachtsfeierlichkeiten waren. Hanne hatte nichts vor, und mit jedem Schritt fiel ihr das Gehen schwerer. Was hatte sie gerade getan? Håvard war nie gemein zu ihr gewesen oder hatte sie schlecht behandelt. *Sie* hatte sich damals gemein verhalten. Jetzt war sie wieder gemein gewesen. Und weil sie vom Wesen her nun mal so war, lief sie hier allein herum. Ganz einfach.

Håvard wäre bald zu Hause bei einem Menschen, der bloß den Kopf schüttelte, wenn Håvard von seiner hysterischen Ex erzählte, und dann könnte das Paar die hysterische Ex nutzen, um sich noch näher zu kommen. Währenddessen würde die hysterische Ex bei sich zu Hause die dunkle, enge Treppe hochkraxeln und den Freitagabend in ihrer stinkenden kleinen Bude verbringen. Hanne betrachtete die hierhin und dorthin eilenden Menschen und dachte: Ich muss nirgendwohin, ich habe niemanden. Alle haben ihr eigenes Leben, alle sind fort, alle sind verschwunden.

In der Tasche vibrierte ihr Handy. *Lust auf ein Treffen?* Die SMS kam von dem Stalker, dem Irren oder wie auch immer sie ihn sonst noch nannte, sie waren nur kurze Zeit zusammen gewesen, und das war jetzt schon mehrere Jahre her, aber sie bekam immer noch jede Woche ein paar SMS von ihm. Also stand sie gar nicht so allein da, sie hatte ja den Irren. Der Irre wartete irgendwo auf sie, der Irre hatte kein neues Leben. Der Irre wollte sie noch, und wenn sie ihn jetzt anriefe, hier auf der Straße zwischen all den Leuten, die zu irgendwelchen Weihnachtsfeierlichkeiten wollten, würde er sofort kommen. Überallhin würde er kommen. Bereit, den Faden wiederaufzunehmen, bereit, dort weiterzumachen, wo sie aufgehört hatten, würde er mit seinem kleinen Sportwagen angerauscht kommen, die goldene Kreditkarte in der Tasche, und Kurs auf die teuersten Restaurants nehmen.

Zur Abwechslung hatte sie diesen Mann nicht wegen einer Lappalie wie seiner Redeweise oder seinem Gang verlassen. Als sie das erste Mal bei Freunden zu Besuch waren, war er nach einer knappen halben Stunde aufgestanden und gegangen. Hanne war ihm gefolgt, und draußen auf der Straße hatte er sie angebrüllt. Seine Augen rollten in verschiedene Richtungen, und weißer Schaum sammelte sich in seinen Mundwinkeln, er beschimpfte sie als Fotze und Hure, weil er meinte, sie hätte mit einem der anderen Männer geflirtet. Zitternd war sie zurückgegangen und hatte behauptet, dass ihm schlecht geworden sei, und als sie wieder zu Hause war, hatten die entschuldigenden SMS eingesetzt, die ganze Nacht über strömten sie herein. Sie antwortete nicht, und in den nächsten Tagen schickte er ihr Blumen, zur Arbeit und zu ihr nach Hause, mit kleinen Kärtchen, auf denen stand, dass er sich umbringen würde, wenn sie ihn verließ. *An deinen Händen klebt mein Blut.* Es lagen alle Symptome für eine Psychose oder eine Persönlichkeitsstörung vor, wie eine Internetrecherche ergab, trotzdem hatte sie nach einer Woche eingewilligt, ihn noch einmal zu treffen. Warum, wusste sie nicht. Vielleicht weil sie so viel Spaß miteinander hatten, wenn alles in Ordnung war, und einige Wochen lang ging es gut, sie fuhren mit dem kleinen Auto durch die Gegend und aßen im Restaurant. Eines Tages saß sie bei ihm im Auto und lächelte über etwas, das ihr plötzlich eingefallen war, sie waren auf dem Heimweg vom Stadtstrand Huk, und bevor sie ihm erklären konnte, woran sie gedacht hatte, hatte er sie aus dem Auto geworfen und am Straßenrand stehen lassen, weil er glaubte, sie habe über ihn gelacht.

Nach diesem Vorfall hatte sie monatelang nicht auf seine Nachrichten geantwortet, aber eines Abends, als sie sich langweilte, schrieb sie dann doch zurück, und auch wenn die Antwort lautete: Lass mich in Ruhe, ich will nichts mit dir zu tun haben, hatten sie auf einmal ein Treffen vereinbart, diesmal aber tagsüber und nur auf einen Kaffee. Ich bin jetzt viel ruhiger, hatte er geschrieben. Ich war in Therapie, du weißt ja, ich würde alles tun, um dich wiederzusehen. Sie trafen sich an einem Samstag, redeten ruhig und entspannt miteinander und umarmten sich zum Abschied. Danach hatte Hanne Erleichterung empfunden, denn ihr war es immer unangenehm, Feinde zu haben, und sie hatte bei Facebook die Blockierung gegen ihn aufgehoben und seine umgehend eintreffende Freundschaftsanfrage angenommen.

Am selben Abend hatte er sie angerufen und gefragt, ob sie mit ihm nach Paris fahren wolle, ganz ohne Verpflichtung, sie hätten jeder ein eigenes Zimmer, er würde alles bezahlen. Als sie ablehnte, explodierte er wieder, und in der Nacht bekam sie über hundert SMS: Drohungen, Liebeserklärungen und dann das ganze Programm von vorn – *sieh dich von jetzt an vor; ich habe noch keine so geliebt wie dich; du bist ordinär und hässlich, das sagen alle; du bist meine große Liebe; ich werde dich vernichten* –, und erst da erkannte sie, dass sie ihm überhaupt nicht antworten konnte, dass auch ein *Nein, ich möchte keinen Kontakt* in seinen Augen verborgene Botschaften enthielt und das Gegenteil bedeutete. Dennoch lag für sie heute, als sie in der weihnachtlichen Dunkelheit zwischen all den Leuten herumlief, so etwas wie Trost in der Gewissheit, dass es zumindest einen Menschen gab, wenn auch einen verrückten, der auf der Stelle alles stehen- und liegenlassen würde und angelaufen käme. Waren seine Anfälle wirklich so schlimm, wie sie sie in Erinnerung hatte, waren sie nicht bloß ein Zeichen von starken Gefühlen, vielleicht hatten sie beide bloß Probleme miteinander, weil sie so verschieden waren, und wenn sie nun …

Hanne steckte das Handy zurück in die Tasche und atmete tief ein. Was waren das für Gedanken? Sie zeigten nur, wie verzweifelt sie war. Jetzt musste sie aufpassen.

Und es stimmte ja auch nicht, dass sie nichts vorhatte. Ihr Kalender war an diesem Freitag in der Vorweihnachtszeit voller Einladungen. Wenn sie wollte, könnte sie sich von einer Veranstaltung zur nächsten hangeln: vom Freitagsbier mit den Kollegen (von dem sie sich in der Hoffnung, Håvard zu begegnen, weggestohlen hatte) zu einer Geburtstagsfeier, dann weiter zur nächsten Geburtstagsfeier und schließlich zu einem Weihnachtskonzert im Club Månefisken. Hanne hatte alles abgesagt, weil sie sich ausgemalt hatte, es würde was auch immer passieren, sobald sie Håvard traf, und jetzt lief sie die Straße Grensen entlang und fragte sich wieder einmal, was mit ihr nicht stimmte. An diesem Morgen war sie früh aufgestanden, um sich die Haare zu waschen und die Beine zu rasieren, sie hatte in ihrem stinkenden Badezimmer gestanden und ein Gefühl froher Erwartung verspürt.

Sie kam am Restaurant Stortorvets Gjæstgiveri vorbei, hinter dessen beschlagenen Scheiben sich Schatten bewegten, und einen Moment lang überlegte sie hineinzugehen, doch in ihrer jetzigen Verfassung wollte sie nicht riskieren, allein an einem Tisch zu sitzen. Aber nach Hause gehen konnte sie auch nicht. Ebenso wenig schaffte sie es, sich für eine der Feiern zu entscheiden. Aus alter Gewohnheit bog sie nach links in die Møllergata ein, wo vor dem Justisen ein Grüppchen Männer stand und rauchte. Einer von ihnen, ein früherer Kollege, rief ihren Namen, und im Nu hatte sich Hanne zu der Gruppe gesellt. Die Männer waren bereits ziemlich betrunken und fielen einander ins Wort, und als sie zu Ende geraucht hatten, ging sie mit ihnen hinein.

Sie landete ganz hinten in der Ecke und hatte kurz darauf ein Bier vor sich stehen. Sie folgte dem Gespräch, genoss es, die einzige Frau am Tisch zu sein, spürte die Körperwärme des Mannes neben sich, die Arbeit seiner Muskeln und seine Bewegungen, wenn er gestikulierte, und nahm seinen Geruch wahr: eine Mischung aus Zigarettenrauch, Bier, Schweiß und Aftershave. Sie brauchte bloß die Hand auf seinen Oberschenkel zu legen. Da sie direkt an der Wand saß, würde niemand es sehen. Aber es war noch zu früh und zu hell im Lokal, und dafür hatte sie noch nicht genug getrunken.

Wie viele Liter Bier sie hier nicht schon in sich hineingekippt hatte, an Freitagabenden und Geburtstagen, nach der Vollendung von Haushaltsentwürfen oder Berichten an das Parlament. In den letzten Jahren waren auch andere Lokale in Mode gekommen: Sosialen, Internasjonalen, Stopp Pressen, Kulturhuset, aber am Ende kam man immer zum Justisen zurück. Also gab es doch eine Konstante in ihrem Leben, und sie durfte nicht vergessen, dass sie trotz aller Rastlosigkeit und allem Aufbruchsdrang immer noch in dem Job arbeitete, den sie nach Abschluss ihres Masterstudiums der Politikwissenschaft an der Osloer Universität angetreten hatte. Gott sei Dank war etwas in ihrem Leben gleich geblieben, und Gott sei Dank gab es das Justisen. Hanne atmete ruhiger. Am Tisch saßen zwei, drei Männer, die unterhaltsamer und attraktiver waren als Håvard. Allerdings fehlte ihnen eine Eigenschaft, die Håvard besaß und die sie *Ernst* oder *Solidität* nannte. Die Männer am Tisch sprachen eine Sprache, die sie in- und auswendig kannte, und sie waren alle verheiratet oder fest liiert. Das waren jetzt ja alle. Warum war sie es nicht?

*Ich lebe allein und hatte seit damals keine ernsthafte Beziehung mehr.* Wie hatte sie sich nur benommen? Gegenüber einem Mann, der bald Vater werden würde. Aber hier im Justisen war sie zu Hause, hier kannte sie sich aus, und sie lauschte der internen Bürokratensprache, die auch ihre eigene war. Mit geblähten Nasenlöchern und vom Kautabak ausgebeulten Lippen saßen die Männer da, zwei von ihnen hatten sich diesen trendigen Bart wachsen lassen, und wie Håvard waren sie zu alt für solche Altherrenbärte, die nur zu Männern Anfang zwanzig passten. Der Witz eines Altherrenbartes war ja gerade, dass sein Träger noch sehr jung sein musste, dachte Hanne, während sie ihr Bier trank und spürte, wie ihre Blamage bei Håvard immer weiter in den Hintergrund trat.

Biernachschub kam auf den Tisch. Hanne beobachtete die Servicemitarbeiter, die sich zwischen den Tischen hindurchschlängelten, und hätte am liebsten mit ihnen getauscht, wäre jetzt gern bei der Arbeit, mit einer Aufgabe, die zu erledigen war: Bier servieren, leere Gläser einsammeln. Während ihres Studiums hatte sie im Frognerparken Café gekellnert, sie hatte sich darauf gefreut, den Job wieder aufzugeben, und ihn danach all die Jahre vermisst, sie vermisste das Einfache, das Körperliche an dieser Arbeit, vermisste es, in einem Pulk von Betrunkenen nüchtern zu sein, die Kontrolle zu haben, und nach dem Schließen mit den anderen in der hellen Sommernacht zusammenzusitzen, die Füße auf den Tisch zu legen und das Trinkgeld zu zählen.

In der anderen Ecke des Lokals saßen ein paar Politiker, die sie vom Sehen kannte. Sie gehörten verschiedenen Parteien an, es ging hoch her, und Hanne erinnerte sich an eine Episode aus der Zeit, als sie noch neu im Ministerium war und einmal mit den Kollegen aus ihrem Referat im Justisen war, um die Abgabe des Haushaltsentwurfs zu feiern. Im Laufe des Abends hatte sich ein junger Politiker an sie herangemacht, hatte sie schließlich nach Hause begleitet und war über Nacht geblieben. Um ihn aus der Wohnung zu bekommen, hatte sie am Morgen danach so getan, als sei sie mit einer Freundin zu einer Wanderung in der Oslomarka verabredet, und als er ihr ein paar Tage später eine SMS schickte, antwortete sie nicht darauf. Vor sich selbst begründete sie das damit, dass er ihr zu glatt sei, ein Verkäufertyp, und nicht zuletzt hatte er etwas an sich – vielleicht war es der breite Mund mit den schmalen Lippen –, das sie an einen Frosch denken ließ, mit dem sie als Kind gespielt hatte, einen Spielzeugfrosch, den ihre Mutter genäht hatte und der noch heute in ihrem Zimmer im Elternhaus in Kjelsås auf dem Bett saß.

Damals konnte sie noch aus dem Vollen schöpfen, das war ihr heute bewusst. Nach wie vor konnte sie fast jeden Mann abschleppen, das war nicht der Punkt, aber die Männer riefen sie danach nicht mehr mit derselben Zuverlässigkeit an. An jenem Abend vor so vielen Jahren hatte sie es für selbstverständlich gehalten, von allen am Politikertisch umworben zu werden und dann allergnädigst dem Frosch den Vorzug zu geben. Damals, vor hundert Jahren und vor einer Million Alkoholeinheiten, hatte sie auf der Toilette des Justisen vor dem Spiegel gestanden und gemeint, sie sehe alt aus.

Nun war sie wieder hier, und es war genau wie mit Håvard, denn der Frosch hatte inzwischen Karriere gemacht, war Minister geworden und in allen Medien auf allen Plattformen präsent, und außerdem hatte er geheiratet und war mittlerweile Vater. In der kurzen Zeit, in der das Fenster zum Frosch offen gestanden hatte, war Hanne daran vorbeigegangen, und nach ihr hatte eine andere Frau die Gunst der Stunde genutzt und war durch das Fenster gekrabbelt, das jetzt verriegelt und verrammelt war. Hanne hätte die Frau sein können, die in einer im Magazin der Zeitung *Dagbladet* abgedruckten Homestory an dem weißen ovalen Tisch in der Wohnung in Ullevål Hageby saß, neben sich den jetzt so berühmten und umstrittenen Minister und ein Baby auf dem Schoß. Sie hatte das Interview wieder und wieder gelesen. Vor einiger Zeit hatte sie einen geschäftlichen Termin mit dem Frosch gehabt, der nicht irgendein Minister war, sondern Minister ihres Ministeriums. Bei dem Termin ging es um einen Vorschlag zur Einführung von Schulessen, ein Thema, mit dem sie sich viel auseinandergesetzt hatte, weshalb sie gebeten worden war, eine Präsentation zu halten. Sie hatte die Präsentation eingeübt und hochhackige Wildlederstiefeletten gekauft, aber als sich alle begrüßten und einander vorstellten, sah der Frosch sie nur an, verzog seinen breiten Mund zu einem Lächeln und sagte: «Ja, wir kennen uns ja schon.» Er sagte es ganz direkt, ohne anzüglichen Unterton, so als wären sie bloß in der weiterführenden Schule in dieselbe Klasse gegangen, und daher konnte Hanne nicht darauf reagieren. Danach hatte sie ihre kurze Präsentation gehalten, die sie aus dem Effeff beherrschte, so dass sie während des Vortrags noch Kapazitäten hatte, sich über die für die Stiefeletten hinausgeworfenen viertausend Kronen zu ärgern und auch über den ovalen Tisch in Ullevål Hageby, der ihr nicht mehr aus dem Kopf ging.

Und was hatte sie überhaupt vorgehabt – der Frosch hatte ihr seinerzeit eine einzige SMS geschickt, auf die sie nicht geantwortet hatte. Es war nicht so, dass er sie zurückgewiesen hatte und sie ihn jetzt dazu bringen wollte, es zu bereuen – *sie* hatte ihn seinerzeit zurückgewiesen. Und sie wollte ihn auch jetzt nicht haben. In ihrem tiefsten Innern wünschte sie sich, er käme angelaufen, und dann würde sie ihn wieder zurückweisen – *wieder* und *wieder* und *wieder*.

Hanne würde gern zum Arzt gehen, damit der Arzt ihr Proben entnahm, sich am Kopf kratzte und sagte: «Wie können Sie sich bloß auf den Beinen halten? Menschen mit Ihrem Leiden brauchen eine ganz besondere Arznei. Damit es Ihnen gelingen kann, auch nur einen einzigen sich nicht selbst negierenden Gedanken zu denken oder eine einzige sich nicht selbst negierende Handlung auszuführen, müssen Sie täglich drei von diesen hier nehmen.» Dann würde sie ihre besondere Arznei bekommen, und alles würde sich ordnen.

Aber so funktionierte es nicht. Stattdessen musste man sich vorantasten und Rätsel raten, und es gab nirgendwo Medikamente oder Antworten.

In die Runde am Tisch kam Bewegung. Die Männer wollten weiter, zum Konzert im Månefisken. «Komm mit», sagte ihr Sitznachbar. «Das sind alte Rocker, das wird bestimmt gut.» Ein anderer sagte: «Wenn alte Bürokraten Weihnachten rocken, muss einfach Weihnachtsstimmung aufkommen.»

# 3

〜〜〜〜〜〜〜〜〜

Jan hatte mitten auf der Tanzfläche Luftgitarre gespielt. Es war ein Freitag im Dezember, Jan war ein ergrauter Referatsleiter im Ministerium und nicht einmal sonderlich betrunken. Dann war er von Rolf, einem alten Klassenkameraden, auf die Bühne gewinkt worden, und da standen sie nun, zwei alte Bürokraten, und grölten «Come on baby light my fire» ins Mikrophon. Jan merkte, wie das alte Lampenfieber in ihm hochkroch, aber es war zu spät, er stand bereits auf der Bühne, neben Rolf, und als er anfing zu zittern, sang er einfach weiter, grölte sich durch den Song. Während seiner Zeit im musikalischen Zweig des Gymnasiums hatte er am Schlagzeug gesessen, aber jetzt griff er zum Mikrophon, schubste Rolf – Musikpolizei-Rolf, der in der Schule durchgesetzt hatte, dass man nur Jazz und Led Zeppelin hören durfte – weg und sang den Rest allein, mit einer neuen Stimme, die er noch nie zuvor gehört hatte, als sei es ihm gelungen, die alte Angst umzuwandeln, sie aus der Tiefe emporzuholen, und aus ihm kam etwas Schwarzes, Schweres, Grobes, das den Saal zum Kochen brachte und das Publikum ausflippen ließ. Er ließ die Hüften kreisen, eine Bewegung folgte der anderen, ohne Pause oder Zögern, er war Jim Morrison, aus dem Grab auferstanden, seine Stimme stieg ins Falsett, und vor der Bühne standen Frauen aus seinem Referat und streckten ihm die Arme entgegen. Als Nächstes spielte die Band

«Break on Through» von The Doors, und hatte er nicht genau das gerade getan, sich durch all das Alte zur anderen Seite durchgeschlagen, und warum hatte er es nicht schon eher getan, den Klang seiner Stimme, verstärkt über eine Soundanlage: Warum taten das nicht alle die ganze Zeit?

Dann war der Song zu Ende. Jan wollte weitersingen, aber Rolf behauptete, die Band brauche eine Pause. Das Publikum protestierte, Jan hielt das Mikrophon fest und weigerte sich, es aus der Hand zu geben, er wollte mehr, erkannte das Gefühl aus seiner Kindheit wieder, wenn er nicht ins Bett wollte. Erst als er sah, dass die übrigen Bandmitglieder ihre Instrumente hinlegten, stieg er von der Bühne, und wo er ging, teilte sich die Menge, und alle klatschten und johlten.

Etwas später saß er an der Bar, als Rolf mit seiner Paradenummer loslegte, Michael Jacksons «Beat it» – wegen Produzent Quincy Jones und Van Halen an der Gitarre seinerzeit von der Musikpolizei genehmigt –, denn jetzt wollte Rolf die Bühne zurückerobern. Aber du bist auch nicht Musiker geworden, dachte Jan, sondern wie ich ein grauer Bürokrat, und jetzt stehst du da in deinem schwarzen T-Shirt und kopierst Van Halen, genau wie vor dreißig Jahren. Du hast in der Garage deines Hauses in Jar geübt und deine Finger beweglich gehalten, na und?

Rolf bearbeitete die Gitarre wie sein Geschlechtsorgan, er hatte sogar diesen besonderen Gesichtsausdruck, den Männer bekamen, wenn sie Gitarre spielten: als ob sie jeden Moment kämen. War es ein Reflex, oder machten sie es mit Absicht, als wäre das Gitarrenspiel eine Freistatt, eine Möglichkeit, sich zu exhibitionieren und in aller Öffentlichkeit zu onanieren, dachte Jan, und im selben Moment kam Hanne auf ihn zu, sie arbeitete in seinem Referat und war eine von denen, die vor der Bühne gestanden und gejohlt hatten. Sie sagte etwas, das Jan nicht verstand, und er lehnte sich zu ihr hinüber.

«Was hast du gesagt?»

«Hätte nicht gedacht, dass du so ein Rock 'n' Roller bist.»

Hanne war eine der Jungen und Coolen in seinem Referat, die wussten, was vor sich ging, zugleich war sie eine von denen, auf die man sich verlassen konnte, wenn in den Medien etwas hochkochte und der Minister sich in den Achtzehnuhrnachrichten verteidigen musste. Sie war direkt nach der Uni eingestellt worden, als Einzige von mehreren hundert Bewerbern, und dennoch hatte sie eine lässige, arrogante Attitüde, als ob sie ihren Job mit links erledigte.

«So?»

Mehr brachte Jan nicht heraus, und er registrierte, dass sich sein Gesicht in die Falten gelegt hatte, die es bekam, wenn jüngere Frauen mit ihm flirteten, was in diesem Herbst häufig vorgekommen war, es nahm dann einen Ausdruck väterlicher, nachsichtiger Heiterkeit an, der die Angst überdecken sollte, die sich immer meldete, wenn Frauen überdurchschnittlich hübsch waren, wie es bei Hanne der Fall war, es fiel ihm schwer, sie direkt anzusehen, ihr in die dunklen Augen, auf die vollen Lippen, die weißen Zähne, die Sommersprossen zu schauen.

Sie lehnte sich zu ihm herüber, und Jan spürte dieses ganz besondere Gefühl am Oberarm. Wieso wusste man es sofort, wenn man zufällig, zum Beispiel in einer Menschenmenge, gegen die Brust einer Frau stieß, grübelte er, um sein Gehirn einzubinden, seine Gedanken einzubinden und so Hilfe zu bekommen. Hanne legte den Kopf schief und musterte ihn völlig entspannt. Jan sah zur Bühne und gab vor, sich auf die Musik zu konzentrieren, er wollte noch etwas trinken, sein Mund war trocken, aber die Flasche leer. Seine Nervosität nahm zu und mit ihr ein Gefühl der Unterlegenheit und damit wiederum das Bedürfnis, die Nervosität zu ersticken, sie zu unterdrücken, er musste bloß noch herausfinden, womit. All das war ihm vertraut, genau wie das Lampenfieber von vorhin. Aber ich habe mich verändert, und so etwas macht mir keine Angst mehr, dachte Jan, wobei er die leere Bierflasche auf den Schoß stellte und sie mit beiden Händen umklammerte. Es war so dunkel, dass sie es nicht sehen konnte. Und was machte es schon, wenn sie es sah. Warum verhielt sie sich so, warum rückte sie ihm so auf die Pelle? Nur in Norwegen konnten sich Leute ihrem Chef gegenüber so benehmen. Sie hätte sich niemals auf diese Weise an einen Hausmeister herangemacht. Er sollte jedenfalls nicht mehr mit den Kollegen trinken und johlen, die Zeiten waren endgültig vorbei.

Hanne nickte zur Bühne. «Der da, das ist so einer, der ständig jammert, dass er lieber Musiker wäre, und jetzt steht er da in diesem T-Shirt, das zeigen soll, dass er bei diesem magischen Nachtkonzert mit Miles Davis dabei gewesen ist. Aber er ahmt nur nach und kopiert, er hat nichts Eigenes beizusteuern.»

Jan drehte sich wieder zu ihr um, aber sie stand zu nah, er hatte die Brille nicht auf. Daher musste er sich etwas zurücklehnen, um sie scharf zu sehen.

«Woher weißt du von diesem Konzert? Du kannst höchstens zwei, drei Jahre alt gewesen sein. Wenn du überhaupt schon auf der Welt warst.»

«Papa ist so ein alter Jazzfreak, darum bin ich mit Miles Davis, Charlie Parker und all den anderen aufgewachsen. Papa hat eine ganze Wand voller Schallplatten, er legt nur Vinyl auf.»

«Ich war bei diesem magischen Nachtkonzert auch dabei.

Und ich habe ebenfalls eine ganze Wand voller Schallplatten.»

«Dann habt ihr euch viel zu erzählen, wenn ihr euch trefft.»

«Wann sollten wir uns treffen?»

«Auf unserer Hochzeit.»

Jan hielt die Hand mit dem Ehering hoch. «Ich bin schon verheiratet. Wir feiern bald Silberhochzeit.»

Hanne zeigte auf ihn, ihr Finger berührte seine Nase. «Du hast es echt drauf. Und keiner wusste das. Ich zumindest nicht. Ich brauche noch ein Bier, willst du auch eins?»

Sie ging zum Barkeeper, kam mit zwei Flaschen zurück und setzte sich auf den Barhocker neben ihm, so dass sie sich gegenübersaßen. Vom Abstand zwischen ihnen beruhigt, beugte Jan sich vor.

«Kannst du das näher erläutern», fragte er und legte seine Hände auf ihre Oberschenkel. «Inwiefern habe ich es echt drauf?»

Es war als *Hör-mal-her*-Geste gedacht, als wenn man jemandem den Arm um die Schultern legt, zu spät merkte er, dass seine Hände viel zu weit oben gelandet waren. Seine großen Hände mit den gespreizten Fingern waren völlig fehl am Platz, aber jetzt konnte er sie nicht mehr wegnehmen, weil das ein Eingeständnis gewesen wäre. «Ich will mehr hören», sagte er mit schwacher Stimme, krampfhaft bemüht, witzig zu sein. «Erzähl mir mehr davon, wie gut ich bin.»

Die Sekunden tickten nur so vorbei, und Hanne antwortete nicht, sah ihn nur unverwandt an. Hier saß er nun und begrapschte sie, wie ein altes Schwein. Er *war* ein altes Schwein, worin unterschied er sich schon von all den anderen alten Schweinen auf der Welt? In nichts. Und wie betrunken war er? Er versuchte zu lachen, versuchte, die Wärme, die in seine Hände strömte, zu ignorieren, ihre Oberschenkelmuskeln an seinen Handflächen, und Hanne sah ihm in die Augen und beugte sich auf ihrem Barhocker nach vorn. Was passierte hier? Das war nicht seine Absicht gewesen. Er bekam Angst, aber als er gerade die Hände zurückziehen und sich aufrichten wollte, fasste sie seine Hand, steckte den Mittelfinger in den Mund und ließ ihn langsam hinein- und hinausgleiten. Bearbeitete ihn rundherum mit ihrer Zunge, schloss die Augen, zog den Finger heraus und leckte an ihm, hoch und runter. Dann nahm sie den Finger wieder in den Mund, dann zwei Finger, dann drei. Sie sah ihn dabei an, und Jan hätte gern gelacht, es war so übertrieben, es musste ein Scherz sein, vielleicht irgendeine Ironie, die er nicht verstand. Aber sein Mund war zu trocken, so dass er nur ein schwaches Krächzen herausbrachte. Er gab einen schmatzenden Laut von sich, schluckte und wollte seine Hand zu sich heranziehen, er hatte die Finger im Mund einer mindestens fünfzehn Jahre jüngeren Mitarbeiterin, das musste sofort aufhören. Aber dann hatte er auf einmal eine Erektion von der Art, wie er sie nicht mehr für möglich gehalten hatte. Ja, so konnte es sein, wie hatte er das nur vergessen können? Hanne stöhnte über seinen Fingern, die von ihrem Speichel ganz nass waren. Er hörte, wie sich der Barkeeper hinter ihm räusperte, und später sollte es ihm so vorkommen, als sei dieses Räuspern das letzte Geräusch in seinem alten Leben gewesen, gewissermaßen der Versuch, ihn ans Ufer zurückzuholen, bevor er endgültig aufs Meer hinaustrieb.

In kürzester Zeit hatten sie sich durch das Lokal gearbeitet und waren draußen. Sie liefen einen gepflasterten Hang hinauf und kamen zu einer größeren Straße, der sie auf der Suche nach einem Taxi folgten. Sie redeten nicht miteinander und sahen sich auch nicht an, sie eilten nur über den vereisten Bürgersteig, während Autos an ihnen vorbeisausten. Dann kam ein Taxi, sie stolperten über Schneehaufen, um hineinzukommen, denn sie hatten es eilig; und später dachte Jan, dass diese Hast nicht von ihrer Lust hervorgerufen worden war, sondern von der Angst, sie würde sich geben, würde sich legen und ihnen würde klarwerden, was sie da trieben. Aber in dem Moment war er einfach nur erleichtert darüber gewesen, sich in ein warmes Auto setzen zu können und zu wissen, dass er bald in einem Bett liegen würde mit der Frau, die nun neben ihm saß und dem Fahrer ihre Adresse nannte. Denn jetzt fuhren sie zu ihr nach Hause, so war es einfach, und es gab keine Alternative. Jan dachte zwar an Ingrid, aber für ihn befand sie sich in einer anderen Galaxie zusammen mit dem Haus, den Söhnen, dem Ministerium, den Eltern, den Freunden und all dem anderen Uninteressanten und Unwesentlichen. Und sie alle mussten sich dem beugen, was jetzt geschah, denn auf dem Rücksitz des Taxis nahm Hanne seinen Schwanz in den Mund, und nach höchstens zwanzig Sekunden schluckte sie ruhig hinunter, was herauskam, und Jan war sich sicher, dass sein Herz aufhören würde zu schlagen. Und das war völlig in Ordnung, er könnte hier und jetzt sterben. Ja, er könnte sterben, denn so war es, und das hatte er vergessen. Was hatte er noch vergessen?

Dann waren sie da. Mit zitternden Händen gab er dem Fahrer seine Karte, bekam sie zurück, und alles lief wie in Zeitlupe oder unter Wasser ab. Schon waren sie draußen, Hanne schloss ein Gittertor auf, und sie betraten einen Hinterhof, gingen durch eine weitere Tür, dann endlose Treppen hinauf. Keiner von ihnen sagte ein Wort, sie arbeiteten sich schweigend zu ihrem Ziel vor. Er stapfte hinter ihr her, schnaufte und keuchte vor Erregung und von dem vielen Bier. Sein Hörvermögen war herabgesetzt, als hätte er Watte in den Ohren.

Kurz darauf waren sie im Schlafzimmer, und wieder wurde Jan daran erinnert, wie es gewesen war, vor vielen Jahren, zu Beginn seiner Beziehung mit Ingrid, und mit anderen vor Ingrid. Was in Hannes Bett passierte, auf einer Matratze, die auf dem blanken Boden lag, in einem Zimmer, in dem gerahmte Poster an der Wand standen und alle Klamotten auf einem Gestell hingen, musste einfach passieren. Hanne setzte etwas Brutales und Hemmungsloses in ihm frei, so dass er ihre Hüften umfasste und das Kommando übernahm, er packte ihren Nacken und hielt sie fest, um es ihr zu besorgen. Neue Impulse meldeten sich, wie schon vor wenigen Stunden auf der Bühne, und auch jetzt gab er ihnen nach, folgte ihnen, ließ sich führen. Er erkannte sich selbst nicht wieder. Eine neue Zeit war angebrochen.

Am frühen Morgen saßen sie im Bett, tranken Whisky und aßen Schokolade. Dann rauchten sie einen Joint, und Jan sah schon die Schlagzeilen vor sich: *Referatsleiter bei Hasch-, Sex- und Gewaltorgie ertappt.* Wahrscheinlich träumte er, dachte Jan, und lag in Wirklichkeit zu Hause in seinem Bett, neben Ingrid. Mit Schmerzen im Schritt.

«So lebt ihr heute also», sagte er.

«Wer ist ‹ihr›?»

«Ihr hier draußen.»

«Wo draußen?»

Über den gesamten Boden waren Kleidungsstücke verstreut. Es sah so aus, als sei sie gerade erst eingezogen oder kurz vorm Auszug.

«Draußen in der Gesellschaft.»

«Ist das hier ‹draußen in der Gesellschaft›?»

«Ja, ich finde, das ist ein typischer Ort draußen in der Gesellschaft.»

«Ich glaube, es ist umgekehrt. Ich glaube, du lebst draußen

in der Gesellschaft, und dieser Ort hier befindet sich weit außerhalb der Gesellschaft.»

«Ich bin seit über zwanzig Jahren verheiratet. Wir feiern bald Silberhochzeit. Das ist mir noch nie passiert.»

«Das hier ist eine Zeitschleife, hier ist alles erlaubt, denn hier sind wir außerhalb der Gesellschaft.»

«Hier sitzen wir jetzt also, zwei kleine Rädchen im großen Verwaltungsapparat, und rauchen Gras. Sex and drugs and rock 'n' roll.»

«Yeah, bro.»

«‹Bro›? Sagt man das heute so? Ich habe seit der Schule kein Gras mehr geraucht. Damals haben wir übrigens ‹Shit› dazu gesagt.»

Jan war Ingrid noch nie untreu gewesen, wenn man von gelegentlichen engen Tänzen auf Partys absah. Nur ein einziges Mal war ein bisschen mehr passiert, bei einem Abendessen, Ingrid war krank gewesen und zu Hause geblieben. Als Jan und die Gastgeberin in den Keller gingen, um mehr Wein zu holen, war etwas in Gang gekommen, was Jan sofort abgebrochen hatte, woraufhin er zu Ingrid nach Hause lief und Bericht erstattete. Seitdem hatte er die Keller-Episode als Beweis dafür angeführt, dass Ingrid *die Erste wäre, der er es erzählen würde*, falls, was es auch sei, passierte. Er hatte seinen Part Ingrid gegenüber zwar etwas passiver dargestellt, als er in diesem Kellerraum tatsächlich ausgefallen war, aber das war eine Notlüge gewesen, wie sie notwendig ist, damit mächtige Imperien nicht zerbrechen, und ihre Ehe war ein solches Imperium, sie musste um jeden Preis erhalten werden, Jan hatte genug Statistiken gesehen, um zu wissen, wie wichtig es war, verheiratet zu bleiben. Nicht nur, um die Aufteilung von Kindern, Besitz und Freundeskreis zu vermeiden, sondern auch in seinem eigenen Interesse, ja im Interesse seines eigenen Wohlergehens und persönlichen Glücks. Als er im Taxi nach Hause saß und auf die Innenverkleidung der Autotür starrte, wusste er daher, dass er dem krankhaften Drang, ins Schlafzimmer zu gehen, Ingrid zu wecken und ihr von seinem unglaublichen Erlebnis zu erzählen, auf keinen Fall nachgeben durfte, ganz gleich, wie stark dieses Bedürfnis auch war. Schon der bloße Gedanke war schwachsinnig und ein Beweis dafür, wie betrunken und zugedröhnt er war. Würde er es etwa hören wollen, wenn Ingrid mit einem anderen Mann geschlafen hätte und anschließend mit ihren Erlebnissen nach Hause käme, wie er jetzt? Nein, natürlich nicht. Auf dem Rücksitz des Taxis, das vor dem Haus im Solveien angehalten hatte, ballte Jan die Fäuste. In guten wie in schlechten Zeiten, dachte er, als er zum zweiten Mal in dieser Nacht einen Taxifahrer bezahlte. So interessant die Tatsache, dass er trotz Promille und trotz seines Alters in vier Stunden viermal zum Orgasmus gekommen war, rein objektiv betrachtet auch sein mochte, Ingrid konnte er nicht davon erzählen. Jetzt musste er zum ersten Mal in seinem Leben etwas wirklich Großes vor ihr geheim halten. Sobald der Rausch nachließe, würde die Reue einsetzen. Was hatte er bloß getan? Er musste jetzt nicht nur damit leben, diese Erfahrung nicht mit Ingrid teilen zu können, sondern auch den Schmerz ertragen, es nicht noch einmal erleben zu dürfen.

Jan betrat sein Haus und versuchte, ruhig zu atmen. Er hatte es im Leben zu etwas gebracht und konnte sich zurücklehnen. In fünfzehn Jahren hätten Ingrid und er jeweils vierzig Jahre ununterbrochen für den Staat beziehungsweise die Kommune gearbeitet, und wenn der staatliche Ölfonds und der Wohlfahrtsstaat bis dahin nicht zusammengebrochen wären, würde jeder von ihnen eine solide Pension beziehen, die sie für Reisen und Gourmetmahlzeiten ausgeben wollten. Jan sah sich Weine zu mindestens zweihundert Kronen pro Flasche entkorken, er würde Steaks von Rindern braten, die massiert worden waren und ausschließlich Kräuter gefressen hatten, und am Tag darauf würden sie Besuch von den Enkelkindern bekommen und in Ekeberg die Enten füttern. Er sah kleine Ausgaben seiner Söhne vor sich, vielleicht sogar ein kleines Mädchen, die den Enten Brotbrocken zuwarfen und laut jauchzten, wie seine Söhne, als sie noch klein waren. Und Ingrid und er würden mit ihren kleinen Rucksäcken quer durch Europa reisen. Darüber unterhielten sie sich abends – zumindest hatten sie sich früher darüber unterhalten, da hatten sie darüber gesprochen, wie weit sich das Gepäck reduzieren ließe und ob nicht alles, was man brauchte, in einen kleinen Rucksack passte, und sie hatten sich ausgemalt, wie sie mit dem Nachtzug von einer europäischen Stadt in die andere reisen würden, so dass sie jeden Morgen in einer neuen Stadt ankämen. An all dem musste er festhalten.

Vor einigen Monaten, an einem Montagvormittag Ende August, hatte man ihm am Telefon mitgeteilt, dass er auf Platz eins der Kandidatenliste für die Stelle des Referatsleiters stehe. Er hatte sich aus Spaß um die Stelle beworben, um zu sehen, auf welchem Listenplatz er landen würde. Hätte er sich Chancen ausgerechnet, hätte er sich nicht beworben. So sah es aus.

«Die Mitglieder der Kommission waren sich nicht einig, und beinahe hätten sie das ganze Verfahren wiederholt», hatte Julie gesagt. Sie war Leiterin eines anderen Referats und hatte der Auswahlkommission angehört.

«Aber ich habe gesagt, dass du meiner Meinung nach gute Führungsqualitäten hast, du kennst das Referat in- und auswendig und warst nie in Konflikte verwickelt, ich glaube, sie haben am Ende aus reiner Faulheit nachgegeben.»

«Aber was ist mit der Frau, die vor ein paar Wochen hier war, um sich vorzustellen, die die Leitung übernehmen sollte?», hatte Jan gefragt. Die Frau war vom norwegischen Wirtschaftsverband, der NHO, gekommen und hatte in High Heels vor ihnen gestanden und erzählt, sie sei Juristin, habe Mann und zwei Töchter, liebe Yoga und Skilanglauf und freue sich darauf, bei ihnen anzufangen. Sie hatte eine Aura von Privatwirtschaft ausgestrahlt, nicht nur wegen der hochhackigen Schuhe und des grauen Kostüms, sondern auch wegen ihrer Ausdrucksweise und der hohen Stimmlage, und Jan hatte sich gefragt, wie lange sie – er erinnerte sich nicht an ihren Namen – wohl brauchen würde, um etwas lockerer zu werden, sowohl in Bezug auf ihre Stimme als auch auf ihren Kleidungsstil, und dann hatte er nicht weiter an sie gedacht. Er war zurück an seinen Platz gegangen und hatte die Arbeit fortgesetzt, bei der er unterbrochen worden war. Dass er selbst sich seinerzeit um die Stelle beworben hatte, hatte er vergessen.

«Sie hat gerade erfahren, dass sie nur noch drei Monate zu leben hat. Und sie war ursprünglich die Nummer zwei auf der Liste.»

«Was?»

«Sie hat es am Freitag erfahren. Krebs – eine aggressive Form.»

«Das ist ja schrecklich.»

«Ja, wirklich schrecklich. Sie ist noch keine vierzig. Aber es eilt, sie müssen die Unterlagen fertigmachen, die müssen noch ins Büro des Ministerpräsidenten, und du musst dich heute entscheiden, bei der Ministerratssitzung am Freitag soll nämlich darüber abgestimmt werden.»

Das Büro des Ministerpräsidenten, dachte Jan. Die Ministerratssitzung mitsamt dem König. Und dann fragte er, weil
er es einfach nicht lassen konnte: «Wer war die Nummer
eins?»

«Wer war das noch mal? Ach ja, der Typ, der den Botschaf-
terposten in Belgrad angenommen hat.»

Jan war auf einer Ebene mit einem Botschafter. Er hielt
das Handy etwas vom Mund weg, damit Julie nicht hörte,
wie schwer er atmete. «Ich muss meine Frau anrufen», sagte
er, schon redete er anders: meine Frau. «Dann rufe ich dich
wieder an.»

Ein paar Stunden später saß er in der Straßenbahn auf
dem Weg nach Hause. Er freute sich darauf, es den Jungen
und seinen Eltern zu erzählen, und rechnete schon mal aus,
um wie viel sie die Tilgungsrate für den Kredit erhöhen könnten. Mitten in seinen Berechnungen sah er sich plötzlich
selbst in der Fensterscheibe, und wie er da mit gekrümmtem
Rücken und vorgerecktem Hals über seinem Mobiltelefon
saß, ähnelte er einem Geier. Er richtete sich auf und steckte
das Handy in die Tasche.

Ich bin Referatsleiter geworden, dachte er. Na gut, antwortete er sich selbst. Und wenn schon. Früher hatte er einmal
Musiker werden wollen, sein Instrument war das Schlagzeug
gewesen, er war sogar am Konservatorium in Oslo angenommen worden. Aber als er bei seinen Eltern in der Küche stand
und den Brief vom Konservatorium vorlas, sagte sein Vater,
der Chirurg war, wenn man als Künstler sein Auskommen finden wolle, brauche man sowohl Talent als auch Disziplin, und
viele hätten das Talent, aber nur wenige die Disziplin. Sein
Vater hatte am Küchentisch gesessen und die Zeitung gelesen, es war ein Samstagvormittag gewesen, und seine nüch-
terne Feststellung hatte sich Jan unauslöschlich eingeprägt,

der wusste, dass er faul und träge war und darauf bedacht, Schmerz und auch sonst alles Unangenehme zu vermeiden. Daher wusste er, dass ein Leben als Künstler nichts für ihn war, auch wenn er nach außen hin und vor sich selbst so tat, als wünsche er sich nichts sehnlicher als das, und jetzt hatte sein Vater ihm diesen Traum genommen. Dabei hatte sein Vater nur laut ausgesprochen, was alle wussten und was sein Vater schon bemerkt hatte, als Jan noch ein pummeliges und immer noch krabbelndes anderthalbjähriges Baby gewesen war.

Jan lehnte den Platz am Konservatorium ab und schrieb sich stattdessen an der Universität ein. Dort folgte er einer markierten Loipe, fast war es, als würde man sich in einen Zug setzen und einfach sitzen bleiben, bis man zu der Station mit dem Namen «cand. polit.» kam. Dann musste man sehen, dass man den Einstieg in ein Ministerium schaffte, anschließend saß man wieder im Zug. Und wenn man lange genug still dasaß oder, wie Julie es ausgedrückt hatte, es vermied, *in Konflikte verwickelt* zu werden, erreichte man auch hier schließlich die Station namens «Referatsleiter». Von dort fuhr kein Zug mehr weiter. Der weitere Weg – zum Ministerialdirektor oder Staatssekretär – war nicht mehr markiert, es gab weder Schienen noch Stationen, und damit erinnerte dieser Weg an das Leben als Musiker, mit anderen Worten an ein von Kreativität, Anstrengung und Verzicht geprägtes Leben, und war daher nichts für ihn.

Im Laufe der Jahre hatte er sich gesagt, es sei das Wichtigste, ein guter Ehemann und Vater zu sein, dennoch hatte er das Gefühl, als existiere eine andere Version von ihm an einem anderen Ort, in einem Paralleluniversum, und in diesem Universum spielte er in einer Jazzband, die so anspruchsvoll war, dass sie nur durch Stipendien und staatliche Förderprogramme über die Runden kam, und da wohnte er die meiste Zeit des Jahres in einem Tourbus. Er lebte von der Hand in den Mund und verbrachte die Abende in kleinen, dunklen Lokalen, in denen er mit Jazzbesen vor einem spärlichen, aber ausgesuchten Publikum improvisierte. Er hatte keine Kinder, keine Frau, kein Haus und auch keinen Kredit, und er trank jeden Abend. Verschwitzt, bleich und glücklich saß er an seinem Schlagzeug. Denn das ist das Größte, dachte Jan, wie er da in der Straßenbahn saß und auf seine Zugangskarte hinunterschaute, die an einem Band hing und auf der jetzt «Referent» stand, bald aber «Referatsleiter» stehen würde. Vergiss das nicht.

In den ersten Tagen sah man ihn komisch an, und die Glückwünsche klangen überrascht, ohne dass jemand das zu verbergen versuchte. «Mensch», sagten seine Kollegen gern, bevor sie ihm gratulierten, «wer hätte das gedacht, sind die vor dir auf der Liste alle gestorben?» Als bekannt wurde, dass diejenige, die eigentlich für die Stelle vorgesehen war, bald sterben würde, sagten sie es nicht mehr. Aber Jan bekam fast von einem Tag auf den anderen sein eigenes Büro, er wurde zum Führungskräfteseminar geschickt und war den ganzen Tag in Besprechungen, und mit einem Mal war er derjenige, der bestimmte, wer auf welche Anfragen antworten und wer an welchen Projekten arbeiten sollte, und weder Jan noch die anderen hatten Zeit gehabt, sich an die neue Situation zu gewöhnen, und daher ernannte Julie sich in Eigenregie zu Jans Mentorin.

«Jetzt heißt es schwimmen oder untergehen», sagte Julie, die in der ersten Zeit fast täglich in sein Büro kam. Sie schloss die Tür hinter sich, kickte ihre Schuhe weg und legte sich auf das Sofa, das sich als Schlafsofa entpuppt hatte und auf Betreiben von Jans Vorgänger angeschafft worden war.

«Es ist gut, dass du Kinder hast, denn Personalverantwortung zu haben ist wie Kinder zu haben. Du musst dich entscheiden, ob du Freund oder Vater sein willst, ob du gemocht oder respektiert werden willst. Beides geht nicht.»

Jan legte die Füße auf den Schreibtisch, damit er in der Körperhaltung nicht allzu sehr von ihr abwich. Er lehnte sich zurück und verschränkte die Hände im Nacken.

Julie fuhr fort: «Und das kann zum Problem werden, weil du jemand bist, der gemocht werden will.»

«Was?»

«Doch, das bist du. Das ist nicht zu übersehen.»

«Wollen nicht alle gemocht werden?»

«Vielleicht, aber bei dir ist es extrem ausgeprägt.»

«Ich weiß nicht, ob du recht hast. Es ist wohl eher so, dass ich gern dem letzten Redner zustimme. Ich habe keine Angst, meine Meinung zu sagen, das Problem ist nur, dass meine Meinung sich ständig ändert.»

Jan stellte sich sein Inneres als einen Haufen Sägespäne vor, wie das Innenleben der Stoffpuppe, mit der er als Kind gespielt hatte. Wenn er in Besprechungen saß und einem nach dem anderen beipflichtend zunickte, dann dachte er an diese Puppe und ihre Sägespäne und bekam plötzlich Angst, dass er keinen wirklichen Kern hatte, keinen eigenen Willen, keine Essenz.

«Aber genau das ist es ja. Als Vorgesetzter musst du dich daran gewöhnen, den Leuten zu widersprechen, und du musst dich daran gewöhnen, abgelehnt zu werden. Punkt. Du kannst nicht alles haben.»

Jan nickte, aber seiner Meinung nach passte diese Dramatisierung nicht ganz zu seinem Referat, wie er es nach all den Jahren, die er dort gearbeitet hatte, kannte, oder überhaupt zum Verwaltungsapparat. Andererseits: Jetzt konnte er sich nicht mehr grinsend in die Ecke verdrücken. Jetzt musste er oben am Rednerpult stehen und klar, deutlich und vollkommen ernsthaft über die Leitwerte sprechen, die das Ministerium nach einer Menge Workshops und dem Einsatz erheblicher externer und interner Ressourcen für sich festgelegt hatte, nämlich: *Professionalität, Offenheit* und *Umsetzung.* Vor nicht allzu langer Zeit hatten Jan und ein paar andere an einem Freitagabend im Internasjonalen noch *Gut ist besser* gejohlt. Gar nicht zu reden von *In der Sonne ist es wärmer als im Schatten.* Aber jetzt musste er diese Phrasen mit Nachdruck vertreten und dabei so tun, als sähe er nicht, dass in den Ecken gegrinst wurde. Die Todgeweihte von der NHO hätte dieses Problem gar nicht gesehen, weil sie aus dem Land der Phrasendrescher kam.

«Du wirst einiges zu tun haben. Ich kam damals wenigstens von außen, während du ab jetzt über die bestimmen musst, die dir bisher gleichgestellt waren. Alle reden von fortschreitender Demokratisierung. Ja, früher waren die Ministerialdirektoren kleine Könige, die kryptische Anweisungen gaben, die wir Untertanen dann deuten mussten, so läuft das nicht mehr, im Guten wie im Schlechten.»

Daraufhin Jan: «Ja, ich habe beispielsweise festgestellt, dass es für mich leichter geworden ist, auf mein Steckenpferd zu setzen, die Trennung von Verwaltung und Politik. Ich finde, dass wir die langfristigen Interessen des Bereichs wahren und die Dinge auseinanderhalten müssen, denn auch wenn wir das Sekretariat der politischen Führung sein sollen, dürfen wir kein Wahlkampfbüro sein – und das kann man den Verantwortlichen heute leichter um die Ohren hauen als noch vor ein paar Jahren.»

Jan hörte, dass er wie ein Schuljunge klang, der seiner Lehrerin zeigen wollte, wie gut er seine Meinung formulieren konnte, und dass er es ganz und gar nicht darauf anlegte, gemocht zu werden, womit er ihre Behauptung gerade bestätigt hatte.

Aber Julie sah ihn nicht an und ging auch nicht auf seine Ausführungen ein. Stattdessen sagte sie: «Aber jetzt haut man dir die fortgeschrittene Demokratisierung ‹um die Ohren›, um deine eigene Formulierung zu gebrauchen.»

Julie streckte sich. Früher hatten sie kaum ein Wort miteinander gewechselt, aber jetzt lag sie ohne Schuhe auf seinem Sofa. Ihr Rock war hochgerutscht, Jan konnte einen Saum sehen, der auf einen Unterrock schließen ließ. Julie kleidete sich anders als die meisten anderen im Ministerium, eher wie in der freien Wirtschaft, eher wie die Frau von der NHO. Der Kleidungsstil in der Verwaltung, zumindest dort, wo er arbeitete, war lässig, fast etwas zu lässig, fand Jan, es hatte etwas Verkrampftes, in Pullover und Jeans in eine Besprechung mit dem Minister zu schlurfen, wenn der Minister, immerhin ein Mitglied der Regierung, mit weißem Hemd und Krawatte dasaß oder im Kostüm, wenn es sich um eine Frau handelte. Jan selbst hatte mit dem Moment seiner Ernennung zum Referatsleiter Lust verspürt, einen Anzug zu tragen, aber er hatte es nicht getan. Damit hätte er auch das falsche Signal gesendet: Was glaubte er eigentlich, wer er war, zogen sie nicht alle am gleichen Strang und hatten sie nicht alle das gleiche Ziel? Ein Chef – ein Vorgesetzter – war nichts anderes als ein Koordinator, ein Vorarbeiter. Und doch, dachte Jan und betrachtete Julie, wie sie ohne Schuhe auf dem Sofa lag, der enge Rock, die Bluse, die hochhackigen Pumps, die sie weggekickt hatte, so eine Uniform hatte was, der korrekte Kleidungsstil, den sie pflegte. Selbst trug er Jeans und einen Pullover mit einem Hemd darunter, dessen Zipfel unten heraushingen. War es nicht ein bisschen kokett, sich wie die anderen zu kleiden, wo er formal gesehen über ihnen stand, sollte er nicht seinen eigenen Neigungen folgen und anfangen, einen Anzug zu tragen?

«Fortgeschrittene Demokratisierung ist gut und schön für alle ohne Führungsverantwortung, für alle, die hemmungslos nörgeln und jammern können. Und warum sollten sie sich auch zurückhalten? Sie können quengeln und sich beschweren, ohne einen Gedanken an das große Ganze zu verschwenden. Andererseits – du bist der Nachfolger einer Person, die, soweit ich es mitbekommen habe, verhältnismäßig unbeliebt war, das ist ja immer eine dankbare Ausgangsbasis.»

«Ja», bekräftigte Jan und lehnte sich auf seinem Stuhl vor. Er wollte noch mehr dazu sagen. Aber dann fiel ihm etwas ein, das er irgendwo gelesen hatte: Wenn du etwas gern sagen würdest, sag es nicht. Er hätte gern weiter über seinen Vorgänger gesprochen, einen hoffnungslosen Vorgesetzten, der ständig fehlte, mit Rückmeldungen geizte und sogar die Ehre für die Arbeit anderer einzuheimsen pflegte. Früher wäre Jan an diesem Punkt des Gesprächs aufgestanden, um sich Kaffee nachzuschenken, und hätte sich auf eine gemütliche kleine Auszeit gefreut, eine Pause, in der man sich in Rage reden und den Kopf schütteln konnte. Aber jetzt lehnte er sich zurück und nickte Julie zu, wie um ihr recht zu geben, ja – und sonst? Was weiter?

«Ich schlage vor, dass du noch einmal überlegst, was diese Person gemacht hat, und dann machst du das Gegenteil. Ganz einfach.»

In den folgenden Wochen war Jan peinlich darauf bedacht, jede noch so kleine Aufgabe in seinen Kalender einzutragen, er antwortete schnell auf alle Anfragen und aß mittags, sooft er konnte, in der Kantine. Er betrachtete es als selbstverständlich, dass er sich weiterhin am Küchendienst beteiligte, auch das im Gegensatz zu seinem Vorgänger, der unmittelbar nach seiner Beförderung damit aufgehört hatte – es kam sogar vor, dass Jan in seiner Küchendienstwoche nach einem langen Arbeitstag mit externen Besprechungen noch mal ins Ministerium kam, nur um die Spülmaschine aus- und wieder einzuräumen, die Kaffeemaschine zu reinigen und die Arbeitsplatten in der kleinen Küchenecke abzuwischen.

Alles Positive, was in Besprechungen mit Vorgesetzten zur Sprache kam, gab er weiter, sowohl an diejenigen, die es betraf, als auch an das Referat als Ganzes. Wenn jemand in sein Büro kam, ließ er ihn ausreden – früher hatte er die Angewohnheit gehabt, den Leuten ins Wort zu fallen, aber jetzt riss er sich am Riemen –, und wenn er antwortete, zwang er sich, langsam zu sprechen. In dieser Zeit erkannte er, wie schmerzhaft es war, ehrlich zu sein, wie viel angenehmer es war, zu lügen und zu beschönigen, und dass das Lügen und Beschönigen immer im eigenen Interesse geschah. Man gab sich zwar den Anschein, als tue man es mit Rücksicht auf andere, aber man beschützte sich immer selbst.

War er sich bei einer Sache unsicher, dachte er an seine neue Regel: Wenn du etwas gern sagen würdest, sag es nicht. Bei schwierigen Angelegenheiten war es dagegen wichtig, alles andere zu unterbrechen und sie sofort in Angriff zu nehmen.

Aber bald merkte Jan, dass er sich nicht anstrengen oder sich Strategien ausdenken musste. Er musste nur warten, dann erledigten sich die Dinge ganz von selbst. Die Position, die er bekommen hatte, die ihm fast direkt in den Schoß gefallen war, wurde zum größten Teil von den Menschen um ihn herum erschaffen, von ihren Erwartungen und Projektionen. So lebte sie ihr eigenes Leben, wie ein Kostüm, in das er schlüpfte, und schon nach einigen Wochen war seine Stimme fester. Lange nach dem Punkt, an dem Jan früher seine Meinung geändert und noch einmal geändert hätte, je nachdem, wem er zuletzt zugehört oder wessen Artikel er gelesen hatte, hielt er jetzt an seiner Meinung fest. Vielleicht lag es daran, dass ihm jetzt auf eine Art zugehört wurde, die seine Worte unterstützte und weitertrug und ihm dadurch Sicherheit gab, und sobald er diese Sicherheit ausstrahlte, hörte man ihm noch konzentrierter zu, und so ging es immer weiter. Im Spiegel konnte er sehen, dass er glühte, als sei ihm etwas eingehaucht worden, und jede Woche registrierte er weitere Beweise für seinen neuen Status. Während man ihn früher, wenn er in Besprechungen gegähnt hatte, unkonzentriert gewesen war oder andere unterbrochen hatte, zurechtgewiesen hätte, entweder durch eine hochgezogene Augenbraue oder durch demonstrative Missachtung seiner Wortbeiträge, hatte ein versehentliches Gähnen oder ein Abschweifen seines Blicks jetzt einen neuen Effekt: Seine Gesprächspartner beeilten sich, auf den Punkt zu kommen, hörten auf zu reden oder stellten ihm eine Frage. Jans mangelnde Konzentration und jegliches unangemessene Verhalten waren von ihm weg in die Welt verlagert worden und fielen jetzt in den Verantwortungsbereich anderer.

Also gähnte Jan und fiel anderen ins Wort, wann immer ihm danach war, aber nur in Besprechungen innerhalb des Referats, wohlgemerkt. In Besprechungen mit den anderen Referatsleitern oder mit dem Ministerialdirektor – ganz zu schweigen von Besprechungen mit dem Minister und der übrigen politischen Führung – saß er kerzengerade, und es wäre ihm nie eingefallen, die Füße auf einen Stuhl zu legen, zu gähnen oder jemandem ins Wort zu fallen. Der Ministerialdirektor oder der Minister und sein Stab – sie konnten sich all das herausnehmen, sie konnten sich unprofessionell und gedankenlos verhalten. Einmal hatte der Minister sogar seine

Zweijährige mit Schnoddernase mitgebracht, weil der Kindergarten geschlossen und die Mutter des Kindes verreist war. Die Kleine war herumgelaufen und hatte ihren Vater alles Mögliche gefragt, und der Vater, der Minister, hatte ihr umständlich geantwortet, und alle hatten gelächelt und dabei gedacht: In welchem anderen Land wäre das möglich?

Das Kind hatte über den Tisch gehustet, ohne sich die Hand vor den Mund zu halten, und drei Tage später war Jan krank geworden, und weitere drei Tage später auch seine Familie. Der Minister hätte viele Leute anrufen können, wenigstens hätte die Zweijährige von irgendeiner Sachbearbeiterin in einem anderen Raum beaufsichtigt werden können. Und trotzdem war das kranke Kind zur Besprechung mitgenommen worden, wie eine Trophäe – schaut mich an, ich habe mich fortgepflanzt, das hat zuvor noch niemand in der Weltgeschichte geschafft –, und den Rest des Tages hatte der Minister seine Tochter an der Hand herumgeführt. Nichts davon geschah zufällig, es ging weder um einen geschlossenen Kindergarten noch um eine verreiste Frau, vielmehr versteckte sich dahinter wie immer die Macht, denn bei allem ging es darum, wem was wann erlaubt war, und wenn alle den Kopf schief legten und dem herumrennenden und störenden Kleinkind mit seiner Schnoddernase zulächelten, kam genau darin dieses Gesetz zum Ausdruck, es machte sich nämlich überall geltend, zugleich war es unsichtbar und gab sich mal für das eine, mal für das andere aus. Mal war es ein Minister, der mit seiner Tochter auf den Schultern zu einer Besprechung kam, ein andermal war es Jan selbst, der über die Flure einer plötzlich neu wirkenden Arbeitsstätte lief, als sei er durch eine unsichtbare Tür getreten. Hinter dieser Tür hatte sich die Welt verwandelt, es schien, als habe das Dasein weichere Kanten bekommen und als seien alle netter zu ihm und schätzten ihn mehr, und schon um Weihnachten herum wusste er nicht mehr, was er vorher gemacht hatte, wie er vorher gelebt hatte.

Jan war in seiner Ehe nie unzufrieden gewesen und hatte nie etwas vermisst. Im Gegenteil. Er und Ingrid waren sich, je mehr ihrer Freunde sich scheiden ließen, einig, dass sie Glück hatten. «Wie gut es uns doch geht», flüsterte Ingrid ihm gewöhnlich ins Ohr, nachdem sie miteinander geschlafen hatten, was sie ein paarmal im Monat machten. Was nicht sehr oft war, aber oft genug für ein Ehepaar in den Fünfzigern. Allein dass sie noch zusammen waren, dass sie eine intakte Familie waren, war bemerkenswert. «Ja, das stimmt», pflegte Jan zu antworten. Und trotzdem vergingen nach dem Freitagabend im Månefisken nur ein paar Tage, bis er Hanne eine SMS schickte. Das war am Dienstagmorgen. Da er den ganzen Montag in Besprechungen gesessen hatte, hatten sie sich nicht mehr gesehen, seit er am Samstagmorgen die enge Treppe in der Tøyengata hinuntergestolpert war und sie kichernd in der Tür gestanden hatte, da waren sie beide noch zugedröhnt gewesen.

*Kaffee und ein bisschen reden?*, schrieb er, denn das Bedürfnis, über das Geschehene zu sprechen, war anfangs aus irgendeinem Grund besonders ausgeprägt, und mit Ingrid konnte er ja nicht reden, und auch mit sonst niemandem, wie ihm klar wurde. Außerdem gehörte Hanne zu den Mitarbeitern, für die er Personalverantwortung hatte, und das Geschehene war in mehr als einer Hinsicht verboten, sie brauchten jetzt unbedingt ein *Debriefing*. Sie würden weiterhin zusammenarbeiten, und es war wichtig, einen Schlussstrich zu ziehen, die Akte zu schließen. Jan war keiner von denen, die einfach abhauten und taten, als sei nichts geschehen.

Sie trafen sich im Stockfleths in der Prinsens Gate, und als er nach Feierabend die Treppe zum Untergeschoss des Cafés hinunterging und sie auf einem der Sofas sitzen und auf ihr Smartphone starren sah, zuckte er zusammen, als habe er einen Stromschlag bekommen. Das war ein schlechtes Zeichen. Er ging zu ihr und setzte sich. Sie legte ihr Smartphone weg und lächelte.

«Wie geht's?», fragte sie. «Übrigens, noch danke für die schöne Nacht.»

«Wir können nicht zusammen sein. Das verstehst du doch, oder?»

Ihr Lächeln wurde noch breiter. Sie sah sich um, dann schaute sie wieder zu ihm, als wolle sie den anderen Gästen demonstrieren, wie sehr sie sich amüsierte.

«Mehr wolltest du nicht sagen?»

«Ich habe so etwas noch nie erlebt.»

«Ich auch nicht.»

«Ich war total betrunken.»

«Ich auch.»

Sie sprachen leise. Er hatte das Stockfleths vorgeschlagen, weil dort viele aus dem Ministerium hingingen, es war ein offizieller Ort, ein anständiger Ort. Am Nachbartisch saßen welche aus Julies Referat, und nachdem er sie bemerkt hatte, tat er so, als habe er Hanne ganz zufällig entdeckt. Diese Heimlichtuerei und das ganze Versteckspiel gefielen ihm, er fühlte sich davon angezogen. Er gab Hanne einen Stoß Papiere.

«Gut, dass ich dich gerade treffe. Hier ist der Text, von dem ich gesprochen habe», sagte er laut, und Hanne begann, in den Papieren zu blättern. Es handelte sich um völlig wahllos herausgegriffene Seiten, er hatte sie ausgedruckt, um sie auf dem Heimweg in der Straßenbahn zu lesen, weil er sich beim Lesen auf Papier besser konzentrieren konnte als am Bildschirm.

Hanne blätterte weiter. Ab und an nickte sie und sagte: «Hm.»

Er sah ihr beim Lesen zu. Hier können wir nicht sitzen bleiben, dachte er, und so gingen sie zur Festung Akershus. Es hatte damit angefangen, dass sie in die gleiche Richtung mussten, und weniger als eine Stunde, nachdem er die Treppe im Stockfleths hinuntergegangen war, standen sie mit den Händen in der Kleidung des anderen in einer verborgenen Ecke der Festungsanlage.

Eines Morgens sagte Jan: «Das geht so nicht. Das muss aufhören.»

Er hatte zum ersten Mal bei Hanne übernachtet und nicht darüber nachgedacht, wie es anschließend weiterginge, wie er sich zu Hause verhalten sollte, nachdem er Ingrid am Abend zuvor eine SMS mit der Mitteilung geschickt hatte, dass er im Büro schlafen würde, was schon das eine oder andere Mal vorgekommen war, wenn viel zu tun war oder er aus gewesen war und die letzte Straßenbahn verpasst hatte. Ingrid hatte nicht darauf reagiert, warum sollte sie auch.

«Du Armer, musst so viel arbeiten», murmelte sie im Schlaf, wenn Jan sich zu ihr legte, nachdem er bei Hanne gewesen war.

Jetzt war er über Nacht geblieben, es war noch nicht einmal Weihnachten, und bald mussten sie zur Arbeit. Jan stand in der Tøyengata in der Küche und spülte, als Hanne aus der Dusche kam. Bei Hanne hatte er das Gefühl, im Ausland zu sein. Die engen, überfüllten Räume, die Fenster zur Straße, der alte Herd in der Küche, die Espressokanne, die Tatsache, dass alle Küchengeräte und das Geschirr entweder an der

Wand hingen oder in offenen Regalen standen, dass der Kühlschrank alt, rostig und laut war – alles zusammen erinnerte ihn an südeuropäische Zustände oder an die Wohnung in Sankt Hanshaugen, in der er und Ingrid in den Neunzigern gewohnt hatten.

«Toll, ich habe neuerdings eine Haushaltshilfe.»

«Ich verstehe nicht, wie du in so einer Unordnung leben kannst. Du bringst ja nicht mal den Müll runter.»

Hanne umfasste seine Hüften und drückte sich rhythmisch an ihn, fast so, wie er es eben noch im Schlafzimmer bei ihr gemacht hatte.

«Ich kaufe dir eine kleine Schürze. Die ziehst du dann an, mit nichts darunter. Das steht dir bestimmt gut.»

«Ich wollte bloß Kaffee kochen, aber in diesem Chaos kriegt man ja nichts geregelt.»

Jan stopfte leere Flaschen in Plastiktüten und nahm sich vor, den Rest beim nächsten Mal zu erledigen. Wenn es ein nächstes Mal gab. Er wollte ja nicht mehr hierherkommen.

Aber nur eine Stunde später, auf dem Weg ins Ministerium – sie achteten darauf, aus verschiedenen Richtungen und zu verschiedenen Zeiten anzukommen –, wollte er bereits zurück.

Vielleicht lag es an ihrer unordentlichen Wohnung, ihrer Leichtigkeit und Unbekümmertheit, die ihr den Anschein gaben, nichts ernst zu nehmen. Ohne sich darüber im Klaren zu sein, hatte Jan das vermisst, und als es ihm bewusst wurde, meldeten sich noch andere Gedanken. Beispielsweise hatte er viele Jahre lang das Gefühl gehabt, in Ingrids Leben *eingepasst* worden zu sein, er war von ihrer Angst und ihrem Kontrollbedürfnis überwältigt worden. Als ob sie zu Beginn ihrer Beziehung etwas vereinbart hätten, eine grundlegende Prämisse. Die elternlose Ingrid war bei zwei alten Leuten aufgewachsen, die viel zu alt waren, um sich um ein Kind zu kümmern, hinzu kamen noch die dramatischen Todesumstände ihrer Eltern, und diese Fakten beherrschten alles andere, sie waren eine Trumpfkarte, die Ingrid nicht einmal ausspielen musste, es reichte, dass sie sie in der Hand hielt.

Ihr Kontrollbedürfnis, der verbissene Ernst, mit dem sie allem begegnete, die fehlende *Lebensfreude*. Jan musste an einen Urlaub im Süden denken: Wie sie sich dort nur ein einziges Mal wirklich entspannt und die Ferien genossen hatten, sie hatten am Strand gesessen und ein Bier getrunken, und da war alles um sie herum zur Ruhe gekommen. Es hatte eine halbe Stunde angehalten. Davor und danach war alles Strapaze und Stress gewesen, zum großen Teil wegen Ingrids Bedürfnis, wie die anderen zu sein und alles richtig zu machen, ihr angespanntes Gesicht, wenn sie die anderen Familien beobachtete, Jan konnte ihre Angst sehen, nicht wie die anderen zu sein, ihre Angst, etwas zu verpassen, etwas falsch zu machen.

Dennoch fühlte er sich überflüssig in ihrem gemeinsamen Leben, als erfüllte er nur verschiedene Funktionen: Vater und Ehemann. Mit Hanne wurde er wieder zu Jan, der auf einer Matratze lag und auf einer Gitarre herumklimperte, der eine Saite fehlte. Der Shit rauchte, oder «Gras», wie Hanne es nannte, und danach einem Kilo Süßigkeiten und fünf Dosen Cola zu Leibe rücken konnte, während sie im Bett saßen und auf Hannes MacBook *Game of Thrones* schauten.

Im ersten halben Jahr erzählte er niemandem von Hanne. An einem Julitag, nachdem ihre heimliche Beziehung – mit Unterbrechungen – etwa sieben Monate angedauert hatte, stand er bei seinen Eltern in der Küche.

«Und wie geht's dir?», fragte Ulla und streichelte ihm den

Rücken, daraufhin brach Jan in Tränen aus. Er stand an der Arbeitsplatte und hatte sich gerade eine Tasse Kaffee einschenken wollen, nun musste er die Kanne abstellen, weil er so zitterte.

«Aber Schatz! Bist du krank?»

Jan setzte sich auf einen Stuhl und versuchte, ruhig zu atmen, aber er zitterte, und die Tränen liefen ihm über das Gesicht. Nun brach auch Ulla in Tränen aus. Vor einer Minute noch war alles wie immer gewesen, und jetzt weinten sie beide.

«Ist was mit den Jungen? Oder mit Ingrid?»

Als sie Ingrids Namen erwähnte, begann Jan zu schluchzen, was er seit seiner Kindheit nicht mehr getan hatte.

«Nein», konnte er schließlich hervorpressen.

Dann erzählte er die ganze Geschichte, und es war eine Erleichterung, wie wenn man sich nach einer lang anhaltenden Verstopfung endlich entleeren konnte. Über Hanne sprechen zu können erregte ihn, womit es wieder etwas gab, das er verbergen musste.

Ulla hörte ihm wortlos zu. Als er fertig war, sagte sie: «Du musst aufhören, diese Frau zu treffen.»

«Sie heißt Hanne. Wir arbeiten zusammen. Und es ist nicht einfach damit getan, dass ich aufhöre, sie zu treffen.»

Ulla schüttelte den Kopf. «Du wirst deine Familie verlieren. Und das Haus. Du wirst von hier wegziehen müssen. Und diese – wie heißt sie noch gleich – Hanne will ganz bestimmt eigene Kinder haben.»

Jan schüttelte den Kopf und merkte, wie ein Lächeln seine Mundwinkel umspielte. «Von Kindern ist überhaupt nicht die Rede.»

«Ihr werdet in einer kleinen Wohnung hocken mit einem Baby, das nachts schreit. Ihr werdet kaum Geld haben, und dich wird ständig das schlechte Gewissen plagen.»

«Nun bist du aber schon sehr weit. Keiner spricht vom Zusammenziehen oder Kinderkriegen. Ich weiß bloß, dass ich in der größten Krise meines Lebens stecke.»

«Krise? Du hast zu viel. Das ist dein Problem. Du kannst nicht alles behalten, deshalb musst du dich entscheiden. Das ist nicht kompliziert. Ich behaupte nicht, dass es leicht ist, aber es ist auf keinen Fall eine Krise.»

Ihre Sanftmut war verschwunden. Ulla schlug auf die Arbeitsplatte, sie hatte den verzerrten Gesichtsausdruck und die leise rostige Stimme, die Jan als Kind so gefürchtet hatte. Wenn Ulla richtig wütend war, wurde sie ganz ruhig, völlig kalt, und Jan erinnerte sich, was für eine Angst ihm das immer gemacht hatte. Während sie redete, dachte er an die Zeit, in der sein Vater ein Verhältnis mit einer Krankenschwester gehabt hatte. Ohne etwas zu unternehmen, hatte Ulla im Keller an ihrem Webstuhl gesessen und gewartet, bis Jørgen sich ausgetobt hatte, so wie sie wartete, bis Jan sich auf dem Spielplatz ausgetobt hatte, und schließlich war Jørgen heimgekommen, zerknirscht und ausgepumpt wie ein alter Kater, aber er war wieder zu Hause, und alle bewunderten Ulla dafür, dass sie einen kühlen Kopf bewahrt und ihre Ehe und Familie gerettet hatte.

Aber das war nicht der Grund, dachte Jan jetzt. Du wolltest bloß das Haus, das Grundstück und euer Vermögen nicht verlieren. Deshalb hast du es getan, weil du weißt, was du willst und wie du es bekommst und nicht zuletzt, wie du es behältst. Weil du erbarmungslos und fies bist.

So hatte Jan noch nie über seine Mutter gedacht, und er sehnte sich nach Hanne. Alles, was er erlebte, weckte seine Sehnsucht nach ihr. Wenn er versuchte, Ingrid zu umarmen, und sie – mit dem Haushalt beschäftigt – erstarrte, dann ging im Moment der Berührung etwas Scharfkantiges und

Schmerzhaftes, ja Stacheliges, von Ingrid auf ihn über. Oder wenn er versuchte, mit seinen Söhnen zu reden, und sie einfach weggingen oder einsilbig antworteten, als wollten sie sagen: War's das? Kann ich jetzt gehen?

Ulla, Jørgen, Ingrid, Jonas, Martin – sie brauchten ihn nicht, oder sie brauchten ihn nur für ihre eigenen Zwecke. Wenn sie feststellten, dass er sich aus dem Staub machte, gerieten sie in Panik. Wie Ulla, die jetzt dort stand und ihn mit Verwünschungen überschüttete. Was wusste sie schon? Was wusste überhaupt jemand über irgendwas?

# 4

꙳꙳꙳꙳꙳꙳꙳꙳꙳꙳꙳

Als Ingrid an einem der ersten Maitage von der Arbeit nach Hause kam und Jan in der Küche saß und sagte, er müsse ihr etwas erzählen, kam es ihr vor, als hätte sie dies schon einmal erlebt und müsste es jetzt zum zweiten, zum dritten oder vielleicht sogar zum vierten Mal durchmachen. So war es gewesen, als sie sieben war und ihre Großmutter in der Tür zu ihrem Zimmer stand und sagte, etwas sehr Trauriges sei passiert, und so war es auch gewesen, als Jonas mit einem Notkaiserschnitt geholt werden musste und sie im Affentempo durch die Krankenhauskorridore geschoben wurde: ein Gefühl von *Wiederholung* – von etwas, das einmal an irgendeinem Anfang vorgefallen war und sich seitdem ständig wiederholte.

Sind wir jetzt *hier* angekommen? Passiert jetzt genau *dies?*, dachte sie und sah, wie sich das letzte Jahr zu einem Bild zusammenfügte, wie sich verschiedene kleinere Vorfälle, die sie beiseitegeschoben hatte, dennoch in einer Ecke ihres Gehirns gesammelt hatten und jetzt hervorflatterten.

«Du hast jemanden kennengelernt», sagte sie.

Sein Gesicht schwoll an, als wollte er ein Lächeln unterdrücken. Vielleicht sogar ein lautes Lachen. Er schluckte. Dann sagte er: «Ja.»

Bis er Stunden später mit einer Sporttasche voller Kleidung und Toilettenartikel davonzog, saß Ingrid an der gewohnten Stelle in sich drin und beobachtete alles, während sie sich äußerlich so verhielt, wie sie annahm, dass man sich in einer solchen Situation üblicherweise verhielt. Sie fragte, was sie falsch gemacht habe. Warum er sie *jetzt* verlasse, wo die Kinder erwachsen waren.

«Ich weiß es nicht», antwortete Jan. «Du hast nichts falsch gemacht. Und ich habe nicht vor, dich zu verlassen.»

«Was soll das heißen, du weißt es nicht?», fragte Ingrid.

«Meinst du, ich würde dir die Antwort vorenthalten, wenn ich wüsste, was ich sagen soll? Ich weiß nur, dass ich nicht mehr kann. Ich kann nicht länger kämpfen.»

«Kämpfen?», fragte Ingrid. «Wir kämpfen doch gar nicht. Wir streiten uns nicht mal.»

«So habe ich es nicht gemeint.»

«Was soll das heißen, du hast nicht vor, mich zu verlassen?»

«Alles, was ich brauche, ist eine Pause, um nachzudenken.»

«Wer ist sie?»

«Niemand, den du kennst. Eine Kollegin.»

«Wie heißt sie?»

«Hanne.»

«Wie alt ist sie?»

«Fünfunddreißig.»

«Wie lange geht das schon zwischen euch beiden?»

«Das kommt drauf an, wie man rechnet. Plus minus anderthalb Jahre. Ich habe versucht, es zu beenden. Ich war sogar beim Psychologen. Aber jetzt bin ich an einem Punkt angelangt, wo etwas passieren muss, in die eine oder in die andere Richtung, und die eine Richtung – Hanne nicht mehr zu sehen – habe ich so oft ausprobiert, dass ich sie mittlerweile aufgegeben habe. Darum bin ich gezwungen, die andere auszuprobieren. Die Alternative wäre, ich bringe mich um.»

Ingrid hatte das Gefühl, etwas in ihr löse sich und schwimme davon. Sie weinte nicht, im Gegensatz zu Jan. Sein Gesicht war dunkelrot und verquollen, die Tränen strömten nur so, und er musste sich andauernd schneuzen.

«Du warst beim Psychologen? Warum hast du mir nichts davon erzählt?»

«Ich war so verzweifelt. Aber wir haben ja nur dieses eine Leben. Und ich muss mir unbedingt Klarheit verschaffen, das bin ich mir schuldig.» Jan stützte den Kopf in die Hände. «Alles, worum ich dich bitte, ist ein bisschen Zeit. Um herauszufinden, was Sache ist. Ich weiß ja nicht, wie sich der Alltag mit Hanne gestaltet.»

Ingrid suchte nach Worten, aber sie verschwanden, bevor sie sie zu packen bekam. Sie wusste, dass ihr auch hier eine Rolle zugedacht war. Sie spürte ein Zucken, einen Reflex, eine Erinnerung, das hier war nur eine von vielen Situationen, in denen ihr eine Rolle zugedacht war mit einem vorgegebenen Repertoire an Sätzen.

Jan rief: «Jetzt sag was, sitz nicht einfach nur da», und Ingrid versuchte, einen vollständigen Satz mit Subjekt, Prädikat und Objekt von sich zu geben, aber die Worte wollten sich nicht einstellen, und das Einzige, was sie formulieren konnte, war ein Satz, der sich in ihr festgesetzt hatte und durch ihren Kopf dröhnte: *Wo ist der Satz, der diese Situation voranbringen kann, zur nächsten und zur übernächsten Situation?* Wo war die Türklinke? Sie fand den Ausgang nicht.

Dann ging er. Ingrid stand auf, weil sie nicht wusste, was sie sonst tun sollte. Sie wusste, dass sie nicht sitzen bleiben konnte. Aber sie konnte auch nicht gehen. Sie verlor das Gleichgewicht und suchte nach einem Halt, taumelte in den Flur bis hin zur Treppe, zu dem Geländer, von dem sie vor fünfzehn Jahren gemeint hatten, dass es im Alter nützlich sein könne. Das Geländer, das fest in der Wand dieses Hauses verankert war, in dem sie noch immer *das neue Haus* sah, das sie gebaut hatten, damit es ihnen bis ins hohe Alter erhalten bliebe und dann an die nächste Generation weitergegeben würde und an die übernächste. Ingrid schleppte sich die Treppe hinauf und schaffte es bis ins Bad. Eine Weile stand sie da und starrte auf die Badezimmerfliesen mit maritimen Motiven, die sie damals in den Neunzigern ausgesucht hatte. Was war der Sinn dieser Fliesen mit Muscheln und Seesternen darauf, wofür standen sie? Was hatte sie damit vermitteln wollen? Was wollte man mit solchen Entscheidungen vermitteln, wenn man im Fliesenladen stand, verglich und abwägte, was bildeten sich die Leute ein?

Ingrid beugte sich über das Waschbecken. Sie zitterte am ganzen Körper, es war, als ginge dieses Beben unmittelbar von ihren Knochen aus.

Das war die Katastrophe, auf die sie gewartet hatte. Aber das Haus war still. Ihre Söhne, all diese Kilos von biologischem Material, das aus ihr herausgeschnitten oder -gepresst worden war und das sie anschließend großgezogen hatte, lagen jeder in seinem Zimmer und schliefen. Nach Wachstumsschmerzen, Zahnwechsel, Haarwuchs und Zellteilung lagen sie nun in diesem Haus und schwitzten und atmeten und nahmen Platz in Anspruch, doch bald würden sie zum Bruttonationaleinkommen beitragen. Bald würden sie jemanden kennenlernen, heiraten und Kinder bekommen, und vielleicht würden auch sie einmal in einem Schlafzimmer stehen und Kleidung, Zahnbürste und Deodorant in eine rote Nylontasche stopfen, auf deren Seite in weißen Buchstaben S W I X geschrieben stand, um danach ihr Zuhause gegen ein anderes einzutauschen, während ihr eigenes biologisches Material dalag und schlief, und so weiter und so weiter, bis in alle Ewigkeit.

Sie ging ins Schlafzimmer und legte sich auf das gemachte Bett. Jeden Tag machte sie das Bett. Es war eine Möglichkeit, in Gang zu kommen, Ordnung zu halten. Die Theorie der zerbrochenen Fensterscheiben: Unterließ man es, kleine Vergehen zu bestrafen, bereitete man den Weg für die großen, und ließ man die Unordnung überhandnehmen, bezahlte man bald auch keine Rechnungen mehr, dann wusch man sich nicht länger, weshalb man die elektrische Zahnbürste nach Gebrauch unbedingt in das Ladeteil stellen, das Bett machen und schmutzige Teller in die Geschirrspüle räumen musste.

Aber trotz aller Vorkehrungen: Irgendwann bricht alles zusammen, und du kannst nichts dagegen tun. Du glaubst, dass es plötzlich geschieht, dachte Ingrid und starrte an die Decke und auf die teure Lampe, die sie in einem exklusiven Laden in der Bygdøy Allé erstanden hatten. Aber das liegt daran, dass dir die Horden von Würmern nicht aufgefallen sind, die jahrelang an den Grundfesten in dir genagt haben.

Sie dachte, sie wäre auf alles vorbereitet. Dass ihre Söhne depressiv, drogenabhängig, Gewaltopfer, Vergewaltiger, Schulverlierer werden würden, dass sie von einem Trainer sexuell missbraucht würden, dass Jan oder sie an Krebs sterben könnte, dass sie Opfer von Identitätsdiebstahl würden, dass der Flieger abstürzte, dass die Söhne überfahren oder zusammengeschlagen würden oder am plötzlichen Kindstod oder nach einer Hirnhautentzündung sterben würden. Aber es wäre ihr im Traum nicht eingefallen, dass Jan sie sitzenlassen könnte. Und genau deshalb war es passiert. Denn der Angriff setzte immer dort an, wo man ihn am wenigsten erwartete, an der Stelle, wo man vergessen hatte, sich zu schützen, und der Schutz bestand darin, sich vorzustellen, was alles passieren konnte, ein Gedankenexperiment, das sie in regelmäßigen

Abständen in sich ablaufen ließ, um das Gesetz zu befriedigen, das sie vor Urzeiten akzeptiert hatte: *Was ich mir vorstellen kann, wird nicht passieren.*

Ingrid hatte immer geglaubt, wenn schon jemand ausbrechen oder etwas Instabiles machen würde, dann sie. Sie war die Variable, während Jan die feste Größe war. Von ihnen beiden war Jan der Ruhige und Zuverlässige, der Nichtneurotische. Jan hatte sie getröstet, als Jonas noch ein Baby war und Ingrid glaubte, sie würde ihn irgendwann aus dem Fenster werfen. Nicht weil sie es wollte, sondern weil sie es konnte, weil sie nur das Fenster aufzumachen brauchte und das kleine Bündel auf das Gesims legen musste, der Rest würde dann von ganz allein passieren.

«Das wirst du nicht tun», hatte Jan gesagt.

«Aber es ist so leicht, der Tod ist so nah, er ist hier in diesem Zimmer, die Katastrophe ist so präsent, sie ist nur ein paar kleine und, jeder für sich genommen, unschuldige Handgriffe entfernt. Und Jonas ist nur dieses kleine Bündel, dieser Klumpen, es gibt ihn nirgendwo sonst.»

«Das wirst du nicht tun», sagte Jan noch einmal. Dann hatte er Ulla gebeten, nach St. Hanshaugen zu kommen, wo sie damals wohnten, und auf Jonas aufzupassen, damit Ingrid schlafen konnte.

Auch hierfür gibt es ein Protokoll, dachte Ingrid, die vollständig angezogen auf dem Bett lag. Mann verlässt Frau nach fast fünfundzwanzigjährigem Zusammenleben, Mann verlässt Frau für jüngere Frau, nichts davon ist neu, und schon sind wir mittendrin im Regelwerk für dieses Ereignis, denn auch hier gibt es eine ausgetretene Spur, eine asphaltierte Straße, es gibt Normen und Regeln, Handbücher, das tut man *in dieser Situation*, und das tut man nicht.

Am nächsten Morgen rief sie Jan an. «Stimmt es, dass du

mich gestern Abend verlassen hast, oder habe ich das nur geträumt?»

«Es stimmt, dass ich eine Pause brauche, um Klarheit für mich zu gewinnen, aber ich habe dich nicht verlassen.»

«Wie kannst du so eine Entscheidung treffen, ohne vorher mit mir gesprochen zu haben?»

Mitten im Satz begann sie zu weinen. Endlich weinte sie. Sie war erleichtert, und Jans Stimme konnte sie anhören, dass auch er erleichtert war, weil sie endlich normal und nach Plan reagierte, nach dem Plan, den er hinter ihrem Rücken geschmiedet hatte, als er sich ihre Reaktion vorgestellt hatte, vielleicht sogar mit dieser, wie hieß sie noch mal, *Hanne*, gesprochen hatte, über Ingrid, denkbare Szenarien diskutiert hatte. Ingrid hatte das Gefühl, als läge sie mit verbundenen Augen auf dem Bürgersteig, während fremde Menschen in ihren Eingeweiden wühlten. Lange glatte Taschendiebfinger bohrten sich in sie und entrissen ihr alles Wertvolle.

«Ingrid, ich weiß, dass es für dich ganz schrecklich ist, aber ich hatte keine andere Wahl. Ich habe mich verliebt. Das hat mich völlig überrumpelt. Ich bitte dich nur um etwas Zeit, mehr nicht.»

Ingrid musste mitten auf der Straße stehen bleiben, sie krümmte sich vor Schmerzen. Sie versuchte, etwas zu sagen, aber es kam kein Laut aus ihrem Mund.

«Wo bist du, soll ich kommen?»

Sie blieb stehen, stützte die Hände auf die Oberschenkel. Übergab sich. Ihr Handy war zu Boden gefallen, und leise Laute waren daraus zu hören. Was waren das für Laute? Ein Vögelchen, ein Insekt? Sie würde sich am liebsten hinter einen Busch schleppen.

«Nein», brachte sie schließlich heraus.

Sie saß im Lehrerzimmer und sah, dass die Hand, mit der sie den Kaffeebecher hielt, nicht zitterte. Ganz ruhig stellte sie den Becher auf den Tisch und überlegte, dass alle, die sie jetzt sahen, sicher davon ausgingen, es wäre ein Tag wie jeder andere.

Gunnar kam angetrabt. «Kann ich mich zu dir setzen?»

«Nein», sagte Ingrid.

«Was?»

«Nein, kannst du nicht, ich will für mich sein.»

Gunnar gab einen Laut von sich, der wie ein Schluckauf klang, dann ging er. Leif saß am Nebentisch, lächelte ihr zu, und Ingrid dachte: Jetzt kann ich mit Leif schlafen. Jetzt kann ich herausfinden, wie es ist, mit Leif zu schlafen. Dann erinnerte sie sich an den schiefen Jungen, der ihr damals die SMS geschickt hatte, sie könnte ihn aufspüren und auch mit ihm schlafen, er war seit vielen Jahren volljährig und hatte wahrscheinlich Frau und Kinder, möglicherweise war er sogar schon an den Punkt gekommen, wo er die Nase voll von ihnen hatte, und war bestimmt bereit für ein Abenteuer mit seiner ehemaligen Lehrerin, auf die er einmal so scharf gewesen war.

Sie könnte sich an Leifs Tisch setzen und sagen: Mein Mann hat mich verlassen, wie es unzählige Menschen in den vielen tausend Büchern gesagt hatten, die sie gelesen hatte, ganz zu schweigen von den Menschen in all den Filmen und Serien, die sie gesehen hatte. Sie hätte es aussprechen und zur Heldin des Tages werden können: *Endlich passierte was.*

Aber sie musste ihren Rhythmus und Alltag und ihre Normalität beibehalten. Sie musste sich an diesen öffentlichen Orten festhalten, an denen sie einen Platz hatte, und auch an ihrem Haus. Sie musste alles am Laufen halten, die Gefriertruhe, die Waschmaschine, bald sollten die Terrassendielen gebeizt werden, das musste sie in ihrem Plan berücksichtigen, der Garten war zu pflegen und der Abfall abzutransportieren. Am kommenden Wochenende waren sie mit Jans Eltern zur gemeinsamen Gartenarbeit verabredet. Anschließend wollten sie bei ihnen Sushi essen. Das war der Plan. Sie wollten in dem kleinen Take-away in Holtet Sushi bestellen, weil Ingrid eine volle Rabattkarte hatte, mit der sie an diesem Samstag ein ganzes Familienmenü gratis bekämen.

Sie schickte Jan eine Nachricht: *Was ist mit der Gartenarbeit am Wochenende? Bist du dabei?*

Die Antwort kam nach zehn Sekunden: *Ja, wenn es für dich okay ist. Aber ich denke, dass ich mir das Abendessen schenke.*

Okay, schrieb sie zurück. Sie beobachtete ihre Finger, die die Nachricht eintippten, Buchstabe für Buchstabe, und hatte ein Gefühl von Schwerelosigkeit, als würde sich alles lösen und durch die Luft schweben. Um sich festzuhalten, starrte sie auf ihre Finger. Ihre Finger waren ein Teil von ihr, sie ragten aus ihr heraus, waren sehr gepflegt und mit Ringen geschmückt: mit dem Ehering und ein paar anderen Ringen, die sie immer trug. Warum trug sie diese Ringe, und was hatte sie zur Pflege dieser Hände unternommen? Sie hatte Handcreme aufgetragen, die Nägel geschnitten und gefeilt, sie mit einem klaren Nagellack bestrichen, es war Teil der Routine, so wie es Teil der Routine war, das Bett zu machen und die kleinen goldenen Ohrringe einzusetzen, die sie immer trug. Diese Maschinerie, die ihr Selbst ausmachte, diese Gestalt, die lebte und durch die Gegend lief und im Laufe eines Tages all diese Dinge tat, und das schon so viele Jahre, wer war sie? Es kam ihr vor, als gäbe es sie nur ganz oben im Kopf und als blickte sie von dort hinunter auf diesen Körper, der hier saß, der sich aus irgendeinem Grund hier niedergelassen hatte, warum? Was war bis zu diesem Augenblick passiert? Es kam ihr vor, als hätte ein Teil von ihr jahrelang irgendwo geschlummert, vielleicht schon immer, und wäre erst jetzt erwacht, schaute sich um und fragte: Wer bin ich? Wo bin ich? Wie bin ich hier gelandet? Was passiert jetzt?

Sie ging auf die Behindertentoilette und rief Jan an. «Willst du, dass ich in unserem Haus wohnen bleibe? Mich um die Kinder, das Haus, den Garten und deine Eltern kümmere, während ich auf dich warte? Hast du dir das so vorgestellt?»

Ingrid versuchte, ruhig und langsam zu sprechen, mit leiser Stimme, um ihn nicht zu erschrecken, nicht nur, damit er wirklich sagte, was er dachte und meinte, sondern auch, weil sie das Gefühl hatte, mit ihren Kräften haushalten zu müssen.

«Ingrid, ich weiß es nicht. Darüber müssen wir noch reden.»

«Wann könnte es dir passen, darüber zu reden?»

«Ich weiß ja, wie sehr du an dem Haus hängst, darum dachte ich ...»

Ingrid fiel ihm ins Wort, wobei ihre Stimme von Sekunde zu Sekunde schriller wurde: «Tja, du hattest ja genug Zeit zum Denken. Aber für mich ist das, gelinde gesagt, ganz neu. Diese kleine Neuigkeit, die mein ganzes Leben auf den Kopf stellen wird, habe ich erst vor wenigen Stunden erfahren, während du seit anderthalb Jahren davon weißt. *Du hast mit anderen Worten anderthalb Jahre Vorsprung.* Was hast du dir also ausgedacht? Besser gesagt, was habt *ihr* euch ausgedacht? Ich bin gespannt. Erzähl!»

«Ingrid, Liebes, ich weiß es keineswegs seit anderthalb Jahren. Und vor allem: Es wird dein Leben nicht zwangsläufig auf den Kopf stellen. Das Ganze hat sich entwickelt, und irgendwann unterwegs habe ich die Kontrolle verloren. Ich bin genauso geschockt wie du, hätte mir jemand vor einem Jahr gesagt ...»

«Pst. Sei still. Mir wird übel. Und das sage ich nicht einfach so. Als ich das letzte Mal mit dir gesprochen habe, musste ich mich übergeben. Ich stand mitten im Solveien und habe gekotzt, und zwar heute Morgen. Auf dem Weg zur Arbeit. Stell dir vor, ich bin arbeiten gegangen. Mein Mann verlässt mich, und ich gehe arbeiten. Das ist pervers.»

«Ingrid, ich habe dich nicht verlassen. Ich bitte dich nur um etwas Zeit zum Nachdenken. Wir sind schon so lange zusammen. Alle, die so lange zusammen sind ...»

Ingrid legte auf, dann übergab sie sich erneut. Da sie den ganzen Tag nichts gegessen hatte, kam aber nur etwas Kaffee, und sie stand da und kotzte, bis sie glaubte zu ersticken.

Zwei Tage nach Jans Auszug stellte Ingrid fest, dass sich die Unruhe legte, sobald sie sich bewegte. Die quälenden Gedanken, die nicht selten zu einer Kakophonie an Beschuldigungen gegenüber Jan, gegenüber sich selbst und dem Rest der Welt anschwollen, beruhigten sich, sobald sie nach draußen kam und loslief. Nur auf dem Weg von einem Ort zum anderen konnte sie einigermaßen klar sehen und denken, dann spürte sie eine schwache Hoffnung, wenn sie nach draußen oder nach Hause kam, wenn sie aufstand oder sich schlafen legte, wenn es Winter, Frühling, Sommer, Herbst, Abend, Morgen, Nacht, Tag, heiß, kalt, sonnig, regnerisch wurde.

Ingrid lief den ganzen Weg zur Arbeit und zurück, für die einfache Strecke brauchte sie eine Stunde. Sie ging den Kongsveien entlang und weiter durch die Stadt und dachte an alle, die sie im Stich gelassen hatte, ihre Eltern, ihre Großeltern, ihre Söhne, Jan, daran, wie ihr alle entglitten waren und verschwanden. Sie dachte an ihren Großvater, der eines

Morgens kurz nach ihrem Auszug an einem Asthmaanfall gestorben war, und an die Jahre danach, in denen ihre Großmutter allein in der Wohnung gelebt hatte und Ingrid sie drei- oder viermal in der Woche besuchte. Später bekam ihre Großmutter einen Platz im Altenheim in Hovseter und wurde von Tag zu Tag abwesender. Am Ende saß sie nur noch im Sessel und starrte vor sich hin. Trotzdem besuchte Ingrid sie weiterhin, besorgte ihr eine spezielle Matratze, bat den Arzt, sie neu auf ihre Medikamente einzustellen, wenn sie apathischer wirkte als sonst, hielt Gespräche am Laufen, an denen ihre Großmutter sich nicht beteiligte, erkundigte sich bei den Pflegern, was ihre Großmutter gegessen hatte und wie ihre Verdauung war. Sie schob sie im Rollstuhl durch das Viertel, in dem sie selbst aufgewachsen war, zur Seniorenwohnung, in die die Großeltern von ihrem Haus im Stadtteil Røa gezogen waren. Sie hatten sich auf ihr Alter gefreut, das einfach und ruhig verlaufen sollte, aber dann brachte sich ihre Tochter um, und sie mussten sich um ihre Enkelin kümmern. Nun schob die Enkelin die Großmutter durch die Gegend. Im Bemühen, sich zu revanchieren, schwitzte sich die Enkelin die Hänge hinauf, während ihre Großmutter im Rollstuhl saß und vor sich hin dämmerte.

In etwa zur selben Zeit, als ihre Söhne das Sprechen einstellten, starb ihre Großmutter, und Ingrid fragte sich, wo die vielen Stunden und Tage und Wochen, die sie in Hovseter verbracht hatte, geblieben waren, in denen sie ihre Großmutter mit Milchreis gefüttert, sie zwischen den Wohnblocks herumgeschoben und auf den ersten Huflattich des Jahres gezeigt hatte. Wo war die ganze Arbeit, das ganze Engagement hingekommen, vielleicht lagen sie zusammen mit Großmutters Asche in der Urne auf dem Westfriedhof, den Ingrid jedes Jahr an Heiligabend aufsuchte, um Kerzen anzuzünden.

Im selben Grab lag ihre Mutter, und nur wenige Meter weiter ihr Vater. Ingrid lief in der Dezemberdunkelheit über den Friedhof und zündete Kerzen an, dasselbe tat sie an den Geburtstagen ihrer Eltern und an Allerheiligen, und diese Tätigkeiten waren verwandt mit dem Bettenmachen und dem Wechseln der Glühbirnen: etwas, das man aus dem unbestimmten Gefühl heraus tat, dass das Chaos überhandnehmen, das Böse siegen würde, wenn man es unterließe. So wie das Böse im Leben der Eltern gesiegt hatte, der Teufel, wie Ingrid es sich gern vorstellte, wenn sie zwischen den Gräbern im Osloer Westen herumlief und vornehme Namen und Titel las und an ihre eigenen Eltern dachte, die die gleichen Möglichkeiten gehabt hatten und dennoch zugrunde gegangen waren, *gone bad*. Und hier lief sie herum mit ihren Kerzen und versuchte, alles zu flicken, was unmöglich war, trotzdem machte sie weiter, denn die einzige Linderung lag darin, es zu versuchen.

Doch nichts half, ihr war alles entglitten, und nicht einmal das, was jetzt passierte, bekam sie in den Griff.

Jonas schaute sie an. «Was passiert mit dem Haus? Müssen wir ausziehen?»

Ingrid hatte versucht, auch Martin zu erreichen, aber er hatte nicht reagiert, und jetzt saß sie mit Jonas in der Küche, wo sie ihm gerade erzählt hatte, dass Jan mit einer Arbeitskollegin zusammengezogen war, seiner neuen Freundin.

«Ich weiß es nicht. So weit habe ich noch nicht gedacht. Vorläufig bleibe ich hier wohnen, aber ich weiß nicht, ob ich das Haus mit einem Gehalt halten kann.»

Tränen rannen über Jonas' Wangen, und Ingrid legte ihm die Hand auf den Arm.

«Ihr seid jetzt erwachsen. Bald zieht ihr aus. Es ist auch

gut möglich, dass er wieder zurückkommt, dass das hier nur eine Krise ist, durch die er hindurchmuss.»

Jonas zog seinen Arm zurück. «Ich breche den Kontakt zu Papa ab. Ich werde kein Wort mehr mit ihm sprechen.»

Niemals, in keiner denkbaren Zukunftsversion, würde Jonas Ingrid in einem Rollstuhl durch die Gegend schieben und auf den ersten Huflattich des Jahres zeigen. Aber hast du nicht genau das gewollt?, fragte Ingrid sich im Stillen. Und war sie selbst – mit ihrer Suche nach Erlösung, oder was die diffuse Absicht hinter dem Ganzen auch gewesen sein mochte – so viel besser als die Jungen, wenn sie Jahr für Jahr die Zähne zusammenbiss, in ihrem Bemühen, den Verrat anderer Menschen wiedergutzumachen? War das Ganze nicht von Anfang bis Ende ein einziges Missverständnis: zu glauben, dass man etwas wiedergutmachen könnte, an Gerechtigkeit zu glauben, es war wie der Versuch, sich mit einem Papiersonnenschirmchen vor einem Orkan zu schützen oder sich bei einem Atombombenabwurf unter dem Tisch zu verkriechen. Trotzdem hatte sie weitergemacht, tagaus, tagein, wie eine Drogensüchtige oder eine Alkoholikerin, wie ihr Vater, aber der war in seinem Missbrauch wenigstens offen und ehrlich gewesen.

Sie hatte nicht den Wunsch, von ihren Söhnen in einem Rollstuhl durch die Gegend geschoben zu werden. Sie wünschte sich, wenn es so weit wäre, von professionellen, weißgekleideten Menschen umsorgt zu werden, mit denen sie sonst nichts zu tun hätte, Menschen, die eine Pflegeausbildung absolviert hatten, in kommunaler, freundlicher, aber beherrschter Pflege, wie das Pflegepersonal ihrer Großmutter. Ingrid erinnerte sich, wie sie neben Großmutters Rollstuhl in die Hocke gingen und ruhig und deutlich sprachen, als wären sie ihr wohlgesonnen, und das waren sie auch, und genauso woll-

128

te Ingrid es haben, wenn es so weit wäre: ein eigenes Zimmer an einem Ort mit Alarm und rund um die Uhr Personal, wo die Bettwäsche gewechselt wurde und es freitags Fisch gab, samstags Grütze und sonntags Braten und wo der Fernseher im Aufenthaltsraum immer lief, wie ein heißer Kamin.

In den nächsten Tagen hatte sie Erscheinungen. Die Erscheinungen waren wie Tableaus. Zunächst wurde ein Mann in der Karl Johans Gate enthauptet, direkt neben einem Straßenlokal. Dann sah sie im Supermarkt in der Tiefkühltheke eine Frau, die zerlegt worden war und zwischen anderen gefrorenen Fleischstücken lag. Sie sah ein Kind unter einer Straßenbahn. Sie saß im Büro und sah vorm Fenster einen Mann vorbeirauschen, mit dem Kopf nach unten. Jedes Mal sagte sie sich: Das passiert nicht. Das ist nicht real.

Eines Tages fragte Leif, ob sie nach der Arbeit ein Bier mit ihm trinken wolle. Jan war schon seit fast einem Monat weg, und es waren nur noch wenige Wochen bis zum Schuljahresende. Ingrid ging zur Arbeit, redete nicht mit Gunnar und ging nicht ans Handy, sie sprach nicht mit Jan und so wenig wie möglich mit Ulla und Jørgen, sie kochte sich nichts zu essen und unternahm keinen Versuch mehr, ihre Söhne zu fassen zu kriegen oder zum Reden zu bringen, davon abgesehen war ihr Leben unverändert, und zusammen mit Leif ging sie in einen Pub in Majorstua, zufällig war es derselbe Pub, in dem ihr Vater vor einem halben Jahrhundert verkehrt hatte, der immer noch existierte, sogar unter demselben Namen. Auf dem Weg dorthin erzählte sie Leif davon, der aufmerksam zuhörte – so aufmerksam, wie man einer Frau zuhört, die man noch nicht penetriert hat, dachte Ingrid –, und dann erzählte sie ihm in kurzen Zügen auch noch ihre restliche

Lebensgeschichte. Sie dramatisierte gerade so viel wie nötig und wählte ihre Worte mit Bedacht, meine Mutter hat Selbstmord begangen, mein Vater hat sich zu Tode gesoffen, eines Tages kam mein Mann nach Hause und sagte … und Leif lauschte konzentriert, und als sie im Pub waren, holte er Bier für sie beide, und sie erzählte weiter. Dann holte er noch eins und noch eins. Ingrid sagte, mehr wolle sie nicht trinken, aber als das volle Glas vor ihr stand, trank sie trotzdem. Sie ließ sich verführen. Sie begriff, dass Leif Alkoholiker war. Das war ihr bisher noch nicht aufgefallen, aber jetzt sah sie die großen Poren um die Nase, das rotgefleckte Gesicht, vor allem aber merkte sie es daran, dass er so wenig brauchte, um betrunken zu sein, er lallte schon nach dem ersten halben Bier, als hätte er ständig einen erhöhten Promillepegel und bräuchte nur eine kleine Aufmunterung. Hast du nicht ein Baby zu Hause und bist du nicht frisch verheiratet?, hätte Ingrid am liebsten gefragt, aber sie wollte nicht nach Hause, noch nicht. Sie wollte gern noch ein bisschen bleiben. Es gefiel ihr, am helllichten Nachmittag mitten in der Woche ein wenig beschwipst zu sein. Außerdem konnte sie tun und lassen, was sie wollte. Leif setzte sich um, so dass sie nebeneinandersaßen, kurze Zeit später legte er den Arm um sie, und da sie sonst nirgendwohin konnten, blieben sie in ihrer Nische sitzen, und dort saßen sie und drückten sich aneinander. Wie zwei Insekten, dachte Ingrid. Sie wusste, dass Leif von ihrer Tragödie fasziniert war, von der aktuellen wie von dem, was früher passiert war, und sie dachte: Er hat daheim eine zwanzig Jahre jüngere Frau, aber sie ist alt, und ich bin neu, ich bin nämlich noch unversorgt, und Leif ist ein Mann, der es Frauen besorgt, er ist ein Mann, der zu Diensten steht.

«Die Chemie zwischen uns ist total … wenn du mich im

Lehrerzimmer ansiehst, weiß ich fast nicht, was ich machen soll.»

Sein rotes Gesicht, der schwere Atem, die Anstrengung. Wie alt alle geworden waren. Wie alt sie auch selbst geworden war. Aber sie lächelte und sagte: «Ich weiß.»

Leif hatte schon mit dem halben Lehrerkollegium geschlafen. *Wenn du mich ansiehst, weiß ich fast nicht, was ich machen soll*, hatte er zu mindestens zwei anderen Lehrerinnen auch gesagt, wusste Ingrid, dieser Satz gehörte zu seinem Standardrepertoire, ein anderer lautete: *Wir beide wären das ideale Paar*. Leif reichte es nicht zu vögeln, er brauchte auch das Drumherum, den Kitzel, und er brauchte das Romantische, wie abgedroschen es auch war und wie sehr die anderen hinter seinem Rücken auch feixten.

Der Schock, als sie auf die Straße traten, in das grelle Licht. Das Gefühl, reingelegt worden zu sein, sehenden Auges reingelegt worden zu sein.

Aber am nächsten und am übernächsten Tag ging sie wieder mit ihm in diesen Pub in Majorstua, sie begann in seiner Nähe jedes Mal zu schwitzen, und das zeigte Ingrid, dass sie nichts von dem, was in ihrem Gehirn und ihrem restlichen Organismus vor sich ging, ernst nehmen konnte und dass sie sich deshalb nicht auf sich verlassen konnte, zumindest konnte sie sich nicht auf ihr Bauchgefühl verlassen. Das hier ist der Test, flüsterte sie nachts vor sich hin, wenn das, was sie *die perverse Sehnsucht nach Leif* nannte, sie wachhielt. Das hier war der große Test. Sie sah ein, dass sie zwiegespalten war, der eine Teil lechzte nach Leif, nach einem Rausch und dunklen Pubs, der andere Teil packte den lechzenden Teil entschlossen am Arm und ließ sie das fünfte Bier mit den Worten ablehnen: «Ich sollte wohl langsam mal daran denken, mich auf den Heimweg zu machen», ließ sie dann aufstehen und auf den Bürgersteig treten und auf dem Bürgersteig sagen: «Hör zu, wir müssen damit aufhören.»

Da stand sie, gefangen in diesem schnaufenden Haufen aus Fleisch und Knochen, der sie selbst war. «Bist du dir sicher?», fragte Leif und streichelte ihr den Arm.

«Ja, bin ich», sagte Ingrid und setzte sich in Bewegung. Sie ging die Straße entlang, schwer und aufgebläht vom vielen Bier und mit einem lauten Klingelton im Ohr: einer Warnung vor kommendem Frost.

Sie machte sich auf den Heimweg, den ganzen Weg zu Fuß zu gehen war eine Möglichkeit, das Nachhausekommen hinauszuzögern, aber auch das Gefühl aufrechtzuerhalten, sie habe ein Ziel. In letzter Zeit war es ihr unmöglich geworden, sich in einen Bus oder eine Straßenbahn zu setzen, sich in einem Pulk von fremden Menschen zu befinden. Sie ging den Bogstadveien entlang und weiter durch den Schlosspark und blieb erst vor einem Pub in der Altstadt stehen. An einem der Tische draußen saß eine Gruppe, die laut johlte. Ingrid trat ein, holte sich einen Becher Kaffee, ging wieder hinaus und setzte sich an den Nachbartisch. Sie wollte nüchtern werden. Das viele Bier, das sie getrunken hatte, gärte und brodelte in ihr, sie lauschte dem Gejohle. Auch eine Möglichkeit, der Vorgängergeneration nachzueifern: so lange zu trinken, bis sie ein welkes, aufgeschwemmtes Gesicht hatte, das zitterte und bebte, wenn sie vor sich hin lallte. Auch das war ein Leben. Sie musste nicht warten, bis sie alt war. Sie konnte sich jeden Tag betrinken, und in kürzester Zeit wäre sie eine von denen, um die andere sich kümmern müssten. Sie könnte zunehmen, alle möglichen alkoholbedingten Krankheiten und Folgekrankheiten bekommen, ihren eigenen kleinen Elektrorollstuhl. Trinken und untergehen, für die wohlfahrtsstaatliche Produktivität sorgen, dafür sorgen, dass das Sozialamt etwas zu tun hatte, dass derjenige hinter dem Tresen dieses Pubs etwas zu tun hatte, dass Physiotherapeuten und Sachbearbeiter und die Bank, die die Sozialhilfe auszahlte, etwas zu tun hatten. War das so anders, als Studienrätin zu sein, an gemeinsamen Arbeitseinsätzen teilzunehmen, sich als Vorstandsmitglied einer Blaskapelle zu betätigen, seine Hände zu pflegen, einem Lesekreis anzugehören? Alles war Teil derselben Ökonomie, in der alle ihre Aufgabe und ihren Platz hatten.

Und war das Leben, das oben im Haus vor ihr lag, so viel besser als das Leben, das hier auf sie wartete? Bot das Leben dieser Menschen im Laufe eines Tages nicht mehr Freuden, bot ihr Leben nicht mehr Trost? Jeder Tag trug seine eigene Erleichterung in sich, ein Versprechen von Freizeit gegen eins oder zwei, wenn sie sich aus ihrem schmutzigen Bett gequält und zusammen ihre Monologe gestartet hatten, jeder in seinem kleinen Raum, wo sie ihren jeweiligen Refrain einstudierten. Kniff sie die Augen zu, war es so, als sähe sie einen der Tische im Lehrerzimmer vor sich. Sind wir nur Tiere, die sich um ein Feuer scharen, um die Dunkelheit nicht sehen zu müssen?, überlegte Ingrid, während sie den lauwarmen Kaffee trank, und hat es überhaupt etwas zu sagen, wie wir uns einrichten, solange wir uns um einen Tisch oder ein Feuer versammeln können?

Zwei Musiker stellten sich ein Stück von ihnen entfernt auf, einer mit Geige, der andere mit Akkordeon. Sie spielten eine Melodie, und als sie fertig waren, hätte Ingrid am liebsten geklatscht, da aber sonst niemand klatschte – die Säufer reagierten nicht, palaverten einfach weiter –, ließ sie es bleiben. Trotzdem fühlte es sich falsch an, nicht zu klatschen. Nach dem nächsten Stück klatschte sie einfach, und das Geräusch ihrer klatschenden Hände verlor sich in der Luft. Die Musiker lächelten und verbeugten sich in ihre Richtung, dann fingen sie wieder an zu spielen, jetzt war es passiert. Klatschte sie nach dem nächsten Stück nicht, käme es einer Demonstration ihres Missfallens gleich: *Nicht so gut wie das letzte Stück.* Folglich war sie gezwungen, immer wieder zu klatschen. Außerdem musste sie ein paar Münzen in den Hut legen, den sie vor sich stehen hatten und mit dem sie bald herumgehen würden, aber Ingrid hatte kein Kleingeld mehr, sie hatte alle Münzen für den Kaffee ausgegeben, und während sie den letzten Schluck trank, fragte sie sich, warum sie sich immer verpflichtet fühlte zu klatschen, wenn es sonst niemand tat. Und warum sie, wenn sie nicht klatschte, darüber nachdachte, ob sie nicht doch klatschen sollte. Und zu guter Letzt: Wo er herkam, dieser Drang, sich in Ecken zu manövrieren, wo sie sich nur falsch verhalten konnte, egal was sie tat.

Ingrid stand auf und ging weiter, nach Hause, es war wie ein Fluch, denn als sie an einer Bettlerin vorbeikam, einer runzligen, wettergegerbten kleinen Frau, die an der Hauswand lehnte und «Hello madam, hello madam» sagte, sah sie ein ziemlich verdrecktes Kronenstück auf dem Bürgersteig liegen. Sie blieb stehen, denn entweder hob sie die Krone auf, rieb sie sauber und gab sie der Bettlerin, oder sie ging weiter, ohne etwas zu tun, oder sie hob die Krone auf, rieb sie sauber und steckte sie in die eigene Tasche, direkt vor den Augen der Bettlerin, alles wäre gleich verkehrt, darum blieb sie einfach vor der kleinen Gestalt stehen, die ihr einschmeichelndes «Hello madam» wiederholte. Das Kronenstück war das Problem, wie es dort lag und glänzte und all die verschiedenen Alternativen ausstrahlte, eine schlimmer als die andere. «Hello madam», wiederholte die Bettlerin, und Ingrid tat so, als hielte sie das Kronenstück für ein kleines Metallplättchen, Teil einer Getränkedose vielleicht, und ging weiter. Von

Schritt zu Schritt fühlte sie sich ruhiger, als würde etwas Schönes auf sie warten, und mit jedem Schritt käme sie dem Schönen näher, denn sie war unterwegs, und es ging aufwärts, sie ging den Ekeberg hinauf, bald wäre sie zu Hause, und alles würde gut werden.

Dann klingelte ihr Handy. Es war Jan. Er rief jeden Tag an, meistens ging sie nicht ans Telefon. Aber dieses Mal schon, ohne zu wissen, warum.

«Ingrid, gut, dass du rangehst. Wie geht's dir?»

«Mal so, mal so.»

«Ich mache mir Sorgen um dich.»

«Wenn du dir solche Sorgen machst, warum bist du dann ausgezogen?»

«Ingrid, darüber haben wir doch schon gesprochen. Mein Interesse an dir ist nicht einfach vorbei. Aber das hier musste ich tun. Das war ich mir selbst schuldig.»

«So ein Schwachsinn. Du sprichst so komisch. Was ist mit dir los?»

«Ingrid, bitte.»

«Ich werde mich nicht umbringen.»

«Davon gehe ich auch nicht aus.»

«Warum rufst du dann an?»

«Ich rufe an, weil ich mich für dich interessiere.»

«Ich will, dass du damit aufhörst. Ich will nicht, dass du mich anrufst.»

«Aber wir müssen darüber sprechen. Ich habe dich nicht verlassen. Das darfst du nicht glauben.»

«Ich verstehe nicht, was du sagst. Sprichst du Chinesisch? Wer bist du, und was hast du mit Jan gemacht? Wo ist Jan?»

«Ingrid. Ich möchte, dass ihr zwei euch kennenlernt, Hanne und du, ich glaube, dann wird alles leichter. Sie hat große Lust, dich zu treffen.»

«Warum?»

«Sie will wissen, wer du bist, mit wem ich den größten Teil meines Lebens zusammengelebt habe, darum will sie dich kennenlernen.»

«Deine Worte machen mir Angst. Ich weiß nicht, wer du bist. Warst du schon immer so, und ich habe es bisher bloß nicht gemerkt? Willst du die Vielweiberei einführen, mit Hanne zusammenwohnen und gleichzeitig mit mir verheiratet sein?»

Hannes Namen auszusprechen, gab ihr nicht länger das Gefühl, Exkremente im Mund zu haben, so wie anfangs.

«Warum atmest du so schwer?»

«Weil ich auf dem Heimweg bin.»

«Von der Haltestelle?»

«Nein, von der Arbeit, ich gehe jetzt zu Fuß zur Arbeit und zurück.»

«Und warum?»

«Weil ich es nicht ertrage, neben anderen Menschen zu sitzen.»

«Hast du überlegt, ob du vielleicht mal mit jemandem darüber sprechen solltest?»

Ingrid wünschte sich, sie hätte einen altmodischen Telefonapparat, bei dem man den Hörer richtig auf die Gabel knallen konnte. Einfach nur das weiße Headsetkabel zu drücken war bei weitem nicht so befriedigend.

Jan war nicht mehr Jan, sondern ein fremdes Wesen, das aus der Haut des alten Jan geschlüpft war. Wie in einem Horrorfilm, in dem sich ein Mensch plötzlich als Roboter entpuppte, und dieser Roboter gab Worte und Sätze von sich, die sie nicht wiedererkannte, Worte und Sätze, die sie gern Jan – dem alten Jan – gegenüber wiederholt hätte, grinsend, hast du das gehört, was für ein Quatsch, aber nun war Jan derjenige, der ihr den Quatsch vorgesetzt hatte, und er saß am anderen Ende des Telefons und wartete auf passende Antworten, und erst in diesen Augenblicken wurde Ingrid bewusst, dass Jan nicht mehr da war.

Die Ferien begannen, und ihre Söhne fuhren auf Hütten oder ins Ausland, und Ingrid blieb allein im Haus. Sie lief von Zimmer zu Zimmer, in die Küche, öffnete den Kühlschrank, ging ins Schlafzimmer, versuchte zu lesen, gab wieder auf, stellte sich ans Fenster und schaute hinaus. Hin und wieder klopfte Ulla, aber Ingrid machte nicht auf. Sie empfand eine kindliche Freude daran, so zu tun, als wäre sie nicht zu Hause. Nein, dachte sie, nein, ich bin nicht zu Hause.

Eines Nachmittags schloss Ulla die Tür auf und trat ein. Ingrid schlich sich ins Schlafzimmer und kroch unter das Bett. Ulla lief durch das Haus, dann kam sie auch ins Schlafzimmer, und Ingrid lag unter dem Bett und betrachtete Ullas Schuhe. Wer war diese Person, und warum war sie in ihrem Schlafzimmer? Ingrid hielt die Luft an. Würde Ulla unter das Bett schauen, was sollte sie dann sagen, was konnte man da sagen? Andererseits – Ulla würde sich niemals bücken und unter das Bett schauen. Sich zu bücken und unter das Bett zu schauen wäre für Ulla eine ebenso große Blöße, wie das Entdecktwerden es für Ingrid wäre. Sie könnte sich schlafend stellen. *Ich bin so müde geworden, da habe ich mich einfach hingelegt.* Das seltsamste Verhalten wurde ihr jetzt zugebilligt, sie brauchte nichts zu erklären. Sie war verlassen worden. Und es war Ullas Sohn, der sie verlassen hatte, somit war Ulla mitverantwortlich.

Ulla ging zu den Kleiderschränken und machte sie auf.

«Ingrid», sagte sie. «Wo bist du?» Dann zog sie die Nachttischschubladen auf. Zuerst die eine, dann die andere.

Zu sehen und zu hören, wie Ulla herumschnüffelte, war eine Erleichterung, ein kleiner Einblick in eine Seite an Ulla, die Ingrid bisher nicht gekannt hatte. Plötzlich zeigte sich eine neugierige und spionierende Version von Ulla, was durfte man jetzt nicht alles über Ulla denken? Auf einen Schlag eröffneten sich viele Möglichkeiten.

Nachdem Ulla gegangen war, blieb Ingrid liegen. Es hatte etwas Beruhigendes, unter dem Bett zu liegen – sich außerhalb von allem zu befinden, sich zu verstecken, sich in kein Schema pressen zu lassen –, und bald schlief sie ein. Sie wachte erst tief in der Nacht auf. Am ganzen Körper steif, kroch sie ins Bett, und dort auf der weichen Matratze lag sie wach.

Ingrid hatte keine Pläne für die Ferien und unternahm nichts. Vielmehr lag sie im Bett oder auf dem Sofa und döste vor sich hin, träumte davon, dass sie sich Sachen vornahm, Freunde traf, Hausarbeit erledigte, einkaufen ging, Reisen plante, weitermachte wie bisher, und wenn sie aufwachte, kam es ihr vor, als hätte sie mit Menschen gesprochen, Hausarbeit erledigt, wäre einkaufen gewesen. Ihre Muskeln waren steif, nachdem sie mit Tüten in der Hand Straßen entlanggelaufen, Treppen hinauf- und hinuntergestiegen war, ihr Gesicht war empfindlich und juckte nach eingebildeten Gesprächen.

Sie ernährte sich von den Trockenprodukten im Schrank und taute auf, was zuunterst in der Gefriertruhe lag. Sie trank viel zu spät noch Kaffee und lag nachts wach. Sie lag im Bett, hörte ihr Herz schlagen und fand Trost in dem Gedanken, dass irgendwo in ihr immer jemand wach war, und seien es nur die Mikroorganismen in ihrem Körper. Hinter den Augenlidern, die sie versuchte, geschlossen zu halten, die aber ständig aufgingen, gab es viel Licht und Lärm, Diskussionen und Geräusche.

Eines Nachts, als sie im Bett lag und in die Dunkelheit starrte, tauchte ein Gedanke auf. *Wenn Jan macht, wozu er Lust hat, kann ich auch machen, wozu ich Lust habe.*

Das Problem war nur, dass sie zu nichts Lust hatte. Vor allen Dingen, zu denen sie eigentlich hätte Lust haben sollen, stand das Wörtchen *nicht*. Nicht reden, nicht arbeiten, nicht lesen. Der Begriff *Lust* an sich war irgendwie nervig, ein fieses Wort, ein kindisches Wort, auf einer Ebene mit dem Wort *verdienen. Weil du es verdienst.* «Nein, das tust du nicht», sagte Ingrid laut in die Luft. Du verdienst überhaupt nichts. Niemand verdient etwas, du kannst froh sein, dass du geboren wurdest. Hier liegst du in deinem einundfünfzigsten Lebensjahr, bist doppelt so alt wie deine Eltern bei ihrem Tod, und jeder Tag ist ein Bonus.

Eines Morgens hatte sie drinnen gesessen und ferngesehen. Ein Satz hatte sich in ihrem Kopf festgesetzt: *Das sind meine letzten Tage, und ich sitze hier.* Sie hatte den Kopf geschüttelt, aber der Satz saß fest. Sie hatte umgeschaltet, und kurz darauf war sie davon überzeugt gewesen, dass ihr nicht mehr viel Zeit blieb und dass diese Apathie eine Vorwarnung war, eine Maßnahme des Körpers, sich vorzubereiten.

Eines Abends klingelte das Telefon. Nachdem Jan ausgezogen war, hatte sie nach und nach eine Liste mit Telefonnummern angelegt: *Bei 01 nicht rangehen, bei 02 nicht rangehen* und so weiter, das hatte sie gleich nach den Anrufen von Freunden und Verwandten getan, die alle dasselbe sagten, dass es völlig unglaublich sei und dass Ingrid und Jan von allen die Letzten gewesen seien, von denen man gedacht hätte, dass … und so weiter. Danach sagten sie, jetzt sei es wichtig, an die Kinder zu denken. Wenn die Leute so etwas sagten, klangen ihre Stimmen belegt und feierlich, als wären sie von sich selbst gerührt, und genau das hatte Ingrid veranlasst, ihre Nummern unter *Nicht rangehen* abzuspeichern. «Welche Kinder?», hatte sie gefragt, da sie anfangs nicht verstand, was die anderen meinten. Dann sagte sie: «Sie sind keine Kinder mehr. Es sieht nur so aus, weil sie noch zu Hause wohnen. Aber sie sind erwachsen. Sie sind am ganzen Körper behaart und investieren in Aktien.»

Und obwohl *Bei 13 nicht rangehen* im Display stand, ging sie an diesem Abend trotzdem ran, weil sie Hilfe brauchte, von anderen Menschen, jemand musste ihr helfen.

«Wer ist am Apparat?», rief sie in den Hörer. Sie klang schon wie eine alleinstehende alte Frau: schrill und ängstlich.

«Hier ist Marianne. Bist du zu Hause?»

«Ja.»

«Warum bist du denn zu Hause? Mitten in den großen Ferien? Hast du gar keine Pläne?»

«Nein.»

Allein schon die Antworten Ja und Nein verlangten ihr ab, dass sie sich zusammenriss. Ihr Gesicht fühlte sich an wie eine Pappmaske, sie musste tief Luft holen, um die Worte rauszubringen.

«Kannst du uns nicht besuchen kommen, die Kinder sind weg, wir sind hier ganz allein. Kannst du nicht kommen, wir streiten uns nur, ich halte das nicht länger aus.»

«Nein.»

«Ingrid, bitte.»

Nein, nein, nein, dachte Ingrid. Hör nur, hier spricht der Teufel in Person, er will dich in Versuchung führen.

«Ingrid, bitte, kannst du nicht kommen? Es ist zurzeit so schön hier. Wir brauchen jemanden, der uns zur Ordnung ruft. Wir brauchen einen Grund, um uns zu benehmen.»

Zu ihrem Entsetzen hörte Ingrid sich selbst sagen: «Okay.»

Was habe ich getan, dachte sie, nachdem sie aufgelegt hatte. Warum willst du Leute besuchen, die du nicht magst, fragte sie sich selbst beim Packen. Ihr kennt euch seit Urzeiten, und ihr habt eine lange gemeinsame Geschichte, aber du magst sie nicht. Du magst ja niemanden mehr. Nicht einmal deine eigenen Kinder. Laut antwortete sie sich selbst: «Ich weiß es nicht.» Beim Packen fand sie es angenehm, sich immer wieder «Ich weiß es nicht» vorzusagen. Sich von dieser Aussage umschließen zu lassen, sich in sie zu versenken, keine Erklärungen mehr zu suchen.

Als sie das Gepäck zum Auto trug, verteidigte sie sich gegenüber einem skeptischen Zuhörer, einer gesichtslosen Gestalt, von der sie sich vorstellte, dass sie ihr mit verschränkten Armen folgte. Ich brauche Sonne und Meer, verteidigte sie sich. Ich brauche eine andere Umgebung. Ich muss mich bewegen. Ich halte es hier nicht länger aus. Halte es nicht länger aus, durch das Haus zu laufen und mich vor Ulla zu verstecken, die mit ihrem traurigen alten Gesicht ankommt und reden will. Die Jungs sind mit ihren Freunden an verschiedene Orte gefahren, einer ins Ausland, ich weiß nicht mal mehr, wohin. Ich habe Ferien. Warum sollte ich nicht das Recht haben, mich ein wenig zu bewegen, genau wie alle anderen?

Als sie im Auto saß, war sie außer Atem.

In Drammen hielt sie, um zu tanken. Sie kaufte sich einen Kaffee und eine Zeitung und saß auf dem Vordersitz bei geöffneter Tür. Gleich würde sie weiterfahren, und wenn sie wollte, könnte sie in dem riesigen Auto, mit dem sie die Jungen und ihre Ausrüstung durch die Gegend gefahren hatten, schlafen. Sie bräuchte nicht in Kragerø zu halten, sie könnte fahren, bis sie so müde wurde, dass sie am Straßenrand parken und sich zum Schlafen auf den Rücksitz legen musste. Sie könnte die Sitze nach hinten klappen und sich ausstrecken. Das Auto war mehr als zehn Jahre alt, hatte aber die letzte EU-Kontrolle bestanden und war in gutem Zustand.

In Kragerø fand sie eine Stelle, wo sie parken konnte, dann lief sie durch die Stadt und besorgte alles, was auf der Einkaufsliste stand, die Marianne ihr per SMS geschickt hatte. Sie trug die schweren Tüten zur Fähre, dabei hätte sie sich am liebsten ins Auto gelegt und geschlafen. Seit ihr diese Idee gekommen war, schwirrte sie in ihrem Hinterkopf herum. Sie würde gern im Auto schlafen. Aber wie üblich war es keine Frage der Lust. Trotzdem freute sie sich, wie sie draußen an Deck stand und die Fähre zwischen Holmen und Schären hindurchglitt, sie konnte nicht anders. So wie sie sich gewünscht hatte, dass das Auto endlos über die Straßen rollte, wünschte sie sich nun, dass dieses Schiff endlos durch das Wasser glitt, dass es an Jomfruland vorbeifuhr, hinaus in den Skagerrak und weiter in die Nordsee und den Atlantik, ohne jemals anzuhalten.

Aber das Schiff hielt am Fähranleger auf Jomfruland, und dort standen Marianne und Steinar. Steinars Bartstoppeln waren weiß und grau geworden, und Marianne hüpfte auf und ab und klatschte in die Hände.

«Ingrid, Ingrid, Mensch, wie ich mich freue, dass du hier bist.»

War sie wirklich wieder hier? Sie bereute es schon, als sie die beiden erblickte, so war es jedes Mal. Jetzt war auch Jan nicht mehr dabei, und sie musste sich ganz allein über die beiden aufregen. Marianne und Steinar halfen ihr mit dem Gepäck, die zehn Minuten, die sie vom Fähranleger bis zur Hütte brauchten. Steinar legte den Arm um sie, drückte sie fest an sich, sie waren ja alte Freunde, und Ingrid spürte seine Wärme durch ihr T-Shirt.

«Wie geht's dir?»

«Tja. Ich weiß nicht so genau.»

«Keiner versteht, was mit Jan los ist. Ist er wirklich einfach gegangen, von einem Tag auf den anderen?»

«Ja, schon.»

Beide seufzten und schüttelten die Köpfe wie die meisten Leute, daran hatte Ingrid sich gewöhnen müssen, als ein Ritual, das man durchstehen musste. Doch dahinter erkannte sie die übliche Freude, dass etwas Außergewöhnliches passierte, so wie man auf dem Sofa lag und sich lustvoll gruselte über Katastrophen auf anderen Kontinenten, wie Flugzeuge, die in Gebäude stürzten, und Flutwellen, die ganze Gesellschaften wegspülten.

Eine halbe Stunde später lagen sie Seite an Seite auf dem Anleger und ließen sich nach dem Bad trocknen. Ingrid lag in der Mitte und beantwortete ihre Fragen. Hanne ist fünfunddreißig, sie und Jan haben seit anderthalb Jahren ein Verhältnis. Nein, sie hatte keinerlei Verdacht geschöpft. Und die Jungs, was ist mit denen? Die interessiert das eigentlich nicht. Sie tun so, als wären sie erbost, aber nur, um Geld aus ihm herauszuquetschen, die Situation auszunutzen. Anfangs haben sie sich geweigert, mit ihm zu sprechen, aber vor ein paar Wochen ließen sie sich gnädigst dazu herab, mit ihm zum Alex Sushi auf dem Solli Plass zu gehen. Er hat ihnen neue Smartphones und Tablets gekauft und Jonas' Londonreise bezahlt.

Wie angenehm es war, diejenige zu sein, die bemitleidet wurde. Wie damals, als sie noch ein Kind war und sagte, sie habe keine Eltern mehr. Genauso angenehm wie es war, im Salzwasser zu schwimmen und den braunen Tang zu riechen, der sich um die Klippen sammelte.

«Es ist absolut unglaublich, nach mehr als zwanzig Jahren, und dann geht er einfach. Bist du nicht stinksauer?»

«Ich weiß nicht. Ich denke an die Abende und Nächte, in denen er weg war, und an all das andere, was mir nicht aufgefallen ist.»

«Was willst du denn tun, du musst doch etwas tun, du kannst dich doch nicht einfach damit abfinden.»

«Wie meinst du das?»

«Er kann dich doch nicht einfach verlassen, von einem Tag auf den anderen?»

Ingrid schnupperte an den Holzplanken, sog den warmen Teergeruch ein. «Natürlich kann er das. Was soll ich denn dagegen tun? Was würdest du denn machen?»

«Ich würde ihn umbringen. Ich würde sie beide umbringen.»

«Das würdest du nicht tun, dann würdest du nämlich gleichzeitig den Vater deiner Kinder töten. Und anschließend ins Gefängnis wandern.»

«Aber das kann er doch nicht einfach machen. Warum kämpfst du nicht um ihn?»

«Wie denn?»

«Indem du versuchst, ihn zurückzuholen, herausfindest, wie es so weit kommen konnte, eine Therapie machst, ihr wieder versucht zueinanderzufinden? Wie kannst du dich einfach geschlagen geben, ohne Kampf?»

«Meinst du, ich sollte sexy Dessous kaufen und ihm seine Leibspeise kochen? Ihm Analverkehr vorschlagen, eine Reise nach New York, so was in der Art? Während er nebenbei noch was am Laufen hat, wie es so schön heißt, mit einer, die sowieso immer interessanter sein wird als ich, sie ist ja neu, und ich bin alt, in mehrerlei Hinsicht.»

«Ich verstehe nicht, wie du so beherrscht sein kannst.»

«Das hat nichts mit Beherrschung zu tun. Es gibt nichts zu beherrschen. ‹Ich will mich nicht scheiden lassen›, sagt Jan.

Nein, natürlich nicht. Sich scheiden lassen ist nicht schön. Ich habe mir viele Male vorgestellt, dass es mit Hanne aus ist und Jan wieder angekrochen kommt. Er pocht darauf, dass er sich Klarheit verschaffen muss, dass er höchstwahrscheinlich zurückkommt. Aber ich will ihn gar nicht zurückhaben. Wie sollte das gehen? Ich fände es schön, wenn ich ihn zurückhaben wollte, dann gäbe es noch Hoffnung. Am liebsten hätte ich mein altes Leben zurück, obwohl ich so unzufrieden damit war, dumm, wie ich bin, wie wir alle sind. Aber mein altes Leben ist vorbei und kommt nicht mehr zurück.»

Nach einer Weile ging Marianne zur Hütte, um den Grill anzuwerfen. Als sie außer Hörweite war, legte Steinar sich auf die Seite und sah Ingrid an.

«Wäre Marianne bloß mehr wie du. Wie du damit klarkommst, mein Gott. Du bist so stark.»

«Ich bin überhaupt nicht stark.»

«Doch, bist du. Versteh mich nicht falsch, aber wenn Marianne so wäre wie du, könnte ich sie verlassen. Andererseits, wenn sie so wäre wie du, würde ich ja bei ihr bleiben, wenn du verstehst, was ich meine.»

«Nein, das verstehe ich nicht. Du bist doch bei ihr geblieben.»

«Jetzt hat sie endlich den Führerschein gemacht, mit fünfzig, aber rate mal, wer immer noch ständig fährt? Und wer auf dem Beifahrersitz sitzt und alles besser weiß? Sie traut sich weder auf die Autobahn noch in die Stadt, *auf der Autobahn fahren alle so schnell, und in der Stadt ist zu viel Verkehr.*»

Ingrid schloss die Augen und konzentrierte sich auf den Teergeruch, der von den Planken in ihre Nase stieg, und auf den Geruch von Steinars Haut, von Schweiß, Salzwasser, Sonnencreme und noch etwas dahinter, das sie als Steinars

Geruch in Erinnerung hatte, als seine Essenz. Daran erinnerte sie sich am besten, dass er so gut roch, und sie redete sich ein, dass irgendein unsichtbares, allmächtiges Wesen diese Gerüche hervorholte, um ihr zu zeigen, dass es noch etwas anderes gab: eine andere Welt, ein anderes Leben. Sie dachte: Ich mag Menschen nicht. Das ist das Problem, ich mag schlicht und einfach die *Gattung Mensch* nicht.

Steinar setzte sich auf. «Aber was mir am meisten stinkt, ist, dass ich der Versorger bin. Nach den vielen Studiengängen, die sie absolviert hat, sie hat nicht weniger als drei Masterabschlüsse, trotzdem hat sie in ihrem ganzen Leben nicht mehr als ein paar Jahre gearbeitet, und wenn man in Vollzeitkategorien denkt, kommt man auf knapp ein Jahr. Weißt du, was sie ist? Ein Parasit. Aber der Parasit ist das intelligenteste Tier. Von uns allen ist sie die Einzige, die begriffen hat, wie der Hase läuft. Sie hat es am weitesten gebracht.»

«Aber du bist mit ihr zusammen, ihr seid immer noch verheiratet, und so wie jetzt redest du schon die ganze Zeit.»

Steinar fuhr fort: «Keine Arbeitsstelle ist ihr gut genug. Weißt du, was sie neulich zu mir gesagt hat, als ich sie gefragt habe, ob sie nicht vorhat, ihre ganzen Studienabschlüsse mal für etwas zu nutzen, ob sie sich vielleicht vorstellen könnte, sich einen Job zu suchen? Da hat sie Folgendes gesagt: ‹Soll ich den ganzen Tag in einem Büro sitzen und auf einen Bildschirm starren, das wäre *tödlich* für mich.› Und ich habe geantwortet: ‹Ich habe mein ganzes Berufsleben in einem Büro verbracht. Heutzutage arbeiten alle im Büro, alle sitzen vorm Bildschirm. Warum sollte es dir besser gehen? Warum bist du was Besonderes?› Da fing sie an zu heulen und wollte wieder zum Psychologen rennen, um herauszufinden, warum sie den Gedanken an Arbeit nicht erträgt, daran, angestellt zu sein, etwas anderes zu tun, als zu Hause Möbel zu verschieben oder sich in das Leben der Kinder einzumischen oder auszubrüten, was sie als Nächstes studieren könnte, welche anderen Professoren sie mit ihrem Gemecker quälen soll.»

Ingrid stand auf, Steinar blieb sitzen.

«Als ich gesagt habe, ich würde mich weigern, ihr noch mehr Therapien zu bezahlen, verdammt, sie ist seit achtzehn Jahren in Therapie, weißt du, was sie da gesagt hat? Ja, da kam sie zu dem Schluss, dass sie jetzt dringend einen zweiwöchigen Urlaub im Süden braucht, allein, um wieder Kraft zu tanken. *Kraft zu tanken!*»

«Dann verlass sie doch. Mittlerweile ist das ja das Konventionelle, sich zu trennen, auszubrechen. Bald sind die, die sich nicht trennen, die Rebellen, bald schwimmen die, die zusammenhalten, gegen den Trend.»

Steinar stand auf, so dass sie sich gegenüberstanden. «Aber das ist ja das Problem! Ich kann sie nicht verlassen! Vor zehn Jahren hätte sie noch die Chance gehabt, einen Job zu finden. Jetzt ist sie über fünfzig und hat noch nie gearbeitet, nie ein volles Jahresgehalt bekommen. Wer würde sie einstellen? Ich würde sie niemals einstellen. Heute nicht und damals auch nicht. Sie ist zu absolut nichts zu gebrauchen, verdammt.»

Ingrid lief los in Richtung Hütte. Steinar folgte ihr und redete weiter. Sie hörte, wie rigoros er klang, wenn er über Marianne sprach, war er viel rigoroser als bei anderen Themen.

«Einmal hatte sie an der Uni ein Jahr lang eine halbe Stelle als wissenschaftliche Mitarbeiterin, und ich glaube, in dem Jahr hat sie zu zweihundert Prozent gearbeitet. Aber nicht, weil sie so fleißig ist, sondern weil sie viermal so lange braucht wie alle anderen. So ist es immer. Sie fängt etwas an, und es nimmt total überhand. Sie bekommt eine einfache Aufgabe und fängt an, im Archiv zu graben, tiefer und tiefer, bis sie nicht mehr rauskommt. Sie tapeziert die Wände mit Zeitungsartikeln, sitzt in der Bibliothek oder hängt Tag und Nacht im Internet. So war es damals auch, sie war nie zu Hause, ich musste den ganzen Haushalt schmeißen und mich um die Kinder kümmern, und das alles nach den Überstunden, die ich machen musste, weil ihre halbe Stelle so schlecht bezahlt war, sie hat ja kaum die Ausgaben für die Monatskarte gedeckt. Ich will mich nicht beschweren, ich erzähle nur, wie es war. Und weißt du, was?»

Sie waren kurz vor der Hütte, und Steinar blieb stehen. Er zeigte auf Ingrid, hochrot im Gesicht, und stieß bei jedem Wort den Zeigefinger in die Luft. «Nach diesem Jahr hatte sie ein Burn-out. Sie hatte ein *Burn-out*, verdammt noch mal! Zwei Monate lang hat sie mit einem Burn-out im Bett gelegen!»

«Ja, daran entsinne ich mich», sagte Ingrid, um Steinar daran zu erinnern, dass sie das alles nicht nur von ihm schon mal gehört hatte, sondern zusätzlich auch Mariannes Version kannte.

Ingrid wollte das Tor aufmachen, aber Steinar legte seine Hand auf ihre, sie spürte seine Wärme und betrachtete die behaarten Finger. Zu Mariannes vielen Klagen über Steinar gehörte, dass er überall Haare hatte, auch auf dem Rücken. Ingrid hörte Hummeln summen und roch die Blumen am Wegesrand. Hummelsummen und Blumen, dachte sie. Und die Wärme von Steinars Hand.

«Ingrid, hör zu. Wie kommt es, dass du all die Jahre Vollzeit gearbeitet hast, dass du Auto fährst und dich um das Haus kümmerst, und wenn Jan dich verlässt, nimmst du es ganz locker, sieh dich nur an, du siehst besser aus denn je. Während Marianne sich beim geringsten Anlass ins Bett legt und nichts erträgt. Warum ist das so? Warum kann Marianne nicht mehr sein wie du? Wir schlafen auch nicht mehr miteinander. Weißt du, was? Ich habe langsam das Gefühl, kurz vorm Burn-out zu stehen. Ja, ich denke, ich sollte mich hinlegen und schreien und mich wie Marianne aufführen. Was hältst du davon? Sag schon!»

Ingrid nahm den Blick von Steinars Fingern und schaute ihm ins Gesicht, sie betrachtete Steinars weiße Bartstoppeln, die krumme Nase, seine blauen Augen, die sie unverwandt ansahen. Dann lehnte sie sich an ihn, er schlang die Arme um sie, und so blieben sie stehen.

Am Ende räusperte Steinar sich und löste sich aus der Umarmung. «Ich glaube, Marianne wartet auf uns.»

Sie saßen auf der Terrasse und tranken. Marianne sagte: «Steinar, hol uns noch ein paar Eiswürfel.»

Steinar sah Ingrid an. «Verstehst du, wie es mir geht?»

«Mach schon, Steinar.»

«Du kannst dir die verfickten Eiswürfel selber holen. Und hör verdammt noch mal auf, mich so rumzukommandieren.»

Innerhalb kürzester Zeit schrien sie sich an, am Ende stand Steinar vom Tisch auf und ging.

Marianne torkelte in die Hütte und kam mit Eiswürfeln und Tonicwater zurück. Ingrid nutzte ihr Handy als Taschenlampe, um zwischen den leeren Tetra Paks mit Wein und den Tellern mit Soßen- und Grillfleischresten die Gläser zu orten, Marianne mischte neue Drinks, und sie prosteten sich zu. Ingrid setzte sich rittlings auf die Bank. Ihr Kleid rutschte nach oben, sie spürte das warme Holz im Schritt. Es war stockduster, es war warm, und sie saßen in dieser Wärme und Finsternis und tranken und nuschelten sich durch ihre übliche Unterhaltung, die ablief wie immer, wenn Steinar wie gewohnt im Zorn gegangen war, Marianne beschwerte sich wie gewohnt darüber, dass Steinar sie nicht verstand, ihr nicht genug Raum gab und Vertrauen schenkte. Sie zählte seine ganzen Fehler auf und alles, was er im Laufe der Jahre falsch gemacht hatte, die vielen Male, die er sie im Stich gelassen hatte, und wie vorhin versuchte Ingrid, sich an ihre Sinneseindrücke zu klammern, sie nahm den Duft von sonnenverbranntem Fichtenreisig wahr und wie das warme Holz zwischen ihren Oberschenkeln einen Kontrast zu dem kalten Glas in ihrer Hand bildete, sie lauschte dem Klirren der Eiswürfel, dann kam Steinar zurück. Er kam aus der Dunkelheit und setzte sich rittlings hinter Ingrid, schlang die Arme um sie und drückte sich an sie. Marianne ignorierte Steinar und redete weiter, und Steinars Hände bewegten sich nach unten, schoben sich unter Ingrids Kleid und anschließend unter den Saum ihres Slips, und bevor Ingrid wusste, wie ihr geschah, hatte sie zwei von Steinars Fingern in sich. Bevor sie einen klaren Gedanken fassen konnte, war es schon passiert, und als ihre Gedanken in Gang kamen, war es für eine Reaktion zu spät, da hatte sie schon länger stillgehalten, als es vertretbar war, darum blieb sie sitzen, nur einen Meter von der Frau entfernt, mit der er – dessen dicke behaarte Finger in ihr steckten – verheiratet war und die Ingrid seit der Grundschule kannte. Ingrid drückte es gern so aus: *Ich habe Freunde, die ich seit der Grundschule kenne, ich höre seit jeher dieselbe Musik* – diese Sätze, die sie gern dachte und aussprach, sie unterstrichen das Solide an ihrem Leben, das Unveränderliche, was sie von ihren Eltern unterschied. Aber jetzt saß sie da mit einem Klumpen im Hals und musste sich anstrengen, um dem Gespräch zu folgen. Warum stieß sie ihn nicht einfach weg, warum stand sie nicht auf, warum reagierte sie nicht? Ich war halt betrunken, antwortete sie sich selbst, sie sprach schon in der Vergangenheitsform, als würde sie sich vor einem skeptischen Zuhörer verteidigen. Wir waren alle drei sturzbesoffen. Und was ist mit ihm? Mit Steinar? Er war schließlich der Aktive. Ich habe nur dagesessen. Ich war …

Doch bevor sie zu Ende gedacht hatte, waren die Finger wieder draußen, und Steinar stand auf und verschwand in der Hütte.

«Steinar war schon immer scharf auf dich», sagte Marianne.

Vielleicht hat sie mitbekommen, was gerade passiert ist, überlegte Ingrid. Und jetzt will sie sehen, wie ich reagiere. Vielleicht haben sie sich das zusammen ausgedacht, vielleicht haben sie eine Wette abgeschlossen, vielleicht bin ich ein Insekt, dem sie die Flügel ausreißen wollen, zur Unterhaltung und zum Zeitvertreib.

Sie stand auf. Ihre Beine zitterten. «Ich glaube, ich gehe schlafen.»


Ingrid konnte nicht schlafen. Sie lag in einem Zimmer, das so klein war, dass nur mit Mühe ein Einzelbett hineinpasste, und ihr ging auf, dass sie nicht dafür geschaffen war, in einem Bett in einem Zimmer in einem Haus zu liegen, sie war von zu vielen Schichten umgeben, um atmen zu können. Sie wollte zurück zur Fähre, zum Auto, wollte unterwegs sein irgendwohin, wollte allein sein.

Sie stand auf und ging in die Küche, trank etwas Wasser. Sie sah aus dem Fenster, auf den überfüllten Tisch, an dem sie gesessen hatten. Sie musste nach Hause. Aber sie befand sich auf einer Insel, sie konnte nicht einfach losschwimmen, sie musste auf die Fähre warten. Hätte sie den Caravelle hier, könnte sie sich darin schlafen legen. Ihre Sachen zusammensuchen, sie ins Auto packen, alle Türen abschließen und schlafen, bis sie nüchtern genug war, um zu fahren.

Ohne anzuklopfen, trat sie in Mariannes und Steinars

Schlafzimmer. Die beiden schliefen tief und fest. Ingrid setzte sich auf die Bettkante. Sie rüttelte vorsichtig an dem Bündel, das am nächsten lag, und ein zerzauster Kopf schaute heraus.

«Marianne. Ich muss dir was erzählen.»

Marianne setzte sich auf.

«Was ist?»

«Ich muss dir was über Steinar erzählen.»

«Was ist mit Steinar?»

Jetzt setzte sich auch Steinar auf.

«Marianne», wiederholte Ingrid. «Erinnerst du dich, wie wir vorhin am Tisch gesessen haben, als Steinar gegangen und dann wiedergekommen ist?»

Marianne rieb sich die Augen.

«Als er sich hinter mich gesetzt hat, erinnerst du dich?»

«Ja, und …?»

«Da hat er seine Finger in mich gesteckt.»

«Was?»

«Er hat mich *gefingert*, wie wir früher gesagt haben.»

Steinar sagte: «Ingrid. Komm mal runter.»

Ingrid sah ihn an. «Leugnest du, dass es so war, Steinar? Willst du behaupten, dass du dich nicht hinter mich gesetzt und deine Finger in mich gesteckt hast, willst du das behaupten?»

«Ich begreife nicht, was sie sagt. Begreifst du das?»

Ingrid sagte: «Riech an seinen Fingern.»

Marianne beugte sich zu Steinar hinüber, der sich mit den Worten entzog: «Seid ihr beide verrückt geworden? Ingrid, das musst du geträumt haben. Du bist ja völlig von der Rolle.»

Ingrid stand auf. «Ich gehe jetzt. Und ich will euch in meinem ganzen Leben nie mehr wiedersehen. Wenn ich vor

152

euch sterbe, will ich nicht, dass einer von euch zu meiner Beerdigung kommt. Ich gehe auch nicht zu eurer, wenn ihr vor mir sterbt, was ich hoffe. Jan hat mich gerade verlassen, und ihr denkt nur an euch selbst, seid besessen von dem Drama, das sich vom Tag eurer ersten Begegnung an zwischen euch abgespielt hat, und während du, Marianne, mich zutextest, wie schlecht Steinar im Bett ist und wie scharf du auf den einen oder anderen Dozenten bist, kommt Steinar fünf Minuten später und steckt seine Finger in mich. Ach ja, das hätte ich beinahe vergessen: Vor zehn Jahren hat Steinar hier auf Jomfruland behauptet, er wäre in mich verliebt, vermutlich hat er sich gelangweilt und wollte etwas Abwechslung, wir haben dann ein Verhältnis miteinander angefangen. Darauf bin ich nicht stolz, aber er hat die Initiative ergriffen. Du hast die Initiative ergriffen, Steinar. Ihr seid Kannibalen, ihr benutzt andere Menschen als Futter und Treibstoff, und ihr verdient es, in der Hölle zu schmoren, alle beide.»

Während sie redete, hatten Marianne und Steinar nach Luft geschnappt und protestiert, aber eher halbherzig, als würden sie sich freuen, dass sie endlich einmal miterlebten, wie Ingrid der Kragen platzte.

«Welcher Dozent?», fragte Steinar, als sie die Tür hinter sich schloss.

Während das Geschrei im Schlafzimmer immer lauter wurde, packte Ingrid ihre Sachen. Sie ging zum Fähranleger und hatte erneut das Gefühl, das hier schon einmal erlebt zu haben, als wäre es nur eine von vielen Wiederholungen. Schon lief sie wieder hier entlang, über den Feldweg, sie nahm ihr Handy in die Hand, um die Abfahrtszeiten der Fähre rauszusuchen, aber der Akku war leer, sie legte es zurück und dachte. Ich bin nicht tot. Sie können mich nicht töten.

Am Fähranleger ging sie zum Strand. Es war ganz hell, sie zog die Sandalen aus und ging ins Wasser, bis es ihr zu den Knien reichte. Dann blieb sie stehen und spritzte sich Wasser ins Gesicht, bis sie sich wieder nüchtern fühlte.

# 5

Das ist der totale Wahnsinn», hatte Jan wieder und wieder gesagt, als er nach ihrer ersten Nacht auf der Suche nach seinen Klamotten durch ihre Wohnung gestolpert war. Sie hatten einen Joint geraucht, Whisky getrunken und Pralinen gegessen, die sie noch im Schrank gefunden hatte.

«Das darf nie wieder vorkommen», sagte er, als er sich die Hose anzog. «Wir feiern bald Silberhochzeit.»

Er zitterte, und seine grauen Haare standen in alle Richtungen ab.

«Reg dich nicht auf», sagte Hanne. «Du bist jetzt bloß etwas panisch. Alles wird gut. Ich lass dich in Ruhe.»

Und das hatte sie auch getan. Er war es, der ihr nur wenige Tage später eine Nachricht schickte und fragte, ob sie Zeit zum Reden habe. Er würde gern nüchtern und bei Tageslicht und einem Kaffee im Stockfleths über das Vorgefallene sprechen. Hanne hatte Zeit, und anschließend standen sie in einer Ecke der Festung Akershus, und alles wiederholte sich. Keiner von ihnen konnte es erklären, denn im Stockfleths hatten sie ja gerade darüber gesprochen, wie falsch ihr Verhalten war und dass niemand davon erfahren durfte. Aber als sie aus dem Stockfleths kamen, waren sie mit jener merkwürdigen Nacht noch nicht fertig, sie wollten sich darüber amüsieren, wie betrunken und zugedröhnt sie gewesen waren. Jan wollte ausführlicher darüber reden, dass ihm so etwas noch nie passiert war, und anstatt ins Ministerium zurückzugehen, waren sie weitergelaufen, und schwuppdiwupp waren sie auf dem Akershus-Gelände und standen engumschlungen in einer Ecke.

Es war in so vielerlei Hinsicht falsch, es war gegen die Dienstvorschriften, und trotzdem passierte es wieder und wieder, und nach ein paar Wochen stellte Hanne zum ersten, aber bei weitem nicht zum letzten Mal die Vertrauensfrage: «Entweder lässt du dich scheiden, oder wir müssen Schluss machen. Du hast eine Woche, um herauszufinden, was du willst», sagte sie laut und deutlich, denn sie wusste, dass Jan sich niemals scheiden lassen würde, daher war es eine Möglichkeit, ihn loszuwerden, eine Möglichkeit, ihn abzuschütteln.

Später wiederholte sich das Ganze, aber nun war es ihr damit ernst, wenn sie mit hängenden Schultern auf der Bettkante saß und leise und langsam sagte: «Ich halte das nicht mehr aus. Du musst dich scheiden lassen, oder wir müssen damit aufhören. Ich bin erwachsen, ich kann so nicht weitermachen.» Sie sagte noch viel mehr, weil sie jedes Mal glaubte, es wäre das letzte Mal, dass sie es sagte, und Jan nickte und antwortete: «Ich kann dich verstehen. Ich bin froh, dass du Verantwortung übernimmst.»

Dann ging er. Hanne meldete sich ein paar Tage krank, lag im Bett und weinte, dann fand sie wieder zu sich selbst, sie wollte ihn ja gar nicht haben, einen ergrauten und verheirateten Vater von zwei Kindern, noch dazu ihr Chef. Dann stand sie auf, trank Kaffee und duschte. Sie unternahm eine lange Wanderung in der Oslomarka. Alkohol, ihre Freunde und die Stadt mied sie ebenso wie das Internet, abends saß sie zu Hause, strickte, hörte Radio und Hörbücher, und schließlich gelang es ihr, eine ganze Nacht durchzuschlafen.

Nach ein paar Wochen fühlte sie sich so gut, dass sie auf eine von Jans vielen SMS antwortete. Nicht auf eine von denen, die er ihr auf dem Heimweg vom Freitagsbier schickte – ich vermisse dich, ohne Großschreibung am Satzanfang oder Punkt am Ende, einfach ich vermisse dich, Nachrichten, bei denen Hanne förmlich vor sich sah, wie er sie auf dem Heimweg in der Straßenbahn hinschluderte, so dass da manchmal auch ihc vemrisse dich stand, sondern auf eine von denen, die er ihr im Laufe des Tages schrieb, wobei sie mitunter durch die offene Tür beobachten konnte, wie er in seinem Büro saß und die Nachricht in sein Handy tippte – ich vermisse deine Stimme und all deine lustigen Anekdoten, es schadet bestimmt nicht, wenn wir mal zusammen einen Kaffee trinken, wir müssen doch Freunde sein können –, und noch am selben Nachmittag lagen sie in einem Hotelbett oder in ihrer Wohnung oder sogar auf dem Sofa in seinem Büro, nachdem alle anderen gegangen waren. Das war mehrmals passiert, und jedes Mal kam es genauso überraschend, genauso neu und unerwartet, als geschähe es zum ersten Mal.

«Damit wird er so lange weitermachen, wie du es zulässt», sagten ihre Freundinnen. «Er hat ja alles, die Sicherheit zu Hause und den Kitzel mit dir, warum sollte er etwas ändern wollen?»

Also zog sie sich zurück und antwortete nicht mehr auf seine Nachrichten, nahm seine Anrufe nicht mehr an und vermied es, ihm bei der Arbeit auf dem Flur zu begegnen, nur um dann zu spüren, wie ihr sein Blick folgte, wenn sie sich in der Kantine etwas zu essen holte und zum Bezahlen zur Kasse ging. Obwohl sie in ihre eigenen Gedanken vertieft war, wusste sie die ganze Zeit, wo im Raum er sich befand. Sie setzte sich an einen Tisch und tat, als läse sie eine SMS auf ihrem Handy, lachte so, dass ihre Schultern bebten. Dabei genoss sie es, wie Jans Neugier und Verwirrung über den Kantinenboden krochen, wie seine Unruhe zu ihrer Ruhe wurde.

Jan war derjenige, der nicht frei war, der verheiratet war und jeden Nachmittag heimkam in ein Haus voller Menschen und Aktivitäten, daher hatte Jan die Macht. Er konnte sich ungeschickt und vorhersagbar verhalten und brauchte nicht zu tricksen und zu täuschen, während Hanne manipulieren und viele Züge vorausplanen musste, und nachdem er ein oder zwei Wochen so behandelt worden war, kam Jan angelaufen. Dann konnte er auf einmal Besprechungen und Familienessen absagen und große Risiken eingehen. Dann stand er plötzlich vor ihrer Tür und lehnte sich gegen die Klingel, bis sie ihn hereinließ. Kaum war er in der Wohnung, schliefen sie auf dem kratzenden Kokosteppich in der Diele miteinander. Sie wären zwar problemlos ins Schlafzimmer gekommen, aber es fühlte sich richtig an, es in der Diele auf dem Boden zu tun, mit harten Bewegungen und lautem Stöhnen. Hanne gab einen gurgelnden Laut von sich, als wenn ein Raubtier seine Beute in Stücke reißt. Sie hatte keine Angst davor, dass jemand sie hören könnte, im Gegenteil, sie wollte von allen Nachbarn gehört werden, besonders von dem Vater mit den kleinen Kindern in der Nachbarwohnung. Er hatte ihr einmal bei einem Sommerfest der Wohnungsbaugenossenschaft einen Korb gegeben, obwohl er damals Single war, und als Hanne jetzt in der Diele auf dem Boden lag, sah sie den jungen Vater vor sich, wie er sich nur wenige Meter entfernt mit vollen Einkaufstüten und schreienden Kindern durch die Tür kämpfte. Hör dir das ruhig an, dachte sie, als sie sich beim Aufstehen an die Wand stützte. Na, was sagst du dazu?

Aber wenn sie Jan tatsächlich bekäme, wenn er eines Tages mit einem Koffer auf ihrer Türschwelle stünde – was dann? Wie wäre das Leben mit ihm, nicht nur dann und wann eine Stunde, getrieben von einem Hunger, der alles vernebelte, sondern Tag für Tag, am Morgen, bei Tageslicht, lange nachdem sich die erste Aufregung gelegt hätte? Diese Frage tauchte auf, wenn Hanne sich sicher fühlte, wenn Jan sie in der Kantine anstarrte und ständig einen neuen Vorwand fand, um ihren Schreibtisch zu umkreisen und ihr Fragen zu stellen, die er genauso gut anderen hätte stellen können, wenn sie wusste, dass es nur eine Frage der Zeit war, bis er wieder angekrochen käme. Und wenn sie nun ein Paar würden, mit allen Konsequenzen, wie lange würde es dann dauern, bis ihr innerer Affe sich einschaltete und alles zerstörte? Welche von Jans Eigenarten würden sich auswachsen, bis sie jede Verhältnismäßigkeit verloren und alles zum Einsturz brachten?

Gelegentlich wurde auch Jan still und nachdenklich, wenn er in Hannes Bett lag. Hanne wusste, dass er dann über seine Situation nachdachte, dann meldete sich der Gedanke an Ingrid und die Jungen, an das Haus im Garten seiner Eltern, an alles, was er mit seinem Verhalten von Tag zu Tag mehr zerstörte, und dann war er es, der sich zurückzog, der sich räusperte und sagte, sie müssten reden.

Dann surfte sie im Internet, antwortete auf Nachrichten, traf ein paar Männer in der Kneipe, versuchte sich aufzuputschen. Aber in keinem einzigen Fall sprang der Funke über, in keinem einzigen Fall fing sie Feuer, so dass etwas hätte entstehen können, worin sie hätte verschwinden können. Trotzdem erklärte sie sich bereit, einen der Männer wiederzusehen. In der Kneipe erzählte er, er würde sich bald scheiden lassen, seine Ehe sei vom ersten Tag an ein Missverständnis gewesen, er und seine Frau lebten wie Bruder und Schwester. Hanne sagte, sie lebe gern allein und sei nicht auf eine Beziehung aus. Beide logen sich von ihrem jeweiligen Standpunkt aus näher aneinander heran, und nach ein paar Tagen trafen sie sich in einer Wohnung, die einem seiner Freunde gehörte, wo Hanne im Spalt zwischen Bett und Wand ein paar getragene Slips fand und der Abfalleimer im Badezimmer von gebrauchten Kondomen überquoll.

Bin ich wirklich schon an diesem Punkt angelangt?, überlegte Hanne auf dem Heimweg. Kommt ein derart armseliges Erlebnis nicht mindestens fünfzehn Jahre zu früh? Sie war jung und gebärfähig. Sie hatte es nicht nötig, sich mit diesen Untergangsszenarien abzufinden.

Aber am nächsten Tag hatte sie eine besondere Ausstrahlung, die anderen konnten spüren, dass sie sich gepaart hatte. Und weil die, die sich paaren, die Sieger sind, und die, die sich nicht paaren, die Verlierer, hielt Jan im Flur wieder kurz inne, als er sie sah, und starrte erneut vom einen Ende der Kantine zum anderen, wo sie saß und lachte, diesmal zusammen mit Kollegen.

Er schickte ihr eine Nachricht: Du machst mich verrückt.

Dann folgte er ihr, als sie nach Hause wollte, lief ihr im Treppenhaus hinterher, fasste sie am Arm und sagte: «Ich liebe dich. Ich kann ohne dich nicht leben.» Es traf sie aus heiterem Himmel, und obwohl sie beide eigentlich anderswo sein sollten und mit anderen Leuten verabredet waren, checkten sie in ein Hotel in der Nähe ein, und Jan bezahlte mit der Karte, die, wie Hanne wusste, zum Notfallkonto gehörte. Mit größter Selbstverständlichkeit zog er die Karte durch das Lesegerät, woraufhin sie den Aufzug betraten und übereinander herfielen, noch bevor sich die Aufzugstüren geschlossen hatten.

«So etwas habe ich noch nie erlebt», sagte Jan später, als sie im Bett lagen und Weißwein aus der Minibar tranken. Er und Ingrid hatten sich auf Reisen nie an den lächerlich teuren Fläschchen aus der Minibar bedient, aber mit Hanne war alles anders. Alles wird gut, pflegte Hanne zu sagen, und auch Jan hatte jetzt schon damit angefangen. *Alles wird gut.*

«Ich auch nicht», sagte Hanne, aber das war natürlich eine dicke, fette Lüge, und sie fühlte sich alt, viel älter als Jan. Sie war eine uralte, erschöpfte Gefühlshure, die sich verausgabt hatte, sie fühlte sich wie ein Sicherungskasten, in dem alle Sicherungen durchgebrannt waren.

Als Jan wissen wollte, mit wie vielen Männern sie schon geschlafen hatte – so eine kindische Frage –, war sie trotzdem gerührt, sie konnte nicht anders, und daher dachte sie sich eine Zahl aus, die glaubwürdig schien für die Frau, die sie in Jans Augen vermutlich war: leidenschaftlich, aber relativ unerfahren, eine Frau eben, die der Traum aller Männer war, so stellte Hanne es sich jedenfalls vor. Sie selbst hatte vor vielen Jahren aufgehört zu zählen.


Dann machten sie wieder Schluss. Ob Hanne es nicht länger aushielt oder Jan sich nicht scheiden lassen wollte, am Ende einigten sie sich darauf, eine Pause einzulegen.

Und so ging es immer weiter. Im Dezember, ein Jahr nach dem Weihnachtskonzert, fiel Hanne auf, dass Jan gealtert war: Die Falten zwischen Nase und Mund waren deutlicher geworden, und unter den Augen zeichneten sich tiefere Augenringe ab. Sie versuchte, sich darüber zu freuen, weil er dadurch eigentlich an Attraktivität verlieren müsste und es ihr damit leichter fallen sollte, sich von ihm fernzuhalten, aber stattdessen lief sie im Flur hinter ihm her und verspürte größere Lust, ihm die Wange zu streicheln, als jemals zuvor. Ein paar verschwitzte Haare im Nacken, eine Narbe, die Tatsache, dass er leicht schielte und älter war als sie, all diese

Fehler und Makel hatten den gegenteiligen Effekt. Von weitem sah sie ihn auf dem Flur und war sofort eifersüchtig auf alle, mit denen er sprach, sie wollte sich um ihn kümmern, auf ihn aufpassen.

Als sie an einem Abend im Januar Überstunden machte, hörte sie vor dem kleinen Büro, das sie sich mit drei Kollegen teilte, seine Schritte. Sie sah auf, als er vorbeiging, und tat so, als sei sie unterbrochen worden. Aber er schaute sie nicht an, ging einfach weiter, und es fühlte sich an wie ein Faustschlag in den Magen. Doch sie erholte sich schnell: Dass er sie keines Blickes würdigte, war auffällig. Jemand anders hätte sie angeschaut, hätte ihre Existenz wahrgenommen. Wenn zwei Menschen allein an einem Arbeitsplatz sind, sehen sie sich an, nicken sich im Vorbeigehen zu. Dass er sie *nicht* anschaute, war also ein Zeichen. Hanne lebte in einer Welt aus Zeichen, in der alles seine Bedeutung hatte. Die Zeichen machten jetzt ihr Leben aus, und wenn sie verschwänden, würde es sinnlos werden, sie hätte nichts mehr, woran sie sich festhalten könnte, nichts, auf das sie warten könnte.

In diesem zweiten Winter hatte sie angefangen, auch am Wochenende zur Arbeit zu gehen, sie fand Pizzareste im Kühlschrank und spülte sie mit Kaffee hinunter, las alte Zeitungen und Berichte, schrieb Zusammenfassungen, Anmerkungen, Stellungnahmen zu Gesetzesentwürfen und Analysen. *Danke für den Beitrag, wir werden ihn im weiteren Prozess berücksichtigen.* Sie blieb stundenlang eingeloggt, meldete sich freiwillig für alles, was anstand. Ihr wurde gesagt, sie solle es ruhiger angehen lassen, ihr Verhalten verstoße gegen das Arbeitsschutzgesetz, aber sie machte trotzdem weiter, denn ihr einziger Wunsch war es, seine Schritte auf dem Flur zu hören, nach Feierabend, wenn sie allein im Gebäude wären, und dann würde er gegen den Türrahmen tippen, «klopf,

klopf» sagen und fragen, ob sie hungrig sei. Daraufhin würden sie mit glänzenden Augen und einem befriedigten Gefühl im Hals durch die Straßen laufen und schließlich irgendwo einkehren und sich etwas zu essen bestellen, aber keinen Bissen hinunterbekommen. Später hätte sie dann von seinen Bartstoppeln einen Ausschlag am Kinn.

Aber wenn sie sich auf dem Flur begegneten, sah er zu Boden, in Besprechungen schaute er sie nicht an und hörte ihr auch nicht zu, obwohl sie vereinbart hatten, dass sie Freunde bleiben wollten. Hatte er das vergessen? Hatte er vergessen, was er bei ihrem letzten Treffen zu ihr gesagt hatte? Ich möchte dich gern als Freundin behalten. Eine Sekunde lang war sie froh gewesen, jemanden los zu sein, der etwas so Albernes sagen konnte, aber in der nächsten Sekunde war genau das Gegenteil der Fall, da gefiel es ihr gerade, dass sie so miteinander reden konnten, als seien die Worte von allem Abgedroschenen gereinigt und hätten ihre ursprüngliche Bedeutung zurückbekommen.

Natürlich könnten sie Freunde bleiben, hatte Hanne geantwortet. Aber sie glaubte nicht daran. Sie sah darin eine der vielen schwierigen Phasen, die sie durchlaufen mussten. Sie würde auf ihn warten, trotz allem war er es gewesen, der damals bei dem Weihnachtskonzert seine Hand auf ihren Oberschenkel gelegt hatte. Hatte er das auch vergessen? Hatte er vergessen, dass er die Initiative ergriffen hatte? Auch wenn er behauptete, es sei nur eine kameradschaftliche Geste gewesen und es habe ihn total schockiert, als sie anfing, an seinen Fingern zu saugen, so dass er an Ort und Stelle eine spontane Erektion bekam. Und so was sei ihm seit seiner Teenagerzeit nicht mehr passiert.

Noch nie, noch nie. Das Mantra der Verliebten: So etwas habe ich noch nie erlebt. Aber nein. Jan hatte die Fühler ausgestreckt, hatte es darauf angelegt, denn genau wie er im Kino mit allen anderen lachte, war er auch wie alle anderen untreu, machte die obligatorische Midlife-Crisis-Untreue mit, wie er Abiturientenzeit, Ausbildung, Beruf und Familie mitgemacht hatte, gründlich und systematisch, und anschließend hätte er noch mehr Floskeln auf Lager: Wir sind als Paar daran gewachsen, es hat unserer Ehe gutgetan, es war wie eine Vitaminspritze, es hat mir zu der Einsicht verholfen …

Hanne würde sich am liebsten übergeben. Sie würde sich am liebsten einen Eimer holen und ihn bis zum Rand vollkotzen, und dann würde sie sich noch einen Eimer holen und auch den vollkotzen. Dann würde sie das ganze Erbrochene in Jans Büro kippen.

Aber dort war er nicht. Stattdessen gab er den Referatsleiter mit Personalverantwortung für sie als Referentin, er tat so, als habe er nie in ihrem Bett in der Tøyengata gelegen, geschrien, geweint und die Bettlaken zerwühlt, nein, statt zu rufen und zu schreien, schrieb er jetzt E-Mails, in denen stand, dass Hannes Überstunden das System an den Rand des Zusammenbruchs brachten, und wenn sie die angehäuften Stunden nicht vor dem Urlaub abfeierte, bla, bla. Zu ihrem eigenen Besten, Burn-out, Berufskrankheiten, bla, bla. Hatte er eine Standard-E-Mail, in die er bloß den aktuellen Namen einfügte, oder hatte er die Mail speziell für sie geschrieben? Hanne hatte Zeit, darüber nachzugrübeln.

Auf der Jagd nach versteckten Botschaften studierte sie jede einzelne E-Mail gründlich. Sie wusste, dass er davonzukommen glaubte, wenn er ihr mit seinem Gefasel vom Überstundenabfeiern auf die Nerven ging und ihr seine Fürsorge aufdrängte. Dann konnte er in seinem selbstgebauten Haus liegen, aber zwischen den Beinen wäre alles schlapp und tot. Vor dem Gute-Nacht-Sagen noch ein trockener und halbherziger Geschlechtsakt, der wirklich ein Geschlechtsakt war – wie sie ihn im Sexualkundeunterricht in der Schule durchgenommen hatten. Damals hatte Hanne sich geschworen, so etwas nie zu tun, denn es sah schmerzhaft und ätzend aus. Vielleicht bekäme Jan ihn ja hin, aber nur, wenn er dabei an Hanne dachte, an die sinnliche und begehrenswerte Hanne – du bist so begehrenswert, du bist so sinnlich, wenn ich mit dir zusammen bin, ist es so, als ob das Leben Farben bekommt und wieder dreidimensional wird.

Hannes Aufgabe war es, sich durch Berichte und Analysen zu ackern, Teil der Demokratiefabrik, ein Rädchen im Verwaltungsapparat zu sein, zum Kaffeeautomaten zu gehen und auf «extra stark» zu drücken, sie war ja so eine zügellose und sinnliche Frau, und dann noch einmal zu drücken, nur um zu zeigen, wie gierig und unersättlich sie war. Während der Kaffee in die Tasse plätscherte, ging ihr durch den Kopf, was Jan im Laufe der Zeit noch alles gesagt hatte, nämlich wie wunderbar unordentlich es bei ihr zu Hause sei. Er wollte wieder in die Stadt ziehen und in einer Wohnung leben. Einmal war er ganz entzückt gewesen, als er unter ihrem Sofa fünf schmutzige Kaffeetassen gefunden hatte, und so ging Hanne ihre gesamte Beziehung vom Anfang bis zum Ende durch und dachte trotzdem, wie sie da samstagnachmittags und montagabends im Büro saß: Es ist nicht vorbei. Wir machen nur eine Pause. Später werden wir darüber lachen und davon erzählen. Sie stellte sich vor, wie Jan auf ihrer Hochzeit Geschichten über sie beide erzählen würde, wie sie sich um die Herzen der Verwandten und Freunde bemühen würden, um zu überdecken, wie viele Opfer diese Hochzeit gefordert hatte. Aber gerade deshalb würden sie in der Kirche heiraten, hatte Hanne sich überlegt, mit großem Pomp, mit Pastor und allem Drum und Dran. Jan und Ingrid hatten im

Rathaus geheiratet und waren danach nur mit ihren Trauzeugen essen gegangen. Und gerade deshalb würden Jan und Hanne in der Kirche heiraten, gerade deshalb würden sie sich für eine prunkvolle Hochzeitsfeier in Unkosten stürzen, sie würden einen teuren Saal mieten, ausgefallenes Essen bestellen und wirklich alle einladen, um sie mit Essen, Wein und Reden zu betäuben, damit sie in der neuen Situation die ursprüngliche Situation sahen, das eigentliche Ziel des Ganzen.

Hanne konnte einfach nicht glauben, dass Jan und sie doch nicht zusammenkommen würden. Dass sie bloß Teil einer blöden Geschichte war, ein lächerliches Klischee bedient hatte: sich auf ein Verhältnis mit einem verheirateten Kollegen einzulassen, ihrem Chef noch dazu, Weihnachtsfeiern, Seminare, Hotelbetten. Wie sie letzten Herbst bei der Konferenz in diesem Berghotel herumgeschlichen sind, wo ihnen vor Spannung und Erregung übel war. Sie hatten im Zug nach Geilo gesessen und sich nichts anmerken lassen, hatten Bier und Wein aus Pappbechern getrunken. Dann hatte Hanne sich auf Jans Schoß gesetzt. Keiner würde Verdacht schöpfen, wenn sie sich auf seinen Schoß setzte, gerade dass sie es tat, würde jeglichen eventuell vorhandenen Argwohn zerstreuen. Das erklärte sie Jan, nachdem sie im Abstand von einer halben Stunde die Bar verlassen und es ungesehen in Hannes Zimmer geschafft hatten, wo Jan empört wissen wollte, wie sie so etwas tun konnte, so ein Risiko eingehen, sich auf seinen Schoß zu setzen, wenn alle es sehen konnten.

«So ein Risiko eingehen? Früher oder später kommt es ja doch heraus.»

«Wann denn? Und was soll überhaupt herauskommen?»

Dort in dem Hotelzimmer in Geilo hatten sie ihren ersten Streit gehabt. Jan hatte gesagt, wenn es herauskäme, würde sich nicht nur *sein* Leben ändern. Sie würde sich einen neuen Job suchen müssen, würde Stiefmutter von zwei Jungen werden, die fast so alt wären wie sie selbst, und an eigene Kinder könnten sie erst in mehreren Jahren denken, wenn die Jungen sich an die Situation gewöhnt hätten, wenn alle sich an die Situation gewöhnt hätten.

Am Anfang ihrer Beziehung war Hanne einmal an einem Wochenende, als sie wusste, dass Jan mit seiner Familie verreist war, mit der Straßenbahn nach Nordstrand gefahren und dort herumgelaufen. Sie war vom einen Ende des Solveien zum anderen gegangen, aber weil sie Angst hatte, Jans Eltern zu begegnen, war sie nur einmal am Haus vorbeigelaufen, an dem braunen Haus, das sie bei Street View in Google Maps so viele Male und aus so vielen Perspektiven angestarrt hatte, dass es in ihrem Gedächtnis einen Abdruck hinterlassen hatte, als sei es ein heiliger Ort, an dem etwas Entscheidendes und Bedeutendes geschehen war.

In dieser Gegend wohnte er. Hier bewegte er sich jeden Tag, zur Straßenbahnhaltestelle und zurück, als einer von vielen. In dem braunen Haus lebten er und Ingrid seit fast zwanzig Jahren, und bevor es gebaut worden war, hatten sie in einer Zweizimmerwohnung in Sankt Hanshaugen gewohnt. Dort hatten sie Jonas bekommen, während Martin erst nach dem Umzug in das braune Haus zur Welt gekommen war. Sie hatten 1992 geheiratet, nachdem sie zwei Jahre zusammen gewesen waren. Jans Leben war ein Puzzle, das zusammenzusetzen Hanne nicht müde wurde.

Einmal war sie auch im Haus gewesen, in ihrem ersten Jahr, an einem Nachmittag in den Osterferien, als alle, auch Jans Eltern, zum Ferienhaus in Ustaoset gefahren waren, wohin Jan nachkommen sollte. Zuerst hatten sie geplant, dass er zu ihr in die Tøyengata kommen sollte, bevor er sich in den Zug setzte, aber dann hatte er nicht genug Zeit zum Packen gehabt, unter anderem, weil er in den Tagen zuvor bei ihr gewesen war, und so hatten sie sich überlegt, dass Hanne genauso gut in den Solveien kommen konnte. Für den Fall, dass sie einen Nachbarn träfen, hatten sie eine Erklärung parat: Hanne hatte einige Dokumente dabei, die Jan unterschreiben sollte. Und während Jan packte, lief Hanne durchs Haus und sah sich um, schaute sich die Möbel an, die eingerahmten Druckgraphiken an der Wand, die Familienfotos über der Treppe.

Als sie dort stand, kam Jan mit einem Rucksack an. Sie fragte: «Ist das ein Foto von eurer Griechenlandreise? Und das hier, ist das von Lanzarote?»

Jan betrachtete die Bilder eingehend. «Hm. Das da ist auf jeden Fall aus Griechenland. Und ist das nicht auch in Griechenland aufgenommen worden?»

«Nein, da ist Martin ja größer, also muss es von Lanzarote sein.»

«Meine Güte. Du weißt mehr aus meinem Leben als ich selbst.»

Bei dem Besuch im Solveien hatte Hanne Blut geleckt. Nach Ostern besuchte sie die Schule, in der Ingrid als Studienrätin arbeitete. Dort streifte sie durch die Flure, und irgendwann kam ihr Ingrid – die sie von den Fotos im Solveien wie auch von denen bei Facebook und auf der Schulwebsite kannte – im Flur entgegen, mit einer großen Tasche, aus der Bücher und Papiere ragten. Ingrid sah in Wirklichkeit besser aus als auf den Fotos, sie trug einen grauen Pullover, einen schwarzen Rock und braune Stiefeletten. Sie war dunkelblond, schlank und genauso groß wie Hanne, aber ungefähr fünfzehn Jahre älter, in Jans Alter. Hanne fragte nach der

Toilette, und Ingrids freundliche, banale Antwort lautete: «Gleich da drüben und dann rechts, dort hinein.» Darauf Hanne: «Ah ja, okay, danke.» Diese kleine Episode, die nur etwa zehn Sekunden gedauert hatte, beschäftigte Hanne wochenlang, vor allem das, was sie Ingrids *ruhige Freundlichkeit im öffentlichen Raum* nannte, ließ sie nicht los. Hanne gelangte zu der Überzeugung, dass Ingrid all das war, was sie selbst nicht war: ausgeglichen, beständig, ruhig. So eine Person wäre Hanne gern gewesen, wenn sie es sich hätte aussuchen können. Eine normale Person, die der Welt mit einer an die Verhältnisse angepassten Wärme oder Kälte oder mit etwas dazwischen begegnete, ein ausgeglichener, nicht neurotischer Mensch. Eine Frau, die nicht an dem grundlegenden Gebrechen litt, immer nur das haben zu wollen, was sie gerade nicht hatte oder was sie nicht bekommen konnte. Aus diesem kleinen Wortwechsel spann Hanne sich ein komplettes Leben und eine ganze Welt für Ingrid zusammen. Ingrid war nicht nur interessant für sie, weil sie Zugang zu Jan hatte und jede Nacht neben ihm im Bett lag, sondern auch, weil sie so zurechnungsfähig, so beständig, so *normal* zu sein schien.

Hanne wusste, was normal war. Normal war es, mit einem fremden Menschen, zum Beispiel im Zug, ins Gespräch zu kommen und entspannt mit ihm zu reden, ohne zu viel oder zu wenig zu sagen, also immer zu wissen, was man einem Fremden im Zug passenderweise mitteilen konnte, immer zu wissen, wo die Grenze verlief. Hanne fehlte ein solches instinktives Wissen, daher gelang es ihr nicht, einen neutralen Ton beizubehalten, vielmehr war sie zu mitteilsam und wurde zu vertraulich, oder sie blieb stumm und weigerte sich, überhaupt etwas zu sagen, gekränkt, weil man sie angesprochen hatte. Sie hatte generell Probleme damit, im Gleichgewicht zu bleiben, sich in der Mitte des Weges zu halten – sie steuerte immer auf den Graben zu, auf der einen oder auf der anderen Seite.

Besonders schwierig wurde es, wenn sie Leute traf, die sie zu gut kannte, um einfach an ihnen vorbeizugehen, aber nicht gut genug, um sich richtig mit ihnen zu unterhalten. Hanne hatte nie eine Strategie gefunden, mit solchen Situationen umzugehen, und wurde von den Handlungsalternativen, die sich dann ergaben, manchmal so überwältigt, dass ihr Verhalten schließlich völlig absurd wurde. Wie das eine Mal, als sie an einer Straßenecke zwei solche Bekannte gleichzeitig traf. Die zwei kannten sich nicht, waren aber beide bei Hanne stehen geblieben und hatten sie freudestrahlend gegrüßt, was Hanne gern erwidert hatte, und alle drei hatten sich angesehen und über diese zufällige Begegnung gelacht. Aber dann bekam Hanne Panik, sie schaute von der einen Frau zur anderen und wieder zurück, der Kopf ging einige Sekunden lang hilflos hin und her, dann sagte sie zu den beiden Frauen: «Ich kann nicht mit euch beiden reden, ihr kennt euch ja nicht, daher muss eine von euch gehen.» Sie nickte der einen zu und sagte: «Tschüss.» Die Angesprochene wirkte etwas geschockt, ging aber trotzdem, und Hanne blieb mit der anderen, die nicht weniger geschockt wirkte, stehen, versuchte zwar, so zu tun, als wäre nichts gewesen, als wäre ihr Verhalten völlig normal, aber die Unterhaltung war ins Stocken geraten, und sehr bald hatte die Frau gesagt, sie sei spät dran, und war schnell weitergegangen, Hanne war zurückgeblieben und hatte sich selbst verflucht, weil sie die Situation nicht besser gemeistert hatte, beispielsweise hätte sie die beiden einander vorstellen und den Rest ihnen überlassen können, die Situation war keineswegs unlösbar gewesen, sie hätte sich längst nicht so hysterisch aufführen müssen.

Hanne war sich sicher, dass Ingrid diese Probleme nicht

hatte, und jedes Mal, wenn sie eine Entscheidung treffen musste, überlegte sie, was Ingrid tun würde. Vor allem malte sie sich aus, wie Ingrid sich verhalten würde, wenn oder falls Jan ihr sagte, er wolle sich scheiden lassen. Hanne stellte sich vor, dass Ingrid auch dann normal reagieren würde, das heißt, so wie die meisten reagieren würden, wie es allgemein üblich war zu reagieren, wenn einem der Mann nach einem Vierteljahrhundert sagt, er habe eine andere kennengelernt. Ingrid würde alle Stadien durchlaufen und auf der anderen Seite heil herauskommen, und in Hannes Vorstellung würden sie mit der Zeit Freundinnen werden oder sich zumindest so weit anfreunden, dass sie sich zivilisiert verhielten und demonstrierten, wie man sich benahm, wie man mit einer Trennung umging. «Mit was für einer tollen Frau du verheiratet warst», würde Hanne zu Jan sagen, nachdem sie Ingrid zum ersten Mal offiziell getroffen hätte.

Hannes Freundinnen behaupteten: «Er wird sich nie scheiden lassen.»

«Wenn ihr ein Kind bekommt, ist er bei dessen Einschulung schon im Ruhestand.»

«Neuere Forschungen zeigen, dass ein hohes Alter des Vaters das Risiko von fetalen Schädigungen genauso erhöht wie ein hohes Alter der Mutter.»

«Was ist das denn für ein Anfang einer Beziehung, wenn du der Grund für seine Scheidung bist?»

«Achtzig Prozent aller Beziehungen, die mit einer Scheidung beginnen, enden auch mit einer Scheidung.»

«Seine Kinder werden dich hassen.»


Im März, fast anderthalb Jahre nach dem Konzert im Månefisken, hatte Hanne genug Plusstunden auf ihrem Gleitzeitkonto, um mindestens ein paar Wochen freinehmen zu können. Der letzte Stand war, dass Jan zu sehr an seiner Familie hing, um ihr *das anzutun*. Das hatte er schon mehrmals gesagt, mit genau denselben Worten, und genauso viele Male hatten sie ihre Beziehung wiederaufgenommen, und so war dieser zweite Winter vergangen.

Einmal im Monat aß Hanne sonntags bei ihren Eltern in Kjelsås. War es ein Sonntag mit Jan, an dem stetig Nachrichten auf ihr Handy strömten, war alles in Ordnung. War es dagegen ein Sonntag ohne Jan, blieb sie oft bis weit in den Tag auf der Matratze im Schlafzimmer liegen und starrte auf den im weißen Winterlicht tanzenden Staub. An diesem Sonntag Ende März, einem Sonntag ohne Jan, musste sie, als sie dort lag und auf den Staub starrte, plötzlich an die winzig kleinen Ungeheuer denken, die man in Vergrößerung auf Bildern im Internet sehen konnte: blind, faltig, mit Rüssel, Geschöpfe, die sich in Kissen und Bettdecken aufhielten, in Matratzen und auch in Laken und Bettbezügen, die sie nicht wechselte, weil sie Jans Geruch bewahren wollte. Das Risiko, ihre Bettwäsche zu wechseln, ging sie nur ein, wenn seine Rückkehr unmittelbar bevorstand, aber das war an diesem Sonntag nicht der Fall, und so, wie es momentan aussah, wäre es auch nie wieder der Fall, daher blieb sie liegen, betrachtete den Staub und lauschte dem Fernseher des Nachbarn, dem Gebrüll des Sportkommentators. Sie sah die Wollmäuse über den Boden schweben und spürte, wie die Kopfschmerzen auf der Lauer lagen. Am Abend vorher hatte sie allein vor dem Fernseher eine Flasche Rotwein getrunken. Sie vertrug nichts mehr.

Als sie sich endlich in die Küche geschleppt hatte, stellte sie fest, dass kein Kaffee mehr da war. Sie zog eine Daunenjacke über ihren Schlafanzug und ging die Treppe hinunter. Draußen stürmte es, Dreck und Müll wurden im kalten Wind herumgewirbelt, der Himmel war weiß. Bald wäre ein weiterer Winter vorbei, und sie war eine Schiffbrüchige, ein Wrack, an irgendeinen Strand gespült, wieder ein Jahr älter. Sie ging die Tøyengata hinunter. Der Bürgersteig war mit Splitt und schwarzen Schneewehen bedeckt, hier und da kamen alte Hundehaufen zum Vorschein. Zu dieser Zeit des Jahres war die Stadt am hässlichsten, es wurde langsam Zeit, dass sie wieder umzog. Sie kam an vermüllten und vollgestellten Einwandererläden vorbei, in deren Fenstern Werbeplakate voller Rechtschreibfehler hingen. Vielleicht sollte sie dieses Mal einfach aus der Stadt hinausziehen. Beim Einkaufscenter Grønland Basar fiel ihr ein, dass sie vergessen hatte zu essen. Es passierte ihr in letzter Zeit oft, dass sie zu essen vergaß. Essen war langweilig, sich Nahrung in den Mund stopfen, kauen und schlucken verschlang so viel Zeit. Essen wurde sowieso überbewertet. Sie brachte nur Kaffee mit Milch und Zucker hinunter. Jede andere Nahrungsaufnahme fühlte sich fremd und komisch an, als würde sie auf Watte oder Kieselsteinen herumkauen, daher hatte sie abgenommen. Die Schlafanzugshose schlotterte um ihre Hüften, und vor dem Kinderwagengeschäft musste Hanne stehen bleiben, um sie enger zu binden. Sie ging am Asylet vorbei, in dem sie einmal an einer Weihnachtsfeier teilgenommen hatte. Unter der Brücke Vaterlandsbrua hatten sich Tauben und Möwen versammelt, beim Stargate saßen die Leute draußen unter Heizstrahlern und rauchten und tranken. Hanne kam zur Evita Kaffeebar. Sie ging hinein und bestellte sich einen dreifachen Cortado mit Vollmilch, rührte vier Teelöffel braunen Zucker hinein und ging wieder hinaus. Den Kaffeebecher trug sie vor sich her, jetzt wollte sie nach Hause. Sie sehnte sich bereits nach ihrem Bett. Manchmal ging sie nur raus, um sich aufs Nachhausekommen freuen zu können. Als sie an einem

Schaufenster vorbeikam, sah sie das Spiegelbild einer Gestalt mit langem, zerzaustem Haar und dicker Daunenjacke, die Gestalt lief gebeugt und trug etwas vor sich her, das nach einem Bettelbecher aussah, und erst nach einigen Sekunden begriff Hanne, dass sie sich selbst sah, sie selbst war diese Bettlerin mit dem wirren Haar und den dünnen Beinen. Ja, sie war eine Bettlerin, die an einer Tür kratzte und um Einlass bat, und in dem Moment, in dem man sie hineinließ, wollte sie wieder hinaus, um eine andere Tür zu finden, an der sie kratzen konnte. Daher war Jan perfekt, denn er gab ihr die Möglichkeit, eine Bettlerin zu bleiben und auf ewig an einer Tür zu kratzen.

Im Laufen trank sie schluckweise ihren Kaffee. Die süße, heiße Flüssigkeit tat ihr gut. Bis zur Essenszeit sollte ihr eingefallen sein, was sie heute hinunterbringen könnte, vielleicht Hähnchennuggets bei McDonald's, ein Steak im Asylet, sie musste darüber nachdenken. Steak war vielleicht etwas übertrieben. Erst als sie alle Stufen zu ihrer Wohnung hinaufgestiegen war, vor der Tür stand und nach Luft japste, erinnerte sie sich daran, dass sie diesen Sonntag bei ihren Eltern essen sollte, sie also schon bald duschen und sich zurechtmachen musste, um dann zur Haltestelle Jernbanetorget zu gehen und die Straßenbahn zu ihrem Elternhaus zu nehmen, wo ihre Eltern, ihr Bruder und die Frau ihres Bruders nur so vor Einmütigkeit strotzen würden, wie Dinge zu bewältigen seien, was in dieser oder jener Situation zu sagen oder zu fühlen sei. Dort würden sie sitzen und Gemeinplätze von sich geben und Hanne so behandeln, wie sie es in ihrer Abwesenheit, bei den Mitgliederversammlungen des Vereins *Alle ohne Hanne*, verabredet hatten, besonders wenn Hanne versuchte, ein Thema anzuschneiden, das kontroverser war als die Frage, welche Fernsehsender man empfangen konnte, welcher Handyvertrag der preiswerteste war oder auf welcher Kanarischen Insel es im Januar die meiste Sonne gab. Als ob dieser kalte, weiße Sonntag voller Hundekacke nicht schon reichen würde: Nein, in nur wenigen Stunden würde sie bei ihnen sitzen und von der Sprunghaftigkeit in der Unterhaltung gequält werden, die nie lange genug bei einem Thema verweilte, um interessant zu werden. Wenn Hanne versuchte, allen Unterbrechungen und Ablenkungsmanövern zum Trotz an ihrem Thema festzuhalten, sahen die anderen sich an und sagten: «Das ist ja heftig», oder: «Das macht dir offensichtlich zu schaffen.» Dabei lächelten und lachten sie, denn es war nicht ernst gemeint. Nichts war ernst gemeint, sie sollte nicht so empfindlich sein. Als sie noch jünger war, hatte Hanne sich oft vorgestellt, sie wäre adoptiert worden. Eines Tages würden Menschen kommen, die ihr ähnlich wären, und sagen: «Da bist du ja.» Deren Leben wäre wie das von Hanne: ein dunkler Himmel mit vereinzelten Lichtpunkten; nicht wie das ihrer Eltern und ihres Bruders: ein hoher, heller Himmel mit vereinzelten dunklen Punkten. Wie konnte sie mit diesen Menschen verwandt sein, wie kam es, dass sie von ihnen abstammte und unter ihrem Dach aufgewachsen war, warum war sie dann nicht mehr wie sie, wie ihre Eltern und ihr großer Bruder mit ihren unverwüstlichen Ehen, ihrer Ruhe und Angepasstheit? Hatte sich die Rastlosigkeit, von der sich ihre Familie befreit hatte, stattdessen in ihr angesammelt? War sie eine Art Behälter für die Unruhe der anderen? Oder bildete sie sich all das nur ein, war sie vielleicht so zur Welt gekommen, mit einem Fehler? Als hätte sie ein Chromosom zu viel oder zu wenig, solche Gendefekte kamen ja in den besten Familien vor, und vielleicht war das die Ursache dafür, dass sie sich ständig die Falschen aussuchte und zum Beispiel einem verheirateten Mann hinterherlief, vielleicht fand sie deshalb keine Ruhe beim Richtigen wie seinerzeit bei Håvard, sondern suchte nach Gründen, das Richtige zu verlassen, um sich dann, wenn die Entscheidung schon getroffen und alles zu spät war, wieder zurückzusehnen und auf irgendeine groteske Weise Kraft aus dem ganzen Durcheinander zu schöpfen, als könnte das allein sie vorwärtsbringen.

Was wäre, wenn Dinge nicht mit uns passierten, sondern wir mit ihnen?, dachte sie beim Duschen. Was wäre, wenn wir mit einem Muster geboren würden, das wir die ganze Zeit zu bestätigen suchten? Und dabei bedienten wir uns bei den Dingen um uns herum, so wie wir bei einem kalten Büfett nur von den Speisen nehmen, die wir mögen, und so würden wir die Wirklichkeit erschaffen, die wir bereits in uns tragen. Wir kämen mit einer bereits existierenden Idee zur Welt und verwendeten unser ganzes Leben darauf, sie zu verwirklichen.

Sie drehte den Wasserhahn zu, trocknete sich ab, wickelte ein Handtuch um die Haare und cremte sich mit Feuchtigkeitscreme ein. Dann öffnete sie das Schränkchen über dem Waschbecken und nahm die Schachtel mit dem roten Warndreieck heraus. Denn in diesem Winter hatte sie eine Lösung für die Sonntagsessen in Kjelsås gefunden, die Lösung bestand darin, vorher eine Beruhigungstablette zu nehmen. Die Tabletten hießen Sobril. *Nur nach Rücksprache mit dem Arzt verwenden*, stand auf der Packung. Sie konnte sich nicht erinnern, weswegen ihr die Tabletten verschrieben worden waren, aber an einem Sonntag, als sie nach Kjelsås musste, einen Kater hatte und ihr mehr als sonst vor dem Essen graute, hatte sie im Badezimmer vor dem Schränkchen gestanden und die Schachtel mit dem verlockenden Warndreieck entdeckt. Im Beipackzettel stand, in Verbindung mit Alkohol sei Vorsicht geboten, und genau deshalb hatte sie das Sobril beim ersten Mal genommen, sie wollte sich zwingen, nicht mehr als das eine Glas Wein zu trinken, das ihre Eltern für ausreichend hielten, aber dann hatte sie festgestellt, dass die Tablette sie *normal* werden ließ. Das Sobril versetzte sie in die Lage, ohne die übliche Hysterie zur Haltestelle Jernbanetorget zu spazieren und sich in die Straßenbahn nach Kjelsås zu setzen, ohne die üblichen Phantasien, sie befände sich auf dem Weg zum Schafott, sie konnte einfach ganz normal gehen, einen Fuß vor den anderen setzen, es ließ nichts an sie herankommen, was ihr den Boden unter den Füßen wegzog. Danach versetzte sie das Sobril in die Lage, mit ihren engsten Angehörigen an einem Tisch zu sitzen und nicht mehr als ein Glas Wein zu trinken, es versetzte sie in die Lage, dieses Kunststück zu vollbringen, nur ein Glas zu trinken, nicht null Gläser und nicht zehn Gläser – was seltsamerweise zwei Seiten derselben Medaille sind –, sondern ein Glas, höchstens zwei, und nicht mehr. Zu einem Sonntagsessen sollte man nämlich Wein trinken, denn es war wichtig, dass man es sich gutgehen ließ und das Leben genoss, aber man sollte auch nicht mehr als ein, höchstens zwei Gläser trinken. Wenn oder falls das zweite Glas eingeschenkt wurde, war das ein Zeichen dafür, dass man sich an diesem Sonntag wohler fühlte als sonst, und daher konnte man sich noch ein Gläschen gönnen, und um den Tisch herum wurde verhalten gekichert, als wären alle miteinander verrückt geworden, und ihr Bruder und ihre Schwägerin kabbelten sich darum, wer auf dem Heimweg am Steuer sitzen sollte.

Eine Zeitlang hatte Hanne überhaupt keinen Alkohol getrunken, da hatten ihre Angehörigen sie genauso angesehen wie bei den Gelegenheiten, wenn sie zu viel trank und sich mit dem Ellbogen in der Sauce über den Tisch lehnte und laut diskutierte, denn das eine Extrem war genauso schlimm wie das andere, sie mochten keine Übertreibungen, egal in welche Richtung, und in der Phase, in der sie den Kopf schüttelte und die Hand über ihr Glas hielt, wenn ihr Vater Rotwein eingießen wollte, sorgte sie für genauso viel Verwirrung und Irritation wie dann, wenn sie nach der Flasche griff und sich selbst das zweite, dritte und vierte Glas einschenkte, so dass ihr Vater schließlich mehr Wein holen musste, damit die anderen auch noch etwas abbekamen.

Hanne saß in der Straßenbahn und spürte, wie die gute Sobril-Taubheit sich bis in ihre Zehen und Finger ausgebreitet hatte. Die Straßenbahn wartete am Storokrysset auf Grün, und obwohl es später Nachmittag war, war es noch hell. Es war Frühling, die sechste Jahreszeit in *ihrer Zeit mit Jan*. Die sechste Jahreszeit mit Heimlichkeiten und Sich-in-Ecken-Verdrücken. Im Moment war gerade Schluss, aber bald würde es wieder losgehen, bald würde Jan ihr eine SMS schicken, und sie würde es nicht lassen können, darauf zu antworten. Sie könnte Ingrid anrufen und ihr erzählen, was ihr Mann im letzten Jahr getrieben hatte. Dann würde etwas passieren, sie konnte bloß nicht abschätzen, was. Aber Hanne hatte keine Angst mehr, etwas in Gang zu setzen, worüber sie keinen Überblick oder keine Kontrolle hatte. Im Gegenteil. Alles war besser als das hier.

Hanne wusste, dass es am Sobril lag, das Sobril hatte ihr Gehirn so weit eingelullt, dass es den Mut hatte, diese Gedanken herauszulassen. Ohne Medikamenteneinfluss hätte sie das verhindert, weil sie wusste, worauf diese Überlegungen hinausliefen: Sie durfte nicht mehr auf seine Nachrichten antworten, wie unschuldig sie auch sein mochten, und musste ihm kühl und beherrscht mitteilen, dass sie Ingrid anrufen, ihre Beziehung bei der Arbeit öffentlich machen und alle möglichen Bomben platzen lassen würde, wenn er sich nicht von ihr fernhielte. Dann würde die Wahrheit ans Licht kommen, dann würde sich herausstellen, was er wollte, für wen er sich entscheiden würde. Das Sobril ließ sie denken: In weniger als fünf Jahren werde ich vierzig. Ich muss ihn zu einer Entscheidung zwingen, und mit der muss ich leben. Der letzte Satz hätte aus einem der vielen Selbsthilfebücher stammen können, die sie gelesen hatte, denn mit einer Tablette Sobril im Blut verwandelte sie sich in eine Person, die logisch und rational denken und handeln konnte. Der Kater war auch verschwunden, zusammen mit all den rotierenden Gedanken und Gesprächen, die sich gewöhnlich von allein einstellten. In ihrem Kopf war es still und ruhig, nichts zerrte an ihr, und sie dachte: Alles wird gut.

Wenn Hanne zu ihren Eltern fuhr, fuhr sie zu dem Haus, in dem sie aufgewachsen war. Es war ein rotes Reihenhaus, in dem nichts verändert worden war, an den Wänden ihres Zimmers im ersten Stock hingen noch die Bjørk- und Nirvana-Poster. In dem Zimmer roch es auch jetzt noch schwach nach Räucherstäbchen, und auf dem Bett saß der zerschlissene alte Stofffrosch und glotzte mit leerem Blick vor sich hin. Hannes Eltern hätten das Zimmer in einen Fitnessraum oder ein Büro verwandeln können, wie die meisten anderen es getan hätten, aber das hatten sie nicht, dachte Hanne, als sie in der Straßenbahn saß und sich friedfertig, umgänglich und in der Lage fühlte, mit ihrer Familie an einem Tisch zu sitzen und über neutrale Themen zu plaudern, ohne eine sinnlose Diskussion über ein sinnloses Thema vom Zaun zu brechen, denn jetzt sah sie das Sinnlose in allem, was sie beschäftigte, das Sobril half ihr dabei, das Sinnlose in allen Anstrengungen und allen Übertreibungen zu sehen, jetzt saß sie einfach da und schaukelte im Leben mit, lebte im Jetzt. Es war so einfach, das durfte sie nicht vergessen, sie musste versuchen, in diesem Zustand zu bleiben, vielleicht gab es eine Möglichkeit, vielleicht konnte sie sich in ein ewiges Sobril-Dasein meditieren, frei von scharfen Kanten.

Die Straßenbahn hielt, Hanne schlenderte durch die leeren Vorortstraßen, die ohne Sobril wie Hohn auf sie gewirkt hätten, oder sie hätte sich eingebildet, jemand stünde mit einer Waffe an einem der dunklen Fenster und zielte auf sie. Irgendetwas hätte ihr überspanntes Gehirn ausgebrütet und sie damit gequält, und ihre Gefühle wären schon total in Aufruhr gewesen, eine Kombination aus Rotweinkater und Angst vor dem, was sie erwartete. Aber jetzt war sie ruhig und die Vorortstraßen waren bloß Vorortstraßen, sie waren keine Kulissen aus der Vergangenheit mit alten, bösen Erinnerungen, die hinter jeder Biegung lauerten.

Bauarbeiten am Haus, Kauf eines Ferienhäuschens, Anschaffung eines neuen Autos, Wechsel des Arbeitsplatzes, Neufinanzierung und Renovierung, darum drehte sich das Gespräch bei Tisch. Sie redeten darüber, welches Mobiltelefon man kaufen und welchen Handyvertrag oder Stromanbieter man wählen sollte, wie oft man sich bei Facebook einloggte, welcher Lebensmittelladen am billigsten und welcher Sport am effektivsten war. Hanne saß da und ließ sich einfach mittreiben. Fühlten sich die anderen immer so?

«Du wirkst so vergnügt. Hast du was Lustiges erlebt?»

Hanne lächelte und schüttelte den Kopf. «Ich freue mich bloß, dass bald Frühling ist.»

Sie stießen auf den Frühling an. Und warum auch nicht, dachte Hanne mit ihrem medikamentenumnebelten Gehirn, warum sollte man nicht auf den Frühling anstoßen, warum sollte man nicht über praktische Dinge reden, das Leben bestand ja aus praktischen Dingen, bald werden wir sterben, und warum sollte man da nicht über praktische Dinge reden, aus denen das Leben besteht, worüber sollte man sonst reden?

Hannes Schwägerin erzählte eine Anekdote, die sie schon hundertmal erzählt hatte, und alle lachten. Auch Hanne lachte. Sogar ihre zwei Nichten, fünfzehnjährige Zwillinge, lachten. Es schien gerade der Punkt zu sein, dass alle die Anekdote schon viele Male gehört hatten, als sei die Wiederholung eine Art, sich selbst zu feiern, ein Ritual wie das Singen der Nationalhymne.

Und warum auch nicht, dachte Hanne wieder, alles ist ja Wiederholung, jeder Tag ist eine Wiederholung, das Leben selbst ist eine einzige große Wiederholung, jeden Tag dasselbe, jahraus, jahrein, Rituale und Wiederholungen bis zum allerletzten Tag. Plötzlich sah sie sich selbst aus dem Blickwinkel ihrer Familie: eine Krawallmacherin, eine versoffene Krawallmacherin und Querulantin, das war sie, jemand, der besser als die anderen sein wollte, fortschrittlicher, tiefsinniger, intelligenter. Doch wer war hier die Geliebte eines verheirateten Mannes und lebte allein in einer unordentlichen Wohnung im Stadtzentrum, in einer Wohnung, die ihr fünfzehntes oder sechzehntes Domizil war, weil sie nirgendwo Ruhe fand? Bald wäre sie in den mittleren Jahren, und alle anderen wären raus in die Vororte gezogen, alle außer ihr, die im schwarzen Oslokessel festsaß und ein Schattendasein führte.

«Hanne», sagte ihre Mutter und legte ihr Besteck hin. «Papa und ich wollten dich etwas fragen. Wir fänden es schön, wenn wir zwei eine Reise machen könnten. Nur du und ich, so eine organisierte Busreise in die Provence. Zehn Tage im

Mai. Wir übernehmen natürlich die Kosten, du musst dir bloß freinehmen. Wäre das nicht schön?»

«Ich habe keine Zeit», sagte Hanne, ohne nachzudenken. «Ich muss arbeiten.»

«Aber du arbeitest ja ständig. Weihnachten hast du auch gearbeitet, da haben wir dich kaum gesehen. Ein paar Tage in Südfrankreich würden dir guttun, du siehst so blass aus. Isst du vernünftig? Es ist wichtig, dass man sich was Richtiges kocht, auch wenn man allein lebt.»

Ihr großer Bruder sagte: «Treibst du zurzeit Sport?»

Die Frau ihres großen Bruders sagte: «Ich habe mit Yoga angefangen. Das kann ich wirklich empfehlen.»

Ihre Mutter sagte: «Warst du mal beim Arzt und hast den Vitaminspiegel im Blut kontrollieren lassen?»

Ihr Vater sagte: «Hanne, kannst du nicht mit Mama verreisen? Ein bisschen Sonne wird dir guttun, und denk an das gute Essen. Wir übernehmen die Kosten. Du brauchst dir bloß freizunehmen.»

Hanne sagte, sie würde es sich überlegen.


Aber abends zu Hause hatte sie es bereits vergessen. Die Wirkung des Sobril hatte sich verflüchtigt, bald war Montag, eine neue Woche mit neuer Hoffnung. An den Wochenenden durfte Hanne keinen Kontakt zu Jan aufnehmen, unter gar keinen Umständen, nachdem Ingrid an einem Samstag beinahe eine Nachricht von ihr entdeckt hätte, als Jan sein Handy herumliegen lassen hatte.

Hanne war mit ihrer Garderobe für den nächsten Tag beschäftigt, sie dachte darüber nach, ob sie sich elegant oder leger kleiden sollte. Jeans und Turnschuhe oder Kleid und Stiefeletten, was hätte den größten Effekt, was würde Jan am meisten freuen, was würde ihn am tiefsten verletzen, je nachdem, in welchem Stadium des Prozesses sie sich gerade befanden. Nachdem sie auf dem Bett alle Klamotten auf einen Haufen gelegt hatte und immer noch nicht zu einer Entscheidung gekommen war, brach sie ein Versprechen, das sie sich selbst gegeben hatte, und tat etwas, das sie vor dem Schlafengehen nie tun wollte: Sie loggte sich in seinen Kalender ein und suchte nach späten Terminen oder einer *privaten Verabredung* oder dem allerschlimmsten Eintrag: *privates Mittagessen*. Aber sie fand nichts. Sein Kalender war völlig leer. Und das wiederum war ziemlich verdächtig, dachte Hanne.

Ihr Telefon piepte. Es war ihre Mutter. Hast du es dir überlegt? Kommst du mit?

Hanne sah aus dem Fenster, es hatte angefangen zu schneien, ein matschiger Spätwinterschnee, und bevor sie noch einen weiteren Gedanken fassen konnte, schrieb sie: Ja, komme gern mit! Schon als sie die Nachricht abschickte, bereute sie es.

In den fünf Wochen bis zu ihrer Reise flammte die Beziehung zu Jan zweimal auf, um beide Male wieder zu erlöschen. Beim ersten Mal machte *er* Schluss, beim zweiten Mal Hanne. Ich kann nicht mehr, schrieb sie bloß, eine einfache Textnachricht, nachdem sie mehrere Tage nichts von ihm gehört und ihn bei der Arbeit nur im Vorbeilaufen auf dem Flur gesehen hatte. Es war der Abend vor ihrer Abreise in die Provence, und als sie die SMS abschickte, wurde ihr klar, dass es in Wirklichkeit darum ging, dass sie keine Lust hatte, weitere SMS mit entsprechendem Inhalt zu verschicken.

An dem Abend hatte sie auf der Fensterbank gesessen und ihren bald anderthalbjährigen SMS-Chat zurückverfolgt, dabei war ihr bewusst geworden, wie sehr sich die Nachrichten glichen und wiederholten. Vor diesem Hintergrund konnte sie, als sie etwas später die *Ich-kann-nicht-mehr*-Nachricht an Jan schickte, genau vorhersagen, wie seine Antwort lauten würde, und ganz richtig, fünf Minuten später kam sie und war fast identisch mit einer SMS, die er ihr einige Wochen zuvor in einer solchen Phase geschickt hatte. *Gib mir Zeit. Bitte gib mir Zeit.* Hier waren sie wieder, diese Phrasen, die sie sich angewöhnt hatten. Vielleicht machte gerade das eine Beziehung aus, dass man jemanden so behandeln, sich so verhalten, diese Sprache verwenden durfte. *Anderthalb Jahre sind genug, jetzt musst du dich entscheiden*, schrieb Hanne und drückte auf *Senden*. Sie stellte das Handy auf lautlos, legte es auf den Nachttisch und schaltete das Licht aus. Zwei Stunden später war sie noch genauso wach und das Handy genauso stumm. Sie ging ins Badezimmer, um eine Sobril zu nehmen, und auch das – mehr als eine Tablette im Monat – war ein unverzeihlicher Bruch mit ihren Prinzipien, aber sie war im Ausnahmezustand und wollte jetzt einfach funktionieren. Doch die Schachtel war leer.

Am nächsten Morgen saß sie im Golf ihrer Eltern auf dem Rücksitz. Eine halbe Stunde zuvor hatte sie einige Kleider und ein Paar Sandalen in einen kleinen Trolley geworfen, eine Tasse Kaffee getrunken und war die Treppe hinuntergegangen. Sie hatte keinen Hunger. Dafür Durst. Nicht auf Wasser, sondern auf Alkohol, und dieser Durst ließ nicht nach, als sie ihre Eltern vorfahren sah, beide hatten diesen verschreckten Gesichtsausdruck, mit dem sie Hanne immer begegneten, als dächten sie: Was wird ihr wohl jetzt wieder einfallen, und Hanne hätte am liebsten kehrtgemacht, wäre die Treppe wieder hinaufgegangen und hätte die ganze Reise abgesagt. Aber dann nahm sie sich zusammen und setzte sich auf den Rücksitz. «Ja, es soll schön sonnig werden, hast du die Wettervorhersage gesehen, und dann all das leckere französische Essen, du musst gut auf Mama aufpassen, ihr müsst gut aufeinander aufpassen, hoffentlich sind ein paar nette Leute im Bus, die Reiseleiterin soll sehr gut sein.» Hanne hörte ihrem Geplauder zu. Wie so oft fühlte sie sich wie der böse Wolf, während ihre Eltern die kleinen Schweinchen waren. Jetzt saß der böse Wolf auf dem Rücksitz, groß und schwarz und gemein, während die kleinen rosafarbenen Schweinchen auf den Vordersitzen fröhlich grunzten. Hanne umklammerte ihr Handy und wartete auf ein Lebenszeichen von einem verheirateten Mann. Sie starrte auf die Hände ihrer Eltern, die ineinander verschränkt auf dem Schalthebel lagen, und kämpfte gegen den Drang, das Handy hochzunehmen und zu schreiben: Ich habe es nicht so gemeint. Ich kann damit leben, verlass mich nur nicht.

«Ich habe in der Apotheke Sonnencreme gekauft», sagte ihre Mutter halb nach hinten gewandt. «Einen Reiseführer habe ich auch besorgt. Es gibt so viel Interessantes und Sehenswertes in der Gegend, sie war ja früher ein Teil des Römischen Reiches, hast du das gewusst?»

«Oh», sagte Hanne. «Das klingt ja spannend.» Sie hob die Stimme um ein paar Oktaven und versuchte, sich nicht selbst als Wolf zu sehen. Es war nicht die Schuld der kleinen Schweinchen, dass ihnen ein Wolf ins Nest gelegt worden war.

«Mensch, ich freue mich ja so!» Ihre Mutter klatschte in die Hände, und das Geräusch traf Hannes Nervensystem wie ein schwerer Ziegelstein.

Nachdem ihr Vater sie am Flughafen abgesetzt hatte, rollten sie ihre Trolleys in die Abflughalle. Am vereinbarten Treffpunkt stand der Rest der Reisegruppe, alle waren in den Sechzigern oder Siebzigern. Die Ehepaare standen eng beieinander und sahen sich um. Sie erinnerten an alte zerrupfte Vogelpaare. Würden Hanne und Jan in zwanzig, dreißig Jahren auch so beieinanderstehen? In dreißig Jahren wäre Jan über achtzig, vielleicht wäre er gar nicht mehr am Leben. Vielleicht stünde Hanne dann in der Gruppe von Frauen in den Sechzigern, die dort drüben lachten und durcheinanderschwatzten, oder vielleicht wäre sie die Reiseleiterin, vielleicht stünde sie in der Mitte, mit langem, grauem Haar, einem Strohhut auf dem Kopf und einem Ausdruck konstanter Begeisterung im Gesicht.

Als sie klein war, hatte Hanne geglaubt, alte Menschen hätten sich ihr Alter selbst ausgesucht. Sie wären vor die Wahl gestellt worden, entweder jung oder alt zu sein, und hätten sich fürs Altsein entschieden. Alle weißhaarigen und gebeugten Menschen, die sich über den Bürgersteig schleppten, waren ganz einfach *Anhänger des Alters*. Irgendwo tief in sich glaubte sie das immer noch, und sie würde es wahrscheinlich glauben, bis ihr eigenes Alter sie wie eine Dampfwalze überrollte und sie nichts mehr zu melden hatte, wie keiner der Menschen um sie herum etwas zu melden hatte.

Die Männer starrten Hanne an, als wäre sie ein signalroter Schirm in einer grauen Straße. Wenn sie ihren Blick erwiderte, schauten sie zu Boden oder irgendwo anders hin. Wie lange blieb ihr diese Art von Aufmerksamkeit wohl noch erhalten? Nicht mehr sehr lange. Bald würde sie genauso unsichtbar werden wie die Frauen dort drüben. Vielleicht würde auch sie dann schallend lachen und sich auf die Schenkel schlagen. Vielleicht wäre es eine Befreiung. Ein Joch, das ihr von den Schultern genommen würde.

Warum war sie hier, warum sollte sie mit diesen Menschen verreisen? Das ergab keinen Sinn. Sie war nicht alt. Sie sollte dort drüben sein, zusammen mit einem Grüppchen junger Leute, die lachend und schwatzend ihre Rucksäcke zum Check-in-Schalter schleppten, sie wollten sicher um die Welt reisen. Hanne sollte bei ihnen sein, was machte sie hier? Aber dann stellte sie fest, dass das Rucksackgrüppchen mindestens zehn Jahre jünger war als sie, vielleicht sogar fünfzehn. Sie könnte ihre Mutter sein, das wäre keine medizinische Sensation, man konnte mit fünfzehn Mutter werden. Dort drüben war eine kleine Familie, ebenfalls auf dem Weg in den Urlaub, zumindest war Hanne im gleichen Alter wie die Eltern. Aber sie gehörte nirgendwo dazu, sie stand hier wie eine Gesellschaftsdame neben ihrer Mutter und brauchte jetzt bald ein Bier. Am Flughafen war es in Ordnung, morgens Bier zu trinken, viele machten das, deswegen musste man noch lange kein Alkoholproblem haben.

Nachdem sie eingecheckt hatten, setzten sie sich in ein Café.

«Kannst du wirklich so früh schon Bier trinken», fragte ihre Mutter, als Hanne mit dem Tablett kam.

«Ja. Wir sind ja auf Reisen. Prost!»

Ihre Mutter schüttelte den Kopf, hob aber ihre Kaffeetasse.

Erst als ihr Glas leer war, gelang es Hanne, ihr Handy ganze drei Minuten am Stück in der Tasche zu lassen. Drei gute, ruhige Minuten, in denen sie das Gefühl hatte, ihr Leben zurückzubekommen.

Sie freute sich auf den Flug, darauf, das Handy auszuschalten, aber in erster Linie freute sie sich darauf, das Handy nach der Landung wieder einzuschalten.

Im Flugzeug bestellte sie Weißwein, Rotwein und Cognac.

«Ich begreife nicht, wie du so früh schon trinken kannst», sagte ihre Mutter.

«Ich begreife nicht, wie du nüchtern bleiben kannst. Stell

dir vor, jemand hat eine Bombe in den Gepäckraum geschmuggelt und wir werden bald in eine Milliarde Teilchen zersprengt, willst du in so einem Moment wirklich nüchtern sein?»

Ihre Mutter seufzte und schüttelte den Kopf.

Nach der Landung war ihr Handy immer noch stumm. Sie schaltete es aus und wieder ein, sah jedoch lediglich, wie sich ihr vor Konzentration verzerrtes Gesicht im Handydisplay spiegelte.

In der ersten Nacht fand sie keinen Schlaf. Hanne und ihre Mutter teilten sich im Hotel in Nizza ein Zimmer, sie lagen im selben Bett, das Bett war zu schmal, und Hanne hatte zu viel getrunken, es war zu heiß. Sie lag auf der Seite, am ganzen Körper steif, und versuchte, an nichts zu denken, vor allem versuchte sie, ihre Gedanken an diversen Ereignissen der letzten Zeit vorbeizulenken, die alle zu einem bestimmten Punkt führten, einer unausweichlichen Schlussfolgerung.

Und außerdem, wenn sie später wieder zu Hause wäre, wie sollte sie leben, wie lebte man überhaupt, was machte sie die ganze Zeit? Nachts vergaß sie, wie sie die Zeit herumbringen könnte. Sie hatte ein Leben vor Jan gehabt, als er in ihren Gedanken lediglich ihr neuer Chef war, der große, schlanke Fünfzigjährige, der sich nicht von den anderen Fünfzigjährigen unterschied, die ihre eigene Art zu reden hatten und mit denen man flirten konnte, wenn einem langweilig war. Wie war es bloß möglich, dass sie wegen so einem Kerl am Boden lag, dass die Nacht nach dem Weihnachtskonzert derart ausgeartet war? Sie hatte ein Leben vor Jan gehabt, und es musste ein Leben nach Jan geben. Trotzdem konnte sie sich nicht vorstellen, jemals wieder zur Arbeit zu gehen. Aber sie konnte sich auch nicht vorstellen, zu Hause zu bleiben. Sie konnte sich überhaupt nichts mehr vorstellen.

Sie saßen beim Frühstück. Ihre Mutter nahm einen Bissen Baguette und sah aus dem Fenster. «Hast du gesehen, wie schön das Wetter heute ist?»

«Ja, absolut unglaublich. Dass wir so ein Glück mit dem Wetter haben, um diese Jahreszeit ist es ja nicht immer so schön.»

«Was machen wir heute noch mal?»

«Wir fahren zu dieser Parfümfabrik», antwortete Hanne, nachdem sie in den Unterlagen geblättert hatte, die sie beim Begrüßungstreffen bekommen hatten. «In Grasse.»

«Wie bitte?», fragte ihre Mutter, die allmählich schwerhörig wurde.

«WIR FAHREN NACH GRASSE», wiederholte Hanne laut, und alle drehten sich zu ihnen um, weil es klang, als ob sie ihre Mutter anschrie. Hanne erwiderte die Blicke.

«Wir fahren doch heute nach Grasse, oder?», fragte sie laut, und die anderen nickten und lächelten, sichtlich erleichtert. Hanne wurde eine Menge Wohlwollen entgegengebracht, weil sie mit ihrer Mutter reiste, das hatte sie schon am Flughafen bemerkt, und sie wärmte sich an diesem Bild, das sie als guten, mitmenschlich handelnden und netten Menschen erscheinen ließ und nicht als Menschen, der eine Familie auseinanderreißen wollte.

«Ja, Mama, wir fahren nach Grasse. Die Parfümfabrik ist bestimmt interessant. Ich habe noch nie eine von innen gesehen. Das wird spannend.»

Hanne konnte sich nichts Uninteressanteres vorstellen als eine Parfümfabrik, sie konnte sich nicht vorstellen, dass irgendetwas auf dieser Reise auch nur annähernd interessant wäre, abgesehen von dem Wein, den sie trinken würde, um all das Uninteressante zu ertragen. In einigen Stunden könnte sie mit dem Trinken anfangen, beim Mittagessen gäbe es

Wein, das stand in der Broschüre. Sie musste nur die nächsten Stunden durchhalten, musste den Smalltalk und die Parfümfabrik und den Anblick der Alten ertragen, wenn sie sich beim Ein- und Aussteigen schwertaten.

Die Ehepaare saßen im Bus zusammen, sie saßen im Restaurant zusammen, und Hannes Mutter machte bei jeder sich bietenden Gelegenheit Bemerkungen, die betonen sollten, dass sie zu Hause auch einen Mann hatte, und sie erzählte, dass der die Dinge immer so oder so angehe, woraufhin sie dies oder das sage. Während ihre Mutter auf diese Weise beschäftigt war, trank Hanne Wein, so viel sie konnte, denn nach der Besichtigung der Parfümfabrik aßen sie in Grasse zu Mittag.

Die Vorspeise kam, es handelte sich um eine kleine Pastete, die Hanne in zwei Bissen hinunterschluckte, aber um den Tisch herum machte man Fotos vom Essen, bevor man es langsam und mit Genuss aß. Hanne ließ die kauenden Münder und die Geräusche, die sie von sich gaben, auf sich wirken. Vielleicht war das Interesse am Essen etwas, das sie kultivieren sollte, um ihrem Leben mehr Inhalt zu geben, anstatt herumzusitzen und auf eine Nachricht zu warten, wie eine Ratte in einem Tierversuch.

Erst als sie betrunken genug war, konnte sie sich zurücklehnen und der Unterhaltung folgen. Nach einer Weile erreichte sie das nächste Stadium, das darin bestand, sich zu fragen, ob das alles im Endeffekt wirklich so erstrebenswert war: dieser Mann, dem sie so hinterherlief und auf dessen Lebenszeichen sie so sehnlichst wartete, die Paarbeziehung im Allgemeinen, eventuelle Schwangerschaften und das Familienleben, auf das die ganze Plackerei hinauslaufen sollte.

Vielleicht war alles ja Schwindel, vielleicht war das Ganze eine einzige Lügengeschichte, von der sich alle irreführen ließen, vielleicht sollte sie den Kontakt abbrechen und Schluss machen. Nicht Schluss machen mit dem Hintergedanken, dass er schon wieder angelaufen käme, sondern wirklich Schluss machen. Wenn Jan ledig wäre oder bereits geschieden und ganz allein in einer deprimierenden kleinen Wohnung lebte, voll und ganz verfügbar, und wenn er zudem keine übergeordnete Position innehätte, sondern sich immer noch auf derselben Hierarchieebene befände wie sie, wäre er dann noch genauso attraktiv?

Was, wenn es ihr in Wirklichkeit hauptsächlich darum ging, über eine ganze Familie zu siegen? Auf Kosten einer anderen bevorzugt zu werden. Das ist einer der vielen Zweifel, die man tief in sich trägt, aber aufs Entschiedenste leugnen würde, sollten sie laut geäußert werden, dachte Hanne in ihrer Promillewolke.

Um sie herum schwirrte die Unterhaltung. Das Klirren von Gläsern und Besteck, das Taubengurren, das Geräusch eines Mopeds, Hundegebell, der Essensgeruch, Lavendel- und Pinienduft – all diese Eindrücke versetzten Hanne in einen halbschlafähnlichen Zustand, in dem sie eine Vision hatte: Sie sah sich selbst in vielen Jahren, eine magere Gestalt in einer Küche mit einer Katze auf dem Schoß, wie sie auf den Regen starrte, der in Streifen über das Fenster rann, vor dem man einen Hinterhof sah, wo ein Baum mit kahlen Ästen stand. Warum war es so schlimm, allein zu enden, warum hatten alle davor Angst, ein Ehemann konnte sterben, alles Mögliche konnte passieren, die Witwen auf dieser Reise – Hanne war im Flugzeug mit zwei von ihnen ins Gespräch gekommen – waren viele Jahre verheiratet gewesen, trotzdem waren sie jetzt allein.

«Du weißt ja, was ich am liebsten tun würde und mit wem ich es am liebsten tun würde», hatte Jan gesagt, als sie sich das letzte Mal allein getroffen hatten. «Wenn ich es mir aussuchen könnte.»

«Du musst nur ab und zu ein Lebenszeichen von dir geben, damit ich weiß, dass du noch da bist», hatte Hanne geantwortet und es im selben Augenblick bereut, weil eine solche Bemerkung das Bild von ihr als freier und unabhängiger junger Frau zerstörte, ein Bild, das sich nur in einem langen, mühsamen Prozess wieder zusammensetzen ließ.

Ein paar Tage später, in einem Hotel direkt neben dem Papstpalast in Avignon, lag Hanne im Hotelbademantel auf dem Bett und sah fern, als ihr Handy auf dem Nachttisch aufleuchtete.

Vermisse dich! Wie geht's da unten in spanischen Gefilden? Uno servesa per favour!

Zu ihrer Überraschung hatte sie keine Lust zu antworten. Und zwar nicht nur, weil er dachte, sie wäre in Spanien, oder weil alle spanischen Wörter falsch geschrieben waren, sondern weil er so tat, als ließe ihre Beziehung im Moment eine derart flapsige Nachricht zu, die er aller Wahrscheinlichkeit nach in der Straßenbahn geschrieben hatte. Er hatte vergessen, dass sie ihm in ihrer letzten SMS ein Ultimatum gestellt hatte. Ihm war bloß aufgefallen, dass er länger nichts von ihr gehört hatte, und im selben Moment hatte er angefangen zu tippen. Er konnte tun, was er wollte, denn sein Leben war erfüllt, er hatte keine Zeit zum Grübeln, keine Zeit zum Verrücktwerden.

Nach zwei Minuten kam eine weitere Nachricht.

Wo bist du jetzt? Was macht ihr? Vermisse dich! Antworte schon!

Antworte schon! – Hanne hätte sich nie erlaubt, so etwas zu schreiben. Sie tippte: Mir geht's gut! Sehr schöne Reise.

Viel Interessantes zu sehen. Heute waren wir in Roussillon, hübscher kleiner Ort. Da solltest du wirklich mal hinfahren. Gruß

Der distanzierte Konversationston dieser Nachricht war schlimmer als alles andere, und das Du am Ende war der Gnadenstoß. Nicht wir, sondern du. Denn wir sind ja jetzt Freunde, dachte Hanne. Und Freunde geben einander Reisetipps. Und Gruß, nicht Kuss.

Seine Antwort kam nach wenigen Sekunden.

Ist alles in Ordnung?

Nach vierzehn Minuten und sechsundzwanzig Sekunden schickte Hanne folgende Nachricht:

Ja .......? Weiso nicht?

Sie verwendete einige Zeit auf die Entscheidung, wie viele Punkte nach dem Ja kommen sollten. Es war wichtig, dass es nicht drei waren, also die korrekte Anzahl, sondern zwei oder besser sieben, die Lösung, die sie schließlich wählte, und ebenso bedeutsam war der Tippfehler im Wort Wieso. Als ob sie in einem dunklen Restaurant säße, eng zusammen mit vielen anderen Menschen, wo das Handy bloß ein Störfaktor war, statt wie in Wirklichkeit, allein in einem Hotelzimmer, mit der Fernbedienung in der einen und einem mit Rotwein gefüllten Plastikbecher in der anderen Hand, während sie mit einem halben Auge das Geschehen auf dem Bildschirm verfolgte, wo ein alter Film mit Arnold Schwarzenegger lief. Ihre Mutter war mit einem der Ehepaare unterwegs, sie hatte gefragt, ob Hanne mitkommen wolle, aber Hanne hatte behauptet, sie habe Kopfschmerzen.

Wieder brummte ihr Handy.

Ich weiß, es ist schwierig. Es tut mir leid, dass es ist, wie es ist.

Hanne antwortete nicht. Sie blieb auf dem Hotelbett liegen, sah fern und trank Rotwein. Es ging ihr gut. Sie hatte keine Lust, auf SMS zu antworten, und diesmal wollte sie das Handy auch nicht aus dem Fenster werfen oder in der Toilette versenken, wie sie es schon so oft hatte tun wollen, denn Jan war nur einer der vielen, vielen Männer, mit denen sie zusammen gewesen war. Sie konnte fast vor sich sehen, wie er mit all den anderen aus der Vergangenheit verschwamm und sich danach in eine Geschichte verwandelte: «Damals, als ich mit einem verheirateten Mann zusammen war.»

Am Tag darauf brachte sie der Bus zu einem römischen Aquädukt. Im Gänsemarsch liefen sie über das Bauwerk. Die Reiseleiterin erzählte, das Aquädukt stamme aus der Zeit Jesu, und Hanne betrachtete die moosbewachsenen Steinblöcke, denen zweitausend Jahre in Wind und Wetter zugesetzt hatten.

Später aßen sie in einer Mittelalterstadt zu Mittag, sie saßen auf einem Platz mit einem großen Springbrunnen in der Mitte, und Hanne schaute sich die alten, schiefen Häuser und das blankgetretene Pflaster an und dachte an all die Generationen von Menschen, die einmal gelebt hatten und die keiner mehr kannte, wie auch Hanne und die anderen, die jetzt redend, essend und trinkend die Cafés an diesem Platz bevölkerten, bald kein Lebender mehr kennen würde.

Im Bus fiel ihr auf, dass sie seit Stunden nicht mehr auf ihr Handy gesehen hatte. Auf der Rückfahrt zum Hotel stellte sie sich vor, jede Minute der SMS-Stille wäre Wasser, das sich hinter einem Damm staute, und mit jeder Minute, in der sie das Handy in der Tasche ließ, würde der Wasserspiegel steigen. Schließlich würde der Damm brechen und ihre Beziehung mit Jan unter Wasser setzen und sie ein für alle Mal ertränken, so dass Hanne freikäme und weitergehen könnte.

Früh am nächsten Morgen checkten sie aus und setzten sich in den Bus, der sie zu einer Kathedrale brachte. In der Kathedrale blieb Hanne für sich allein, hielt sich abseits der Gruppe. Sie fand eine etwas abgelegene Ecke, in der Reihen brennender Kerzen unter einer Madonnenstatue standen. Ältere Frauen kamen und gingen, bekreuzigten sich und zündeten Kerzen an, nachdem sie ein oder zwei Münzen in ein Kästchen geworfen hatten. Hanne warf eine Zwei-Euro-Münze in das Kästchen, zündete ebenfalls eine Kerze an und bat in einem stillen Gebet um Seelenfrieden, egal in welcher Form. Befrei mich aus diesem Gefängnis. Gib mir Seelenfrieden, betete sie. Bitte, lieber Gott.

Wieder aßen sie zu Mittag, wieder stiegen sie in den Bus, und Hanne setzte sich einem spontanen Impuls folgend neben ihre Mutter. Etwas beschwipst nach dem Mittagessen nahm sie ihre Hand und lehnte sich bei ihr an. Sie drückte die Hand ihrer Mutter, aber sie drückte zu fest. Die Mutter räusperte sich und veränderte ihre Sitzhaltung, und Hanne wusste, dass sie es wieder einmal übertrieben hatte, wieder einmal war sie von der Mitte des Weges abgekommen und im Graben gelandet. Ihre Mutter befreite vorsichtig ihre Hand aus Hannes Griff und tätschelte ihr den Oberarm.

«Ist was?»

«Nein.»

«Du musst sagen, wenn was nicht in Ordnung ist.»

«Ja.»

Am nächsten Tag aßen sie in einem Klostergarten zu Mittag, und Hanne landete mit den Witwen an einem Tisch. Die Witwen erzählten, dass sie im selben Viertel wohnten. Eine von ihnen sagte:

«Wir Mädels halten zusammen. Wenn eine von uns krank ist, helfen wir einander, wir kaufen ein und wischen den Boden. Und keine darf den Kopf hängen lassen. Dann sind wir anderen zur Stelle und nehmen sie mit raus, Trübsal zu blasen hilft einem nicht weiter. Wir passen aufeinander auf. Das müssen wir. Unsere Kinder haben genug mit sich zu tun, und einen Mann wollen wir nicht. Krankenschwester für einen Greis mit Rollator sein, nein, danke. Und Männer in unserem Alter, die bekommen wir ja nicht. Die wollen jemanden in Ihrem Alter.»

Ihre Männer waren am Esstisch zusammengebrochen oder an Krebs dahingesiecht, oder sie waren ins Pflegeheim gekommen und erkannten ihre Frauen nicht mehr. Trotzdem saßen die Witwen da und lachten, prosteten sich zu und interessierten sich für alle Sehenswürdigkeiten, an denen der Bus haltmachte, ob Parfümfabriken oder Kathedralen. Aus den Andenkenläden kamen sie mit Tüten voller Olivenölflaschen, Badesalz und Van-Gogh-Kalender, und Hanne wünschte sich, eine dieser lebenstüchtigen Frauen würde ihr Leben in die Hand nehmen und in Ordnung bringen, so dass sie es danach sortiert und aufgeräumt, gewaschen und gebügelt zurückbekäme.

Wieder stiegen sie in den Bus, und bald hatten sie im Hotel in Aix-en-Provence eingecheckt. Danach hatten sie einige Stunden zur freien Verfügung. Ihre Mutter machte einen Stadtbummel mit den beiden Paaren, mit denen sie sich angefreundet hatte, und Hanne nahm ein Buch mit, setzte sich in ein Straßencafé und bestellte sich einen Kaffee crème. Von Zeit zu Zeit legte sie das Buch hin und beobachtete die Passanten. Ein paar beleibte Zigeunerinnen blieben stehen, streckten die Hände aus und leierten etwas auf Französisch, das Hanne zu ihrer Genugtuung dechiffrieren konnte: *J'ai faim, madame, pas peur des gitanes, madame.* Aber sie schüttelte den Kopf und tat, als verstehe sie nichts.

Keiner dieser Leute kannte Jan. Auch die Taxifahrer, die dort drüben an der Ecke vor dem kleinen Kiosk standen und rauchten, hatten noch nie von Jan gehört, und trotzdem standen sie jeden Tag auf und fuhren Taxi. Die Zigeuner schwärmten durch die Straßen und bettelten, und alle lebten sie ihr Leben, ohne von Jans Existenz zu wissen. Und als ob Jan spüren konnte, was sie dachte, als ob er dort oben in Oslo saß, das Ohr an den Boden hielt und die Vibrationen dieser Gedanken wahrnahm, brummte ihr Handy.

Bekommst du meine Nachrichten? Wie ist es, mit Muttern auf Reisen?

Wer ist das, dachte Hanne und fühlte sich auf einmal völlig fremd in ihrer eigenen Situation, in ihrem eigenen Leben – wie es ihr ab und an passierte. Wie war das noch mal, wo waren wir noch gleich?

Und mit diesem Gefühl keimte eine Hoffnung auf: Vielleicht konnte diese Geschichte zu einem Ende kommen. Vielleicht gab es etwas anderes. Während sie das dachte, kam der einzige alleinreisende Mann ihrer Reisegruppe auf sie zu. Er war im Alter der Witwen, kahlköpfig und sonnengebräunt, trug Shorts und ein kariertes Hemd, das über dem Bauch spannte. Er setzte sich zu ihr an den Tisch.

«Stör ich?»

«Ja.»

Hanne hielt das Buch hoch, um zu zeigen, dass sie lesen wollte, es war ein englischer Krimi, den sie am Flughafen gekauft hatte.

«Was ist das für ein Buch? Ist es gut?»

Der Mann versuchte, ihr das Buch wegzunehmen, aber Hanne zog es weg, so dass er ins Leere griff.

«Hoho, hoho», lachte er, wie ein Mann lacht, wenn die Frau, mit der er flirtet, sich unnahbar gibt.

«Was trinken Sie?»

Hanne antwortete nicht. Übertrieben deutlich schlug sie das Buch auf und las weiter.

«Trinken Sie nur Kaffee? Wollen Sie nichts Stärkeres?»

«Nein.»

Der Mann winkte dem Kellner.

«Ich bestelle uns zwei Pernod. Haben Sie schon mal Pernod getrunken? Den müssen Sie unbedingt probieren. Sie sollten bloß nicht zu viel davon trinken. Es heißt nämlich, dass Pernod euch Frauen etwas ... ja, wie soll ich sagen ... in Fahrt bringt, wenn Sie verstehen, was ich meine.»

Der Kellner kam. «Oui, monsieur?»

«Two pernods, please.»

«Very well, sir.»

Hanne steckte das Buch in die Tasche und stand auf.

«Was machen Sie denn? Wo wollen Sie hin? Ich habe doch gerade erst bestellt!»

Hanne schob ihren Stuhl unter den Tisch.

«Jetzt setzen Sie sich doch. Sie haben ganz allein hier gesessen, ich wollte Ihnen bloß etwas Gesellschaft leisten. Was ist daran so schlimm ...»

Hanne ging weiter in Richtung Stadtzentrum, fand ein anderes Café, es lag an einem kleinen Platz bei einer Kirche, dort setzte sie sich hin und bestellte sich noch einen Kaffee.

Als sie sich abends zum Essen versammelten, kam der Mann zu ihr.

«Sie schulden mir sieben Euro.»

«Was?»

«Ich musste Ihren Pernod bezahlen und den Kaffee, den Sie getrunken haben, bevor ich kam. Das ist nicht fair. Ich bekomme sieben Euro von Ihnen.»

«Sie haben sich an meinen Tisch gesetzt und wollten mir

einen Drink aufdrängen. Da ich gezwungen war, in ein anderes Café zu gehen, musste ich mir dort einen neuen Kaffee bestellen. Warum soll ich für zwei Tassen Kaffee bezahlen, bloß weil Sie keine Andeutungen verstehen?»

«Ich habe doch bloß versucht, nett zu sein, Sie saßen ja ganz allein am Tisch. Was war denn daran so schlimm? Hat Ihnen jemand was getan, dass Sie so geworden sind?»

Die Gespräche der anderen waren verstummt.

«Sie haben mir was getan. Ich sollte Sie verklagen, weil Sie mindestens fünf Prozent meines Urlaubs ruiniert haben.»

Der Mann starrte sie mit offenem Mund an. Dann ging er kopfschüttelnd und vor sich hin brummelnd weg und setzte sich zu den Witwen an den Tisch.

Die Witwen setzten sich erwartungsvoll auf, aber er wollte nur über Hanne sprechen. Viel Schlimmes in ihrem Leben durchgemacht … die Arme … nicht so toll, mit der Mutter zu verreisen … das ist ja kein Leben … Er sprach laut, damit Hanne es hörte, und eine der Witwen sagte: «Hat sie Sie abgewiesen? Wie schrecklich!»

Alle amüsierten sich über den Pernodmann, und Hanne versuchte, ihn aus der Perspektive der Witwen zu sehen: ein rotwangiger Sechzig- bis Siebzigjähriger mit Tätowierungen, der wie ein Gockel herumstolzierte, jetzt konnte Hanne eine altmodisch maskuline Ausstrahlung an ihm ausmachen, die das Alter nicht vollständig hatte wegätzen können. Für die Witwen wäre er ein Leckerbissen, dachte Hanne. An meiner Stelle hätten sie zugeschlagen. Aber wären sie wirklich in meiner Situation, würden sie sich nicht mit dem Pernodmann zufriedengeben, denn der Selbsterhaltungstrieb, den sie als Witwen unter Beweis stellten, würde sie in meiner Situation davor bewahren, sich mit dem verheirateten Vater von zwei Kindern einzulassen oder an einer zehntägigen Seniorenbusreise nach Südfrankreich teilzunehmen, von den Avancen des Pernodmanns gar nicht erst zu reden. Sie würden ihren Wert kennen und gegen etwas Passenderes tauschen, und sie hätten sich so verhalten, dass es dem Pernodmann nicht im Traum eingefallen wäre, sie anzusprechen. Aber mich hat er angesprochen, weil wir nach seiner Vorstellung irgendwie zusammenpassen und uns auf dem gleichen Niveau befinden, so dass wir ein gutes Gespann abgäben, er und ich.

Aber, überlegte Hanne weiter, er ist wenigstens frei. Sie spielte die Situation durch: wie sich der dunkelbraune Körper des Pernodmanns im Bett eng an sie schmiegte. Mit den verblassenden Tätowierungen. Oben auf ihrem Zimmer. Wie glücklich er wäre, wie schockiert ihre Mitreisenden wären, über dieses Wunder, das sich mitten unter ihnen ereignet hätte, dass der Pernodmann und Hanne ein Paar geworden wären. Wenn so etwas passieren konnte, was konnte dann nicht sonst noch alles passieren? Der Pernodmann war mindestens zehn Jahre älter als Jan, möglicherweise würde er sie noch mehr lieben, noch dankbarer sein, wie Jan würde er sich vielleicht an sie klammern und sagen, er habe seine Sexualität wiederentdeckt.

Der Pernodmann würde es mit der Verhütung nicht so genau nehmen, der Pernodmann war ein altmodischer Mann, der sich um so etwas nicht kümmerte und sicher schon mehrere Kinder in die Welt gesetzt hatte, zu denen er keinen Kontakt hatte. Mit dem Pernodmann könnte sie sofort ein Kind bekommen, sie müsste nicht warten, bis Jans Söhne ausgezogen wären.

Hanne schloss die Augen und atmete tief ein. Sie würde keine Beziehung mit einem aufdringlichen alten Seemann anfangen, der älter war als ihre Eltern, bloß weil er frei war.

Am nächsten Tag, wie auch am Tag darauf, brachte der Bus sie von Museen zu Märkten, weiter zu Trüffel- und Weinverkostungen und Restaurants, von einem pittoresken Ort zum anderen. Sie liefen durch enge Straßen, woraufhin der Bus sie wieder aufsammelte und weiterfuhr. Überall, wo sie hielten, standen zehn bis fünfzehn vergleichbare Busse, und aus diesen Bussen strömten Menschen wie sie.

Die ganze Zeit über kamen Nachrichten von Jan, auf die Hanne nicht antwortete. Und mit jeder unbeantworteten Nachricht wurde sie ruhiger. Sie konzentrierte sich und fing an, den verschiedenen Touristenführern Fragen zu stellen, fing an, das Essen und die Eindrücke zu genießen. Am vorletzten Tag badete sie allein am Strand von Nizza. Sie lag im Wasser und schaute in den Himmel, ließ sich in den kleinen Wellen treiben, und bei der Stadtführung später lief Hanne an der Spitze der Gruppe, neben dem Stadtführer. Mit dem brummenden Handy in der Tasche konnte sie sich das erlauben – denn wenn Jan ihr hinterherlief, vergrößerte sich ihr Handlungsspielraum, und sie interessierte sich wieder für die Welt.

Nachdem sie am Osloer Flughafen gelandet waren, begann ihr Handy unmittelbar nach dem Einschalten zu brummen.

Solltest du nicht heute nach Hause kommen? Vermisse dich! Ruf mich an! Warum antwortest du nicht? Wie geht's dir? Wie geht's deiner Mutter? Vermisse dich!!! Liebe dich!!!

Hanne starrte auf die Nachrichten, die sich im Display aufbauten. Sie hatte sie selbst provoziert, jedes einzelne Zeichen und jeden einzelnen Buchstaben, aber als sie die SMS jetzt las, wirkten sie wie falsch zugestellt, als gäbe es die Person nicht mehr, für die sie bestimmt waren. Die abgedroschenen Phrasen erkannte sie jetzt als das, was sie waren: Klischees, Beschwörungen, Gequengel und Geschwätz. Was sollte das, womit hatte sie die letzten anderthalb Jahre vertan, und wie viele Eisprünge hatte sie dabei vergeudet, wie viele wertvolle Monate ihrer gebärfähigen Zeit hatte sie auf etwas so Aussichtsloses verwendet? Eine Sackgasse, das war es gewesen, und jetzt war es vorbei, und Gott sei Dank war nichts Ernsteres geschehen, Gott sei Dank war sie nicht schwanger, und niemand wusste davon, sie konnten in aller Stille Schluss machen, nichts war passiert, sie musste noch nicht einmal den Job wechseln.

Während sie auspackte, klingelte es an der Tür. Dreimal kurz, ihr Signal.

Der Gedanke, dass er direkt vor ihrer Tür stand, schoss ihr in den Unterleib. Dort sammelte sich das Blut und begann zu pochen. So weit ist es also mit mir gekommen, dachte Hanne. Ach ja. So weit ist es also gekommen. Aber sie machte die Tür nicht auf.

Bloß ein letztes Mal noch. Als Zeichen.

Als Zeichen wofür?

Dafür, dass es vorbei ist.

So läuft das nicht, das weißt du.

Sie schlich sich in die Diele und stellte sich vor die Wohnungstür, er war nur ein paar Zentimeter entfernt.

Ein letztes Mal noch.

Jan hämmerte mit beiden Fäusten gegen die Tür. Wie war er überhaupt ins Treppenhaus gekommen? Sie hatte ihn nicht hereingelassen.

«Mach auf! Ich weiß, dass du da bist! Ich habe dich vom Hof aus gesehen!»

Er hatte im Hof gestanden und sie beobachtet. Im Hinterhof stehen und zu einem Fenster hochstarren wirkte eher wie etwas, das ihr zuzutrauen wäre.

«Bitte mach auf, ich will doch nur mit dir reden!»

Vielleicht hat er sich verändert, hörte sie eine Stimme sagen.

Die Stimme kam aus ihrem Unterleib.

Dass du weg warst, hat ihn vielleicht zu der Einsicht gebracht …

Ach, halt die Klappe. Hanne bewegte lautlos die Lippen und sprach mit sich selbst. Halt die Klappe.

«Mach bitte auf, damit wir miteinander reden können. Ich will gern wissen, wie es in Spanien war.»

Hanne lehnte sich gegen die Tür. Dann sagte sie: «Ich war nicht in Spanien, ich war in Frankreich.»

Sie setzte sich in die Küche und horchte auf sein Klopfen. Nach einer Weile begann er zu schreien. Er schrie die seltsamsten Dinge, leidenschaftliche Dinge, Dinge, von denen sie gehofft und geträumt hatte, dass er sie sagen würde, und Hanne wollte fragen, warum sie diese Dinge erst jetzt zu hören bekam, wo sie sie nicht mehr hören wollte, und warum sie etwas immer erst dann haben wollte, wenn sie es nicht mehr bekommen konnte.

Nach fünf Minuten ließ sie ihn herein. Sie dachte: Wir müssen doch wie erwachsene Menschen miteinander reden können. Wir müssen das auf würdige Art und Weise beenden können. Nach sieben Minuten lagen sie im Bett. Nach zehn Minuten sagte Jan, er habe Ingrid alles erzählt, dann fragte er, ob er einige Tage bei Hanne wohnen könne, wenigstens, bis er eine Wohnung gefunden habe.

# 6

~~~~~~~~~~~~~~

*Ich kann ohne dich nicht leben. Wenn du mich verlässt, weiß ich nicht, was ich tue.* Eine solche Formulierung sah ihm nicht ähnlich. Aber wer wollte sich schon ähnlich sehen? Jan musste an zwei Hunde denken, die er im Herbst, bevor er mit Hanne zusammengekommen war, in der U-Bahn-Station Stortinget beobachtet hatte. Der eine war ein kleiner Welpe, der herumhüpfte und hochsprang und alles beschnupperte. Die ganze Zeit gab er leise Fieplaute von sich, als wäre dieser dunkle, unterirdische Bahnhof, wo die wartenden Menschen vor sich hin starrten, ganz großartig und wahnsinnig staunenswert. Dann kam ein anderer Hund angetrottet, er war groß und alt, und alle Sinneseindrücke ließen ihn zusammenzucken. Er zitterte genauso wie der Welpe, aber nicht vor Freude, es hatte eher den Anschein, als wollte er sagen: «Lasst mich einfach in Ruhe. Ich will bloß in Ruhe gelassen werden.» Jan hatte an dem Tag vier lange Besprechungen gehabt, er hatte dem alten Hund hinterhergesehen, wie er schwerfällig an ihm vorbeitappte, und gedacht: Das da bin ich. So fühle ich mich im Moment.

Das hatte er damals gedacht. Aber jetzt war er der Welpe.

Einen Monat, nachdem er in Ullas Küche geweint hatte, war er zu einem Psychologen gegangen. Er hatte in einer Privatklinik angerufen und noch am selben Tag einen Termin bekommen. Der Psychologe hatte seine Räume in einer Gemeinschaftspraxis in einem der «Barcode» genannten neuen Hochhäuser beim Osloer Hauptbahnhof, und an einem Mittwoch im August, etwa acht Monate nach dem Abend im Månefisken, verließ Jan das Ministerium nachmittags um halb zwei und begab sich zu der Praxis des Psychologen, die sich in der neunten Etage befand und einen Panoramablick über den Oslofjord bot. Der Psychologe war ein älterer Mann. Jan hatte darauf geachtet, dass es ein Mann war, der zudem älter sein musste als er selbst.

«Was soll ich Ihrer Meinung nach tun?», fragte Jan, nachdem er die Situation dargelegt hatte. Sie saßen beide in einem Eames-Sessel. «So einen haben wir zu Hause auch», hatte Jan beim Hinsetzen gesagt, aber der Psychologe hatte nichts darauf erwidert, sondern ihn nur angesehen. Und Jan hatte gedacht: zu Hause. Bald habe ich kein Zuhause mehr. Vielleicht hatte der Psychologe genau das mit seinem Schweigen ausdrücken wollen: dass Jan bald kein Zuhause mehr hätte. Der Psychologe war schlank und durchtrainiert, sein Gesicht hatte eine gesunde Farbe, er sah aus, als sei er einer von denen, die mit dem Rad zur Arbeit fuhren. Wie ein Psychologe sah er nicht aus. Jan hätte eher auf Chirurg getippt.

«Ich kann Ihnen nicht sagen, was Sie tun sollen. Ich kann lediglich mit Ihnen zusammen die Situation reflektieren und Ihre Gedanken und Gefühle ordnen.»

«Aber was würden Sie tun? Wenn Sie an meiner Stelle wären, was würden Sie da tun?»

Jan hatte vierzehnhundert Kronen bezahlt und wollte etwas für sein Geld bekommen.

«Zuallererst würde ich versuchen, mir meine Gefühle bewusst zu machen.»

«Aber meine Gefühle ändern sich von einer Sekunde zur

anderen. Wenn ich zu Hause bei Ingrid bin, denke ich, dass ich sie und das, was wir zusammen haben, nie verlassen könnte, die Jungen, das Haus, unsere Geschichte, das kann ich nicht verlassen. Ich bin dann ganz und gar von der Gewissheit erfüllt: Ich kann Ingrid nicht verlassen und will es auch nicht. Aber dann komme ich zur Arbeit, begegne Hanne und denke genau dasselbe über sie, dass ich all das, was wir haben, nicht aufgeben kann, ich denke daran, wie sich alles zu einem Gesamtbild fügt, wenn wir zusammen sind, an dieses jubelnde Gefühl, wenn ich mir einen Alltag mit Hanne vorstelle, dass dieses Glück möglich ist, dass so etwas in Reichweite ist.»

«‹Glück›, sagen Sie. Was bedeutet dieser Begriff für Sie?»

«Mit Hanne erlebe ich ein für mich vollkommen neues Glück und Wohlbefinden. Mit ihr fühle ich mich in der Lage, mich selbst zu verwirklichen, mein Innerstes, meinen Kern. Unsere Söhne sind erwachsen, wir haben unseren Teil getan, ich habe meinen Teil getan, warum sollte ich also dieses Unglaubliche, das mir gerade widerfährt, zurückweisen, nur damit sie ein intaktes Zuhause haben, in das sie einmal im Halbjahr zum Sonntagsessen zurückkehren können?»

Was redete er da? Was passierte mit ihm? Und dennoch: Genau so war es. Genau so empfand er es.

«Was an Ingrid hindert Sie daran, Ihr Innerstes mit ihr zu verwirklichen?»

«Ich will Ihnen etwas erzählen: Ingrid und ich schlafen einmal die Woche miteinander. Das haben wir immer so gemacht. Es wäre fast besser, wenn wir nur einmal im Monat miteinander schlafen würden oder gar nicht. Einmal die Woche ist typisch Ingrid. Als die Jungen klein waren, hat sie mal einen Artikel gelesen, in dem stand, einmal die Woche sei die Beischlafhäufigkeit, die im Schnitt nötig ist, damit eine Beziehung nicht zerbricht, seitdem galt: einmal die Woche.»

«Es wäre also besser, wenn Sie überhaupt nicht miteinander schlafen würden?»

«Ja, irgendwie schon. Dann hätte ich einen handfesten Grund zur Klage, niemand würde mir vorwerfen, dass ich mich damit nicht abfinde. Mit Ingrid ist Sex etwas, das man abarbeitet, wie den Hausputz. Hanne hat mich wieder daran erinnert, was Sex ist, was er sein kann. Jetzt verstehe ich, dass er Politiker und Regierungen zu Fall bringen kann, das habe ich viele Jahre lang nicht begriffen.»

«Was bedeutet Hanne Ihnen sonst noch, was verkörpert sie in Ihrem Leben?»

«Es kommt mir vor, als hätte sie sich mit meinem innersten Wesen verbunden, mit dem, was versteckt und von allem anderen zusammengestaucht worden ist, von Job, Haus, Kindern, eben von allem, wonach wir so eifrig streben, und dann wächst alles, und man verschwindet darin und wird auf eine Funktion reduziert, wird zu einem kleinen Zahnrad in einer riesigen Maschine, die man nicht überblickt. Wenn ich mit Hanne zusammen bin, weiß ich wieder, wer ich wirklich bin, wer ich früher war. Ich wollte einmal Musiker werden. Aber dann bin ich das hier geworden.»

«Wer waren Sie früher?»

«Vor allem war ich leidenschaftlicher, romantischer, impulsiver. Lebensfroher. Ich wollte auf die andere Seite des Globus reisen. Jetzt möchte ich das wieder, und Hanne sagt, sie würde mitkommen. Ingrid wollte nie über die Grenzen Europas hinaus. Sie sagt, Europa wird ihr nie zu viel.»

Jan dachte: Willst du deine Frau verlassen, weil sie nur Reisen innerhalb Europas machen will? Was redest du da?

«Meinen Sie, es sei Ingrids Schuld, dass Sie sich verändert haben?»

«Nein, aber fünfundzwanzig Jahre sind eine lange Zeit.

Die Beziehung mit Hanne zu beenden … ich weiß nicht, ob ich das schaffe. Dann kann ich mich genauso gut umbringen. Ich wünschte, ich hätte das Ganze nie angefangen. Und was ist mit den Jungen? Was werden sie sagen?» Jan fing an zu weinen. «Können Sie mir nicht sagen, was ich tun soll? Was würden Sie tun?»

«Ich kann Ihnen nicht sagen, was richtig für Sie ist. Aber ich kann Ihnen helfen, es herauszufinden.»

«Richtig für mich wäre es, mit Ingrid verheiratet zu bleiben und mich gleichzeitig mit Hanne zu treffen, aber ohne Heimlichkeiten, damit ich die Zeit und den Urlaub mit Ingrid in aller Offenheit in Bezug auf Hanne planen kann. Aber das geht nicht, das sehe ich ja ein. Was ich auch tue, hat Konsequenzen für andere. Also ist das, was richtig für mich ist, vielleicht nicht richtig für die Welt, weil das, was richtig für mich ist, im Ganzen gesehen mehr Leid hervorbringt, als wenn ich mich einfach zusammenreiße und aufhöre, Hanne zu sehen.»

«Letzten Endes können Sie nur Verantwortung für sich selbst übernehmen.»

«Aber wie soll das funktionieren, wenn alle nur Verantwortung für sich selbst übernehmen? Haben wir nicht auch füreinander Verantwortung? Ist das nicht das Entscheidende?»

«Wenn Sie Verantwortung für sich selbst übernehmen, wird sich alles andere finden.»

«Wie meinen Sie das?»

«Verantwortung für sich selbst zu übernehmen ist ein Projekt, das man nie abschließt, es beschäftigt einen das ganze Leben lang. Es handelt sich weder um ein festes Regel-Set noch um irgendeine objektive Moral. Verantwortung für sich selbst zu übernehmen kann in Ihrem Fall bedeuten, dass Sie bei Ingrid bleiben, ebenso wie es bedeuten kann, dass Sie sie verlassen. Aber wenn Sie bei Ingrid bleiben und die Zähne zusammenbeißen, können Sie ihr und den Kindern mehr schaden, als wenn Sie gehen. Andererseits geht jede Verliebtheit vorüber, auch diese, und es ist die Frage, wie zurechnungsfähig Sie im Moment sind. Kurz gesagt: Sind Sie imstande, eine Entscheidung mit so großen Konsequenzen zu treffen?»

Jan lehnte sich im Sessel zurück und atmete tief ein. «Das ist es ja gerade. Ich kann nicht wissen, wie der Alltag mit Hanne wird, bevor ich es nicht tatsächlich ausprobiert habe, und dann wäre es in Hinblick auf meine Beziehung mit Ingrid zu spät. In meinen schwersten Stunden wünsche ich mir, dass einer von uns, Ingrid oder ich, Krebs bekommt oder dass etwas anderes Dramatisches passiert, ich habe mir sogar schon gewünscht, dass den Jungen etwas zustößt, nichts direkt Lebensbedrohliches, aber ernst genug, um mich wieder zurück in die Spur zu bringen. Ich habe einen Artikel darüber gelesen, über ein Ehepaar wie uns, mittleren Alters, das mit Untreue und Materialermüdung gekämpft hat. Doch dann hat die Frau Krebs bekommen. Der Mann hat noch am selben Tag mit seiner Geliebten Schluss gemacht und nie mehr zurückgeblickt. Nach einem Jahr Chemotherapie und Bestrahlung wurde die Frau für gesund erklärt, und der Mann konnte sich nicht mehr erinnern, warum er diese Affäre eingegangen war, und er konnte auch nicht begreifen, dass er jemals darüber nachgedacht hatte, seine Frau zu verlassen.»

Der Psychologe sah ihn an, ohne etwas zu sagen, und Jan fuhr fort: «Wir brauchen etwas, wonach wir uns strecken können … einen Ansporn, um uns über all das Lächerliche und Dumme zu erheben, das wir tun oder gern tun würden. Stattdessen huldigen wir unseren Gefühlen, erhöhen sie und beten sie an, lassen die Gefühle zur Richtschnur werden. Aber Gefühle werden von allem Möglichen beeinflusst, von Wetter, Wind und Temperatur, Gefühlen kann man nicht trauen, und trotzdem vertrauen wir diesen Gefühlen und haben sie zu so etwas wie einer Gottheit gemacht, der wir in allen Punkten zur Gefolgschaft verpflichtet sind. Was, wenn es für mich richtig wäre, bei Ingrid zu bleiben und aufzuhören, Hanne zu treffen, was, wenn das auf lange Sicht am meisten Wohlbefinden und Glück verspräche, nicht nur für die Familie und die Gesellschaft, sondern auch für mich selbst? Wenn aber eine Krebsdiagnose nötig ist, damit ich das in meinen Schädel bekomme?» Jan schlug mit der Faust auf den Tisch.

«Betrachten Sie Ihre Gefühle für Hanne als dumm und lächerlich?»

«Ich habe bloß das starke Gefühl, jemand, oder genauer gesagt etwas – nicht Hanne, jedenfalls nicht bewusst – versucht, mich hereinzulegen, mich zu verführen, als ginge es schlicht und einfach darum, dass die Natur mich dazu bringen will, irgendeine gebärfähige Frau zu befruchten, ganz egal welche, und daher bürdet sie – also die Natur – mir all das andere auf, Gefühle und alle möglichen Beschönigungen, um mich gewissermaßen in den Schlaf zu lullen, wie eine Hure, die einem das Geld stiehlt, während man schläft. Bekanntlich pflanzen sich heutzutage ja weniger Männer als Frauen fort, weil die Männer, die sich fortpflanzen, häufig Kinder mit mehreren Frauen bekommen. Es ist ein Haremssystem, in dem eine Gruppe von Männern, solche wie ich, Männer mit guten Positionen in großen Städten, mehrere Kinder mit mehreren Frauen zeugen, während der Rest der männlichen Bevölkerung freiwillig oder unfreiwillig außerhalb des ganzen Zirkus steht. Ich versuche, dieses System zu durchschauen, weil ich es nicht unterstützen will. Und da ist es nicht gerade hilfreich, dass Sie sagen, es sei das Beste für alle, wenn ich Ingrid verlasse.»

«Das habe ich nicht gesagt. Ich habe gesagt …»

Jan fiel ihm ins Wort: «Doch, das haben Sie gerade gesagt. Hier ist also keine Hilfe zu erwarten. In der ganzen Gesellschaft nicht … alles verschwimmt und zerfasert, weil alle jederzeit tun, wozu sie Lust haben. Die Bauern früher hatten keine Zeit für dieses Theater, und außerdem war die soziale Strafe so hart, dass die allermeisten das Risiko lieber nicht eingingen. Die schwere Arbeit Tag für Tag hat sie so erschöpft, dass ihr Gehirn keine Kapazitäten frei hatte, um auf all die Einfälle zu kommen, die wir heute, wo wir Zeit und Energie dazu haben, aushecken, womit wir unser Leben ruinieren. Heute haben wir nicht nur die Zeit und Energie, sondern auch die Gelegenheit, überall lauern Versuchungen, und wir sind dauernd auf Selbstkontrolle angewiesen, wobei uns noch nicht einmal bewusst ist, dass wir diese Selbstkontrolle überhaupt besitzen.»

«Meinen Sie, dass die Bauern früher es leichter hatten als wir?»

«Sowohl als auch. Sie waren überall mit Entbehrungen und Bedrohungen konfrontiert, wir tummeln uns in einem Becken voller Snacks und Genüsse und müssen jeden verfluchten Tag selbst auf uns aufpassen, weil wir an einem Ort voller junger Frauen arbeiten, wo ständig eine ihren Eisprung hat, in einer Stadt, die nach frischgebackenen Rosinenbrötchen duftet, drei für einen Zehner, und nach Hotdogs mit allem für zwanzig Kronen, und hungrig gehen wir an Rosinenbrötchen und Hotdogs vorbei und an den jungen Frauen, die uns so freundlich zulächeln, besonders nachdem wir Referatsleiter geworden sind, und in Kauflaune gehen wir am Sportgeschäft vorbei, wo ein Fahrrad mit Carbonrahmen, das früher zwanzigtausend gekostet hat, jetzt für nur noch zehntausend zu haben ist, oder wir essen die Rosinenbrötchen, vögeln die Kollegin und kaufen das Fahrrad. Fett, geschieden und bankrott stehen wir dann heulend und zähneklappernd da, und irgendwer oder irgendwas fängt uns auf, entweder das Gesundheitswesen mit einer Diabetesbehandlung, die Sozialleistungen für alle Geschiedenen oder die Privatinsolvenz für alle Abgebrannten.»

«Von wem sprechen Sie jetzt?»

«Von mir natürlich.»

«Das kann man nicht wissen, wenn Sie ‹wir› sagen.»

«Und wissen Sie, was? Dieser Wunsch, Krebs zu bekommen … ich glaube wirklich, wir alle sehnen uns nach einer Katastrophe. Nach einer Flutwelle, die alles ins Meer spült. In ihrem tiefsten Innern sehnen sich alle nach einer solchen Welle, bis zu dem Tag, an dem sie tatsächlich kommt. Wir sehnen uns danach, uns festklammern zu müssen, wir sehnen uns danach, dass etwas passiert, das die Monotonie durchbricht und uns diese Monotonie zugleich stärker würdigen lässt, wir sehnen uns nach etwas, das uns dazu bringt, uns verdammt noch mal zusammenzureißen. Ich wünsche mir also nicht die Katastrophe an sich, sondern dass etwas auf dem Spiel steht, dass ich meine Energie nutzen und zeigen kann, wer ich bin. Eine Energie von außen, eine Bedrohung.»

«Können Sie sich nicht auch ohne Katastrophe so verhalten? Wozu brauchen Sie Krebs oder Überschwemmungen, Sie haben Ihre Schlussfolgerung ja schon gezogen, können Sie sich nicht einfach nur vorstellen, dass Ingrid Krebs bekommt oder eine Flutwelle über uns hereinbricht, und dann so handeln, wie Sie es für richtig halten?»

«Nein, kann ich nicht. Das verstehen Sie doch. Da habe ich Hanne den ganzen Tag bei der Arbeit um mich, und dann komme ich nach Hause zu Ingrid. Ingrid schaut mir nicht mehr in die Augen, sie schaut an mir vorbei, und ich schaue sie auch nicht mehr an. Wir schauen einander nicht mehr an.»

«Was fühlen Sie in diesem Moment?»

«Ich bin wütend.»

«Warum?»

«Weil ich feststecke.»

«Aber Sie stecken nicht fest. Niemand steckt fest.»

«Das ist es ja gerade. Mir ist vollkommen klar, dass ich einfach gehen kann. Niemand hindert mich daran. Und genau das macht mich so verrückt, denn ich finde, wir verdienen diese ganze Freiheit nicht. Wir sind dafür nicht geschaffen. Schauen Sie mich an: Ich werde Referatsleiter und bekomme etwas mehr Selbstvertrauen, und peng, beginne ich eine Affäre. Das ist doch zum Heulen. So denke ich, wenn ich es von außen betrachte, dann sehe ich das Lächerliche in der Situation. Dann wiederum liege ich in Hannes Bett und sehe das Lächerliche nicht mehr, weil nichts daran lächerlich ist.»

«Was, glauben Sie, hat Sie veranlasst, diese Affäre zu beginnen, was sind die tieferen Ursachen dafür?»

«Das ist es ja gerade! Es gibt keine tieferen Ursachen! Ich habe mit Hanne viel mehr Spaß als mit meiner Frau nach fünfundzwanzig Jahren, wen wundert's? Trotzdem ertrage ich es nicht, Ingrid jetzt zu verlassen, sie ist ja fünfzig wie ich, und wie soll es mit ihr weitergehen?»

«Vielleicht wäre sie erleichtert. Haben Sie daran schon mal gedacht?»

«Ich glaube nicht, dass sie das wäre.»

«Wir meinen oft, die Reaktionen anderer Menschen auf unsere Handlungen vorhersehen zu können, und das lässt uns auf eine bestimmte Weise handeln. Aber viele sind überrascht, dass die Explosion ausbleibt, wenn sie es endlich wagen, ihre Träume zu verwirklichen.»

«So etwas Aberwitziges habe ich noch nie gehört. Ist das wirklich Ihr Ernst?»

«Sie sagen ja selbst, Ingrid habe sich verändert. Sie sei körperlich nicht mehr so interessiert an Ihnen.»

«Sie ist in den Wechseljahren. Die Lust lässt eine Weile nach, kommt dann aber wieder, das habe ich gelesen. Aber warum wollen Sie mich dazu überreden, sie zu verlassen?»

«Was glauben Sie, warum ich das tue?»

Jan zitterte, als er die Straße entlanglief. Er war davon ausgegangen, das Aufsuchen eines Psychologen würde eine Lösung herbeiführen. In dessen Praxis würde etwas Magisches passieren, das ihm helfen würde, eine Entscheidung zu treffen und anschließend zu ihr zu stehen. Soeben hatte er vierzehnhundert Kronen versenkt und nichts anderes vorzuweisen als rotgeweinte Augen und einen rauhen Hals vom vielen Reden.

Ziellos lief er weiter, er wusste nicht, ob er direkt nach Hause fahren konnte oder zuerst noch im Büro vorbeischauen musste, denn er brachte es nicht über sich, sein Handy herauszuholen und im Kalender nachzusehen. Er stellte fest, dass er sich in der Straße Grønlandsleiret befand, unweit des Polizeipräsidiums. Vielleicht sollte er hineingehen und sie dazu bringen, ihn zu verhaften, ihm Handschellen anzulegen. Aber mit seinem Aussehen und seinem makellosen Führungszeugnis wäre das nicht so einfach. Da müsste er sich schon etwas Außergewöhnliches einfallen lassen. Terrorpläne oder Bombendrohungen. Und trotzdem würden sie ihm nicht glauben. Mit achtzehn war er einmal festgenommen worden, weil er in der Öffentlichkeit Alkohol getrunken hatte. Mit einigen Schulkameraden hatte er im Uranienborgpark auf dem Rasen gelegen. Alle tranken Bier, aber nur er setzte die Flasche zufällig an den Mund, als zwei Polizisten in Zivil zu ihnen herüberschauten, und deshalb nahmen sie ihn als Einzigen mit zur Majorstua Polizeiwache. Dort hatte ein Polizist in Uniform Jans rosa Schülerausweis genau studiert. Dann hatte er Jans halblange blonde Haare und den abgetragenen beigefarbenen Trenchcoat, die Levi's 501 und die Doc-Martens-Schuhe gemustert und ihm den Schülerausweis schließlich zurückgegeben mit den Worten: «Was machst du hier? Ab nach Hause mit dir. Aber lass in Zukunft das Trinken in der Öffentlichkeit.»

Jan kam zur Grønlandkirche und ging hinein. Es war ein spontaner Einfall. Wenn ihm weder die Ärzteschaft noch die Polizei helfen konnte, dann vielleicht Gott oder Jesus oder ein Pfarrer. Irgendeine Form von Obrigkeit, Führung, Richtschnur.

Direkt hinter der Eingangstür gab es offenbar eine Art Café für Menschen am Rande der Gesellschaft. Vier oder fünf Drogensüchtige saßen jeder für sich an einem Tisch und tranken Kaffee. Auf den mit karierten Papiertischtüchern bedeckten Tischen standen Körbe voller Rosinenbrötchen und Teelichter in bunten Gläsern. Diese Umgebung bildete einen starken Kontrast zu den Drogensüchtigen, die Jan, ohne zu blinzeln, mit apathischen Blicken fixierten. Jetzt saßen sie hier und ließen sich die Wärme und Fürsorge gefallen, aber bald würden sie wieder rausgehen und mit ihrem Wahnsinn weitermachen, daran konnten weder Jesus noch die Rosinenbrötchen noch die Teelichter in bunten Gläsern etwas ändern, so wie Jesus und die Rosinenbrötchen und die Teelichter Jan nicht daran hindern konnten, mit Hanne ins Hotel zu gehen. Jan starrte zurück, ein Starrwettbewerb, den die Drogensüchtigen locker gewannen, denn sie sahen ihn an, wie sie einen Stuhl oder einen anderen leblosen Gegenstand ansehen würden, für sie unterschied Jan sich nicht von dem Stuhl, auf dem sie saßen, oder dem Tisch vor ihnen oder den Lichtern oder den Rosinenbrötchen; er war bloß einer von diesen Gegenständen, und die Gegenstände waren nicht wichtig, wichtig war nur das Gift, mit dem sie selbst vollgepumpt waren oder sich bald wieder vollpumpen würden, und mit dieser Zielstrebigkeit erinnerten sie an religiöse Menschen, die ihren Blick fest auf Jesus gerichtet hatten, und das verlieh ihnen eine gewisse Unverwundbarkeit gegenüber der Gesellschaft, der Gesellschaft, der Jan noch angehörte. Sie kümmerten sich nicht darum, in was für Klamotten sie herumliefen oder welche Regeln sie brachen, und das verschaffte ihnen eine Form von Überlegenheit, dass sie alles ausblenden und sich auf die eine Sache konzentrieren konnten, nämlich Genuss, Wohlbefinden, Seelenfrieden, aber in die dritte Potenz erhoben. Denn hat man einmal zum Beispiel Heroin ausprobiert, dann hat man das Paradies erlebt, das hatte Jan gehört und gelesen, dann hat man erlebt, wie gut es einem gehen kann, und daher war der Genuss, dem die Drogensüchtigen hinterherjagten, ein Konzentrat des Genusses, dem auch Jan und alle anderen hinterherjagten und von dem sie hier und da kleine Fetzen ergatterten, während die Drogensüchtigen große Stücke davon einheimsten, allerdings zu einem hohen Preis. War Hanne seine Droge, bei der ihn schon der bloße Gedanke, sie zu verlieren, zur Verzweiflung brachte? Und wenn er jetzt Haus und Heim verließe und Vollzeit mit Hanne zusammenlebte, verschwände das Heroinähnliche an ihr, und was hätte das dann für einen Sinn?, dachte Jan und warf einige Münzen in ein Kästchen an der Wand. Das Klirren hallte zwischen den Mauern wider. Er ging den

Mittelgang entlang, setzte sich in eine Bank und versuchte, die Stimmung in sich aufzunehmen, das Religiöse, dieses Kulturerbe, dabei kamen ihm all die leeren Kirchen in den Sinn, die es überall in Norwegen gab, all die Pfarrer, die sich freuten, wenn man kam, Pfarrer, die nichts gegen Scheidungen oder Drogensucht hatten.

Aber wer war er, der Lügner und Betrüger, der glaubte, er könnte sich einfach hier hineinsetzen? Die kümmerlichen Kronenstücke, die er in das Kästchen am Eingang geworfen hatte, waren nicht genug. Sein Elend war nicht elend genug. Jan war sich darüber im Klaren, dass jeder einzelne Drogensüchtige da vorne Elendsgeschichten von Missbrauch und Verrat vorbringen konnte, und welche Gründe hatte er selbst, sein Leben zu zerstören? Aber Jan kannte die Erklärung gut. Er handelte so, weil er es *konnte*, weil er die Möglichkeit dazu hatte und die Strafe nicht besonders hart war und weil er wusste, dass Hanne, wenn sich alle erst einmal an die neue Situation gewöhnt hätten, künftig zu Familientreffen eingeladen werden würde und nicht Ingrid. Bald könnte Hannes Name in allen Papieren stehen, so einfach war das, und genau das ertrug er nicht, und er war zu einem Psychologen gegangen, um Antwort auf etwas so Einfaches zu bekommen, warum hatte er das getan? Hier in der Kirche wusste er auf einmal die Antwort. Er hatte gehofft, der Psychologe könnte ihm helfen, die Situation aufzuhübschen, indem er Fehler bei Ingrid oder irgendein Kindheitstrauma ausgrub, was auch immer, wenn es nur zur Rechtfertigung und Bemäntelung taugte. Seine Gier kannte keine Grenzen, er wollte haben, was er sich wünschte, ohne dafür zu bezahlen. Er wollte schlicht und einfach alles haben.

Jetzt wollte er zu einem Pfarrer gehen. Zu einem sauertöpfischen alten Pfarrer, der ihn zurechtweisen und niemals dazu auffordern würde, seine Gefühle zu ergründen, sondern der sagen oder sogar brüllen würde, Jan solle sich zusammenreißen. Das war außerdem kostenlos.

Hier sitzen wir nun, hatte Jan gedacht, als er bei dem sonnengebräunten, durchtrainierten Vierzehnhundertkronenpsychologen saß. Warum sollte man nicht ebenso gut unter dem Abbild eines Mannes sitzen und reden können, der vor zweitausend Jahren zu Tode gefoltert worden war? In vielerlei Hinsicht wirkte das angemessener, als in einem teuren Sessel in einer Praxis mit Fjordblick zu sitzen. Und kam es nicht auf ein und dasselbe raus, ob man nun weinend in einem teuren Sessel in der Praxis des Psychologen saß oder ob man weinend auf einer harten Bank in der Kirche saß? Das Gebot war klar und eindeutig: Du sollst nicht ehebrechen. Aber wenn er es trotzdem tat und sich scheiden ließ, würde er weiterhin in die Kirche kommen dürfen. Selbst wenn er alle zehn Gebote bräche, würde er immer noch Zugang zur Kirche erhalten. Ja, vielleicht besonders dann, dachte Jan und sah zu den Drogensüchtigen. Vielleicht war ihm Gottes Gnade aus dem einfachen Grund verschlossen, dass er sie nie gebraucht hatte, so wie er durchs Leben geflutscht und wie ihm alles in den Schoß gefallen war.

Ich habe das gleiche Recht, hier zu sein, wie alle anderen, sagte er zu sich selbst. Aber nach ein paar Minuten stand er auf und verließ die Kirche. Warum bestimmte man nicht mehr über sein Leben, warum wurde man hierhin und dorthin geworfen, warum war es nicht möglich, eine Entscheidung zu treffen und dann an ihr festzuhalten, warum tat man das Falsche, obwohl man es nicht wollte, und warum schmeckte es so gut, das Falsche zu tun, warum konnte man nicht einfach auf einen Knopf drücken, warum musste das Leben ein Kampf sein?

Was tobte da nicht alles in ihm mit reißender Gewalt und brachte ihn dazu, morgens aufzustehen und zu sich selbst zu sagen, heute muss ich Hanne zurückweisen, heute darf ich ihr keine SMS und keine E-Mails schicken, um stattdessen in der Mittagspause in ein Hotel einzuchecken und zweitausend Kronen hinzublättern, um sich eine Stunde mit ihr zwischen den Laken zu vergnügen, wie ein Alkoholiker zu sich sagt, heute werde er mit dem Trinken aufhören, und es ernst meint, um dann nur einige Stunden später betrunken zu sein. Und dann, danach, und das war das Abscheulichste von allem, wenn er dort im Hotelbett lag und befriedigt worden war, dann konnte Jan klar und deutlich den Gedanken formulieren: Ich muss damit aufhören. Dann konnte er tief einatmen und denken: Das kann ich Ingrid nicht antun. Wir haben ein gutes Leben, und trotzdem liege ich hier. Trotzdem tue ich das hier. Er dachte an die zweitausend Kronen. Denn jetzt setzte die Reue auf allen Ebenen ein. Zweitausend Kronen, und sie würden noch nicht einmal über Nacht bleiben. Eine Verschwendung, die geradezu demonstrativ wirkte, als wollte er, dass die Bombe platzte, als wollte er ertappt werden. Aber Ingrid würde es nicht mitkriegen. Ingrid hegte keinen Argwohn, warum sollte sie auch. Sie war nie eifersüchtig gewesen. Wenn er jetzt zu Hause bei Ingrid anrufen und sagen würde, er sei kurzfristig zu einer Dienstreise verpflichtet worden oder zu Überstunden, was auch immer, um dann mit Hanne im Hotel zu übernachten, und sei es auch nur, um etwas für seine zweitausend Kronen zu bekommen, würde Ingrid keinerlei Verdacht schöpfen. Denn Ingrid fühlte sich sicher, und dieses Gefühl von Sicherheit machte sie blind und taub für alle anderen Erklärungen als die normalen und alltäglichen, und hier lag Jan mit Hanne im Arm in einem Hotelbett und fühlte die Wut in sich hochsteigen, wenn er an

Ingrids Gutgläubigkeit dachte. Warum konnte sie nicht etwas misstrauischer sein? Dann würde er vielleicht nicht hier liegen. Warum war sie so ruhig, war es normal, so ruhig zu sein? Zeugte das Vertrauen, das Ingrid ihm entgegenbrachte, nicht von einer gewissen *Apathie*, und war das, was er bisher für Vertrauen und ein Gefühl von Geborgenheit gehalten hatte, nicht vielmehr eine *Unzulänglichkeit*? Passte Hanne nicht besser zu ihm, mit ihrem Temperament, ihrer Eifersucht und ihren Ausbrüchen, mit ihren oft aggressiven SMS mitten in der Nacht – die Ingrid und ihn aufweckten, weil er vergessen hatte, sein Handy stumm zu stellen –, und dann sagte er zu Ingrid, die SMS käme von einem Kollegen, der gerade eine schwierige Scheidung durchmache, und er nahm das Handy mit in den Keller, wo er Hanne anrief und ihr sagte, sie dürfe ihn nicht mitten in der Nacht wecken, und Hanne weinte und schluchzte, so dass er minutenlang warten musste, bis sie in der Lage war, etwas zu sagen, woraufhin sie über eine Stunde redeten, und zum Schluss hatten sie Telefonsex, der darin bestand, dass sie heiser miteinander flüsterten, während sie, jeder in seinem Stadtteil, onanierten, und am nächsten Tag hatte Jan Sand in den Augen und das Gefühl, er bewege sich unter Wasser. Er war zu alt für so etwas.

Im Mai, anderthalb Jahre nach dem Weihnachtskonzert, reiste Hanne nach Spanien und antwortete nicht auf seine Nachrichten. Das war an sich nichts Neues, trotzdem konnte Jan über die ganze Entfernung hinweg spüren, dass ihr Schweigen diesmal eine andere Qualität hatte.

Am Freitag waren er und Ingrid zum Abendessen bei Marianne und Steinar eingeladen, da war es drei Tage her, seit er eine seltsam unpersönliche und postkartenhafte SMS von Hanne erhalten hatte, über einen Ort, den er mal besuchen sollte. Beim Lesen der Nachricht hatte er das Gefühl, alles wäre vorbei, nicht nur die Beziehung zu Hanne, sondern auch alles andere, sein Leben würde langsam ausklingen. Sein Gesicht fühlte sich taub an, und es fiel ihm schwer, an Gesprächen teilzunehmen, am Freitag sagte er dann, er fühle sich nicht wohl und glaube, etwas auszubrüten, aber Ingrid überredete ihn mitzukommen.

«Lass mich nicht mit den beiden allein.»

Also ging er mit, und sie saßen schweigend in der Straßenbahn. Jan dachte darüber nach, wie sonderbar es war, dass sie nicht miteinander redeten, dass sie einfach dasaßen und jeder vor sich hin starrte. Hätte er so mit Hanne zusammengesessen, hätte sie schon nach fünf Sekunden gefragt, ob etwas nicht in Ordnung sei. Hanne hielt ihn fest, ließ ihn nicht entkommen. Doch Ingrid war wie gewöhnlich in ihre eigenen Gedanken vertieft. Wenn nun die dreißig Jahre, die ihm statistisch gesehen noch blieben, mit Hanne viel besser wären, und vielleicht wären sie auch für Ingrid besser, ohne ihn? Die Jungen waren nicht mehr bloß bald erwachsen, sie waren erwachsen. Sie waren in einer intakten Kernfamilie groß geworden, mit allem, was dazugehörte, sogar mit Großeltern im Nachbarhaus, sie waren auf einer Wattewolke aufgewachsen. Vielleicht war es an der Zeit, ihre satten und schweigenden Gesichter mit etwas Realität zu konfrontieren, vielleicht war es nicht zwangsläufig das Beste, sich ruhig zu verhalten, zu Hause zu bleiben, und wenn das Gras auf der anderen Seite des Zauns grüner war, während es auf der Seite, auf der er sich trotz allem noch befand, zumindest offiziell, vollkommen abgeweidet wirkte, versengt und mit vereinzelten schwarzen Erdflecken hier und da, war es dann nicht das Naheliegendste, einfach über den Zaun zu springen und drüben auf der anderen Seite zu weiden? Was war daran so verkehrt?

Sie standen noch in der Diele, da begannen Marianne und Steinar schon, sich anzuschreien. Es ging ums Essen, wer Schuld daran hatte, dass etwas angebrannt war, und Jan konnte noch weniger als sonst verstehen, warum sie immer noch Kontakt zu diesen Leuten hatten. Den ganzen Abend stritten die beiden weiter – welches Gericht wann zu servieren sei, welcher Wein zu welchem Essen getrunken werden sollte und wer wann was gesagt hatte, und Ingrid und Jan sahen sich an, und Jan dachte: Sind wir mit diesen Leuten befreundet, weil sie uns ein Gefühl der Überlegenheit geben? Schau, so sind wir nicht.

Irgendwann ging er in den Garten, stellte sich unter einen Apfelbaum und schrieb Hanne Nachrichten. Es kümmerte ihn nicht mehr, ob er dabei ertappt wurde. Ingrid saß drinnen am Tisch, trank Wein und surfte mit ihrem Smartphone im Internet, und Marianne und Steinar waren in der Küche und brüllten sich an. Hier stand er vor einem Haus voller alter Leute, die ihre besten Zeiten hinter sich hatten. Das müsste Hanne sehen, wo er hingehörte, was aus dem Leben werden konnte.

Als sie in dem hellen Abend nach Hause gingen, sagte er zu Ingrid: «Marianne und Steinar sind wie Kaffee und Alkohol. Würde man Kaffee und Alkohol erst jetzt auf den Markt bringen, würden sie niemals als Nahrungsmittel für Menschen zugelassen. Vielleicht würde man sie in niedrigen Dosen in ein paar Arzneimitteln verwenden, aber sie würden niemals Teil der menschlichen Ernährung werden.»

Ingrid lachte leise. «Du meinst, wenn wir Marianne und Steinar erst jetzt kennengelernt hätten, wären sie nie unsere Freunde geworden?»

«Wir wären nicht mal mit ihnen ins Gespräch gekommen. Einen ganzen Freitagabend haben wir vergeudet. Jetzt sitzen die beiden in ihren Sesseln und nicken vor dem Fernseher ein, satt und zufrieden, nachdem sie sich für dieses Wochenende genug gestritten haben. Aber ich war zum letzten Mal dabei, darauf kannst du dich verlassen.»

Von Freitag bis Dienstag schlief Jan nur wenige Stunden pro Nacht. Den Rest der Zeit lag er wach und starrte auf sein Handy. Neben sich hörte er Ingrids Atem. Er dachte an die kommenden Jahre ohne Hanne, aber mit Ingrid, er dachte an Enkelkinder, Gourmetessen und ein Weinregal in einer großen Wohnung in Majorstua auf der einen Seite. Auf der anderen Seite: Schwangerschaften und Windeln mit Hanne, zurück auf Anfang, das willst du doch nicht, sagte er zu sich selbst. Das willst du nicht. Du willst hierbleiben. Du willst dein Leben behalten. Es ist, wie Mama sagt, du willst alles haben, alles behalten, und das kannst du nicht. Es ist ganz einfach. Nicht leicht, aber einfach. So lag er grübelnd im Dunkeln. Hin und wieder drehte Ingrid sich um, auch sie lag wach, schien aber kilometerweit entfernt zu sein.

In den ersten Wochen nach seinem Einzug bei Hanne rief Ulla jeden Tag an.

«So kann es nicht weitergehen. Das kannst du nicht machen.»

Jan war über fünfzig, seine Mutter fast achtzig, und er ließ sich von ihr zurechtweisen. Auf seinem morgendlichen Weg zur Arbeit sah er die Maisonne, die sich in Straßenbahnschienen und Fensterscheiben spiegelte, so dass selbst die Stimme seiner Mutter mit ihrem schwedischen Akzent nicht zu ihm durchdringen konnte.

«Wenn du nach Hause kommst und zu Kreuze kriechst, kannst du es noch retten.»

«Das ist deine Meinung», sagte Jan und registrierte, dass

seine Mutter keinen Einfluss mehr auf seine Stimmung hatte. Vielleicht war er endlich erwachsen geworden.

«Mein Junge», sagte die Mutter schließlich und fügte «Bussi, Bussi» hinzu, womit sie, solange Jan zurückdenken konnte, alle ihre Telefonate beendet hatten, und er antwortete: «Bussi, Bussi.»

Hanne und er schliefen immer erst weit nach Mitternacht ein, trotzdem war er, wenn am nächsten Morgen um Viertel nach sechs der Wecker klingelte, hochmotiviert, sich die Joggingschuhe anzuziehen und im Toyenpark ein paar Runden zu laufen. Er fühlte eine angenehme Mattigkeit im Körper und dachte an Hannes verwuschelte Haare und daran, wie sie eine Stunde zuvor eine Tasse schwarzen Kaffee mit Zucker von ihm bekommen hatte. Das war ihr Frühstück, weil sie regelmäßig vergaßen, etwas zu essen einzukaufen. Dann überlegte er, dass er etwas essen musste, und trat bei McDonald's ein, kaufte sich ein Brötchen mit Spiegelei und Speck. Während er im Gehen das Brötchen aß, dachte er an Ingrid und ihre Frühstückssmoothies, die sie der ganzen Familie als Ersatz für Brot und Müsli hatte aufdrängen wollen. Eine Weile hatten die Jungen mitgemacht, aber bald waren sie zu Brot und Müsli zurückgekehrt, und nur Ingrid und Jan hatten weiterhin Smoothies zum Frühstück getrunken, bis der Glasbehälter des Mixers eines Tages auf den Boden gefallen war.

Hanne hatte in den Kaffee gepustet und gesagt: «Mmh, herrlich», und wieder hatte Jan an Ingrid denken müssen, an die riesige Espressomaschine, die sie sich zugelegt hatten und deren Bedienungsanleitung Ingrid studiert hatte, um anschließend in Erfahrung zu bringen, welche Kaffeemühle in den Tests der Verbraucherzentrale gesiegt hatte, welches die besten und günstigsten Kaffeebohnen waren und so weiter.

Wie ein Tier verbiss sie sich in etwas und ließ nicht locker, bis alles auf Herz und Nieren geprüft war. Er dachte weiter an das Drama, das sie bei jedem Hotelaufenthalt durchmachten, weil Ingrid in der Annahme, sie würden übers Ohr gehauen, sich nie mit dem zugewiesenen Zimmer zufriedengab, ganz egal, wie es aussah, weshalb sie die ganze Familie dazu zwang, das Gepäck von Zimmer zu Zimmer zu schleppen. Häufig landeten sie wieder im ersten Zimmer, und dann grübelte Ingrid die restlichen Urlaubstage darüber nach, ob die Entscheidung richtig war. Hanne dagegen saß in ihrer unordentlichen Wohnung und drehte sich einen Joint oder stand in der Küchenecke bei der Arbeit, trank Kaffee und lachte ihr heiseres Lachen. Allein schon, wie sie den Anschein vermittelte, die Arbeit wäre ein Ort, an dem sie sich bloß die Zeit vertrieb, während sie darauf wartete, dass etwas Interessantes passierte.

Jetzt schlief Jan in Hannes Bett, bei dem es sich lediglich um eine abgenutzte, durchgelegene Boxspringmatratze von IKEA handelte, die auf dem blanken Boden lag, auf ihr schlief Jan besser, als er es jemals in dem Tempur-Bett getan hatte, für das er und Ingrid über dreißigtausend Kronen hingeblättert hatten.

Ich lebe, dachte Jan beim Gehen. Ich lebe. Ich war tot, aber jetzt lebe ich. Er musste sich beherrschen, um nicht die Straße entlangzuhüpfen. Er war der kleine Welpe, und alles war staunenswert. So war es die ganze Zeit gewesen, er hatte es bloß nicht gesehen. Er hatte Hanne gebraucht, damit sie ihm die Augen öffnete.

Jeden zweiten Tag rief er Ingrid an, und jeden zweiten Tag seine Söhne. Am Wochenende, nachdem er Ingrid von Hanne erzählt hatte, kam er zur gemeinsamen Gartenarbeit nach

Hause. Er bat die Jungen, die zufällig zu Hause waren, sich aber nicht an der Gartenarbeit beteiligten, in die Küche.

Solange Jan redete, sahen ihn die beiden an. Als er fertig war, fragte Jonas: «War's das? Kann ich gehen?»

«Aber was meint ihr dazu? Ich möchte gerne hören, was ihr darüber denkt.»

«Warum?»

«Ich will bloß mit euch reden, will wissen, was ihr meint. Ob ihr traurig seid, ob ihr wollt, dass ich wieder nach Hause komme …»

Jonas war bereits aufgestanden und auf dem Weg nach oben in sein Zimmer, um sich wieder hinzulegen. Er hatte nur eine Unterhose an, nun blieb er in der Türöffnung stehen.

«Heißt das, wenn wir jetzt sagen, dass du wieder nach Hause kommen sollst, dann machst du das?»

Jan schluckte. «Ich weiß nicht, ob Mama und ich uns trennen werden. Das weiß noch keiner, es ist noch überhaupt nicht sicher, dass wir uns scheiden lassen …»

Bei den Worten scheiden lassen begann Jan zu schluchzen. Die geschockten Gesichter seiner Söhne machten ihm bewusst, dass sie ihn noch nie hatten weinen sehen. Er hatte zwar bei ihrer Geburt geweint, aber daran konnten sie sich natürlich nicht erinnern.

«Es tut mir so leid. Ich möchte niemandem weh tun, weder Mama noch euch. Ich liebe euch alle. Und Mama hat absolut nichts falsch gemacht.»

Jonas fragte: «Warum machst du es dann? Kannst du es nicht einfach bleiben lassen? Kannst du nicht einfach wieder nach Hause kommen?»

«Ich glaube nicht, dass Mama das will.»

Martin sagte: «Du bist ausgezogen, und jetzt sagst du, dass sie dich nicht wieder zu Hause haben will. Du tust so, als hätte sie die Entscheidung getroffen. Dabei bist du ausgezogen. Wo wohnst du eigentlich?»

«Was passiert mit dem Haus hier? Werdet ihr es verkaufen?»

Das war Jonas.

«Wo wohnst du?», wiederholte Martin. «Wohnst du mit dieser Frau zusammen?»

«Warum hast du ihnen von Hanne erzählt?», fragte Jan, als er mit Ingrid allein war. Sie standen ganz hinten im Garten und befüllten den Komposthaufen. Ingrid harkte das Laub zusammen, und Jan zerbrach Zweige. Die Situation war absurd. Warum war er überhaupt hier? Seit fast zwanzig Jahren taten sie jeden Frühling genau das, standen genau so da.

«Weil ich keine Lust habe, sie anzulügen. Lügen ist anstrengend, es verbraucht unnötig viel Gehirnschmalz.»

«Hättest du nicht noch ein bisschen warten können?»

«Das war das Erste, wonach sie gefragt haben. ‹Hat Papa eine andere?› Meinst du etwa, ich hätte ihnen weismachen sollen, dass du dir irgendwo ein Appartement gemietet hast, um nachzudenken? Früher oder später wäre es ja doch rausgekommen.»

Jan seufzte und rieb sich das Gesicht. Erst jetzt, wo er wieder zu Hause war, merkte er, wie müde er war. Als lauere hier die ganze alte Müdigkeit auf ihn.

Ingrid fuhr fort: «Weißt du, was Martin gesagt hat? Er hat gesagt, fünfundneunzig Prozent aller Männer, von denen die Initiative zur Scheidung ausgeht, haben eine andere Frau. Im Internet hat er irgendeine Statistik dazu gefunden.» Sie bückte sich und hob das Laub auf. «Wir müssen den Trennungsantrag ausfüllen. Ich habe ihn ausgedruckt, er liegt oben im Arbeitszimmer.» Sie warf das Laub auf den Haufen.

Jan hörte auf, Zweige zu zerbrechen. «Trennungsantrag? Hat das nicht Zeit bis nach dem Sommer?»

«Nein.»

«Es wirkt so dramatisch, wenn wir jetzt schon die Justiz einschalten. Ich will mich nicht von dir scheiden lassen. Das musst du mir glauben. Ich wollte mich nie von dir scheiden lassen, deshalb bin ich nicht gegangen.»

«Weshalb bist du dann gegangen?», fragte Ingrid. Sie wirkte teilnahmslos, unkonzentriert.

«Weil ich an einem Punkt angelangt war, an dem ich keine andere Wahl hatte.»

Ingrid antwortete nicht.

Später, er saß am Küchentisch und machte eine Pause, um etwas Wasser zu trinken, kam Ingrid mit einem Stoß Papiere und einem Kugelschreiber und legte alles vor ihn auf den Tisch.

«Ingrid. Hat das nicht noch Zeit? Bitte.»

«Immer mit der Ruhe. Wir müssen sowieso ein Jahr getrennt leben, bevor wir uns scheiden lassen können.»

Sie redete so ruhig und freundlich mit ihm, dass er anfing zu weinen.


In der Tøyengata zeigte er Hanne den Trennungsantrag.

«Wie hat sie es aufgenommen?», fragte Hanne.

«Verhältnismäßig ruhig. Sie weiß ja, dass es unumgänglich ist. Jetzt gibt es keinen Weg mehr zurück. Aber für die Jungs ist es schlimm.»


Im Juli flogen Hanne und Jan spontan in die Türkei, eine Woche, die Jan größtenteils auf dem Balkon verbrachte, dem einzigen Ort, an dem er Internetempfang hatte und wo er SMS an seine Söhne schrieb, die selten antworteten, wo er Ingrid schrieb und mit ihr telefonierte, wenn sie ranging, und außerdem telefonierte er noch mit einem alten Freund, der das Gleiche durchgemacht hatte.

Als Hanne herausfand, dass der alte Freund am Ende wieder zu seiner Familie zurückgekehrt war, packte sie ihren Koffer und checkte in einem anderen Hotel ein.

«Du musst damit aufhören», sagte Hanne, als Jan sie schließlich aufgespürt hatte und sie in der Lobby ihres Hotels standen, das eines der teuersten der Stadt und etwas völlig anderes war als die heruntergekommene Pension, in der sie bis jetzt gewohnt hatten, wo die Emaille der Badewanne abgesplittert war, die Schiebetüren der Garderobe sich nicht schließen ließen und es im Flur nach Katzenpisse stank.

Zum ersten Mal schrie er sie an. Er stand in der Lobby des teuren Hotels auf dem glänzenden Marmorboden, umgeben von Russen in Begleitung ihrer schönheitsoperierten Frauen in engen Leopardenkleidern, und brüllte: «Was soll das heißen, ich muss damit aufhören? Für dich habe ich meine Familie verlassen, für dich habe ich meine Kinder verlassen! Glaubst du, man braucht nur mit dem Finger zu schnipsen, und dann ist alles weg? GLAUBST DU, DASS ES SO EINFACH IST?»

Er hatte gerade ein Telefonat mit Ingrid beendet, in dem sie ihn gebeten hatte, nach Hause zu kommen. Nicht weil sie ihn zurückhaben, sondern weil sie klare Verhältnisse schaffen wollte, sie wollte von Jan ausbezahlt werden und sich in Lambertseter eine kleine Wohnung kaufen.

«Ich habe in diesem Haus meine Pflicht und Schuldigkeit getan», hatte sie gesagt. «Ich kann für unsere Söhne nichts mehr tun. Sie brauchen ihren Vater. Du kannst Hanne gern mitbringen. Die Jungs behaupten zwar, sie wollten nicht mit ihr zusammenwohnen, aber das muss dich nicht kümmern.

Sie werden nicht ausziehen, da kannst du dir sicher sein. Daher ziehe ich hier aus.»

Jan hatte sich gefragt, wo sich dieser neue Wahnsinn bei Ingrid bisher versteckt hatte und wie es möglich war, dass sein alter Freund, der am Ende wieder zu seiner Familie zurückgekehrt war, überhaupt noch eine Familie hatte, zu der er zurückkehren konnte, einschließlich einer Frau, die auf ihn gewartet hatte, die alles in Ordnung gehalten und einfach gewartet hatte, wie Ulla. Warum war das Jan nicht vergönnt, gerade der Gedanke an diesen alten Freund – und an Ulla – hatte ihn ja das Risiko eingehen lassen, Ingrid an jenem Abend von Hanne zu erzählen, eben weil er geglaubt hatte, es gäbe einen Weg zurück. Er wollte sich bloß austoben, das Ganze zu einem Abschluss bringen und wieder nach Hause kommen, klar und ruhig. Das war der Plan gewesen, wie ihm nun bewusst wurde, als er in der Lobby eines türkischen Hotels stand und Hanne anschrie, der es gefiel, dass er brüllte und die Kontrolle verlor, denn jetzt verwandelte sie sich vor seinen Augen wieder in die alte Hanne, und bald wälzten sie sich oben im Bett, in dem neuen Zimmer, wo sie den Rest des Urlaubs blieben, und obwohl es nur noch drei Tage waren, war die Rechnung für diese drei Tage doppelt so hoch wie der Betrag, den sie bisher für die ganze Reise bezahlt hatten.

Am letzten Abend saßen sie in einem Restaurant auf einem schwimmenden Anleger, aßen Austern und tranken Chablis. Sie betrachteten den Sonnenuntergang und stießen auf die Zukunft an.

Doch es ging zu schnell. Alles ging zu schnell, und Jan würde am liebsten die Füße gegen den Boden stemmen und die Geschwindigkeit verringern, aber für den Rest der Welt hieß es bloß: «Volle Fahrt voraus.» Jan betrachtete die russi-

schen Frauen an den anderen Tischen. Mit ihren aufgespritz-
ten Lippen und den riesigen Brüsten sahen sie aus wie Monster und Ungeheuer, und ihm war, als würden die Austern in
seinem Mund aufquellen.

# 7

꧁꧁꧁꧁꧁꧁꧁꧁

Einen Tag nach ihrer Abreise war Ingrid schon wieder von Jomfruland zurück. Stundenlang war sie durch das abgedunkelte Haus geschlichen, um sich vor Ulla und Jørgen zu verstecken, und spätabends lag sie im Bett und versuchte zu schlafen. Gegen drei Uhr morgens ging sie zum Auto, um sich darin schlafen zu legen. Es war eine plötzliche Eingebung, sie klappte die Sitze um und schleppte im Morgenlicht die Matratze die Treppe hinunter. Die Matratze bestand aus einer dichten Schaumpolsterung, sie wog so viel wie ein Mensch, und Ingrid stellte sich in ihrer Phantasie vor, dass sie eine Leiche trug, vielleicht Jan. Sie musste die Leiche verstecken, es war eilig, und mit pochendem Herzen schaffte sie es, die Matratze auf die umgeklappten Sitze zu legen. Die Matratze war zu groß, sie bog sich an den Seitenwänden nach oben, und da die umgeklappten Sitze nicht den ganzen Boden einnahmen, sackte sie an einzelnen Stellen auch ab. Aber Ingrid hatte nicht die Energie, die Matratze wieder die Treppe hochzutragen, darum ging sie ins Haus und holte Bettdecke und Kopfkissen. Sie kroch ins Auto, schloss die Türen und öffnete die Fenster. Sie fand eine einigermaßen ebene Stelle, auf der sie liegen konnte, und schlief innerhalb von zwei Minuten ein. Erst am Nachmittag wachte sie wieder auf.

Sieh mal an. Ihr Kopf fühlte sich ganz klar an, als hätte sie

Bergluft eingeatmet, von einem eiskalten Gebirgsbach getrunken. Als sie aus dem Auto krabbelte, kam Ulla vorbei.

«Aber Schätzchen, hast du im Auto geschlafen?»

«Ja, habe ich.»

«Und warum?»

«Es scheint der einzige Ort zu sein, an dem ich schlafen kann. Ich habe gerade neun Stunden am Stück geschlafen. Das ist seit Jahren nicht mehr vorgekommen. Ist das nicht unglaublich? Ich bin noch ganz benommen.»

Das war mehr, als Ingrid in den letzten drei Monaten mit ihr gesprochen hatte, und Ulla stand da, antwortete nicht.

«Es ist nur ein Experiment», sagte Ingrid.

«So?», sagte Ulla.

«Heute Abend lege ich mich wieder ins Schlafzimmer.»

«So? Na gut, mach du nur, was du willst.»

Dann ging Ulla, ohne noch ein weiteres Wort zu sagen. Sie war beleidigt, weil Ingrid ihr nicht mehr ihr Herz ausschüttete, nach all den Jahren und nach allem, was Ulla für sie getan hatte, sie hatte sie unter ihre Fittiche genommen, die vielen Stunden in Ullas Küche, wo sie ihren Hintergrund verglichen hatten, denn Ullas Vater war auch Alkoholiker gewesen, es gab so viele Gemeinsamkeiten, und Ulla hatte so viel zu geben, auch jetzt, wenn Ingrid es nur zulassen würde.

Ingrid ging ins Haus, kochte Kaffee und schmierte sich ein paar Brote, nahm alles mit ins Auto und frühstückte auf dem Beifahrersitz. Der Garten stand in voller Blüte. Auf ihrer Grundstückshälfte war der Rasen während des Sommers zu einer Wildnis geworden. Es war lange her, seit zuletzt jemand das Gras gemäht hatte. Normalerweise war es Jans Aufgabe. Wo war Jan? Eine berechtigte Frage.

«Ich werde weiterhin den Rasen mähen und das Auto zur EU-Kontrolle bringen», hatte er im Mai gesagt. «Und auch alles andere, was ich sonst immer mache, Reifen wechseln, den Anhänger an der Tankstelle mieten, um Gartenabfälle wegzubringen, ich werde alles tun, was ich kann. Ich werde dir auch beim Hausputz helfen. Ich kann jeden Samstag kommen und das ganze Haus putzen.»

Ingrid hatte es im Freundeskreis beobachtet: Ehepaare gingen auseinander, und anfangs blieb alles beim Alten, sie zogen abwechselnd zu Hause aus, damit es den Kindern erspart blieb, hin- und herzuziehen, sie fuhren zusammen in Urlaub und feierten Geburtstage zusammen, *die Kinder sollten schließlich nicht darunter leiden*, es waren quasi die Flitterwochen nach der Scheidung. Aber früher oder später schlug die Axt zu. Früher oder später forderte die Neue – in der Regel eine jüngere Frau – Grenzen für das Miteinander zwischen den früheren Eheleuten ein, es gab Streit über die Tischordnung bei Hochzeiten, wer sollte wo sitzen, wer kannte wen am längsten, und auf einmal war die Neue schwanger, man brauchte eine größere Wohnung, das ursprüngliche Haus musste dran glauben, der Hausstand war auszutauschen, und so wurde die alte Familie demontiert, Planke für Planke, so wie Ingrids Familie gerade demontiert wurde, Planke für Planke, und sie konnte nichts dagegen tun. Sie hatte gesehen, wie sich erwachsene Frauen regelrecht in Monster verwandelt hatten beim Versuch, diese Demontage zu verhindern, aber da der Kampf gegen die Demontage zugleich ein Kampf gegen die neue Familie war und somit ein Kampf gegen die großen Reibungen, die wiederum das Grundprinzip des Lebens waren, das alles antrieb, unabhängig von den Kosten, war der Kampf vergeblich.

In wenigen Wochen würde das neue Schuljahr beginnen, und Ingrid konnte sich weder vorstellen, dass sie hier wohnen blieb, noch, dass sie auszog, auch konnte sie sich nicht vorstellen, wie Jan seine Eltern hier besuchte, dass er auf dem Weg zum Sonntagsessen an dem braunen Haus vorbeispazierte mit Hanne an seiner Seite, möglicherweise ein neues Kind vor sich herschiebend, und Ingrid würde derweil am Fenster stehen und hinter den Vorhängen hervorlinsen oder, noch schlimmer, wäre selbst zum Essen eingeladen im Namen der Freundschaft und des Fortschritts und würde somit in eine heikle Situation geraten, in der sie nur falsch handeln konnte, ob sie nun zum Essen erschien oder absagte.

Am Abend legte sie sich wieder in das Auto. Nun hatte sie die hinteren Sitzreihen herausgeschraubt und sie in die Garage geräumt, sie hatte das schärfste Messer aus der Küche geholt und die Matratze zurechtgeschnitten, bis sie passte. Aus dem Schlafzimmer holte sie sich eine weitere Decke und mehrere Kopfkissen. Sie putzte sich die Zähne und schlüpfte in ihren Schlafanzug, und gerade, als sie in ihr kuscheliges Nest kroch, fing es an zu regnen, und nach wenigen Minuten schlief sie zum Trommeln des Regens auf dem Autodach ein.

An den nächsten Tagen hielt der Regen an, und Ingrid schlief weiterhin im Wagen. Sie sagte sich, dass das Übernachten im Auto es ihr ermöglichte, in einen guten Schlafrhythmus zu kommen. Früher oder später müsste sie wieder in ihr Schlafzimmer zurückkehren. Spätestens zu Herbstbeginn. Sie wollte sich ja eine kleine Wohnung in Lambertseter kaufen. Jede Nacht schlief sie zwischen acht und neun Stunden. Dieser zusammenhängende Schlaf verlieh ihr neue Energie, und sie ging in den Keller und holte die Campingsachen heraus von damals, als die Jungen noch klein waren und sie in der Oslomarka übernachtet hatten. Sie fand einen fast unbenutzten Primuskocher, damals hatten sie den besten und teuersten gekauft in dem Glauben, dass sie viele solcher Campingausflüge machen würden. Aber den Jungen hatte es im Zelt nicht gefallen, darum war es bei dem einen Mal geblieben. Sie fand Hemden und Hosen aus einem speziellen Stoff, der die Feuchtigkeit vom Körper wegtransportierte, Regensachen vom selben Typ, wasserdicht und leicht, sie fand Reisehandtücher, die man zusammenrollen konnte, so dass sie fast keinen Platz brauchten, einen Plastikkanister für Wasser, eine batteriebetriebene Taschenlampe, ein Schweizer Taschenmesser, einen Klapptisch und einen Klappstuhl, das alles hatten sie gekauft und dann einfach weggestellt. Sie fand Besteck, Teller, Tassen und Becher aus Plastik, alles in bester Qualität. Wo kamen all die Sachen her? Der Keller war voller Tüten und Kisten. Der ganze Aufwand und das viele Geld, das sie investiert hatten, jetzt war es damit vorbei.

Sie trug die Sachen zum Auto, räumte sie in verschiedene Plastikkisten, die sie ebenfalls im Keller gefunden hatte, und beschriftete sie mit einem Edding: «Kleidung», «Küche», «Hygiene». Sie wusste nicht recht, warum sie das tat, vielleicht würde sie doch noch wegfahren, noch lagen ein paar Ferienwochen vor ihr. Nur, wo sollte sie hin?

Während sie darüber nachdachte und um die ganze neue Energie zu nutzen, die der ungewohnte Schlaf mit sich brachte, fing sie an, das Haus aufzuräumen. Sie sortierte, entsorgte und verschenkte, und bei jeder Plastiktüte mit Kleidern oder Nippes, die sie in den Container der Heilsarmee oben in Sæter warf, durchzuckte sie ein leises Gefühl der Freude. Merkwürdig, dachte sie, wie sie im Regen stand und die Klappe des Kleidercontainers mit Tüten füllte, dass die Freude, die diese Gegenstände und Kleidungsstücke ihr bei ihrer Anschaffung beschert hatten, nichts war gegen die

Freude, die sie empfand, als sie sich von ihnen trennte. «Plumps», sagte der Container, wenn die Tüten darin zu Boden fielen, ein vielversprechendes Geräusch, ein Geräusch, das Besserung versprach oder zumindest Veränderung, als wäre man irgendwohin unterwegs.

«Was machst du denn da?», fragte Jørgen eines Morgens, als Ingrid ihn auf dem Kiesweg traf, der die beiden Häuser miteinander verband.

«Downsizen», antwortete Ingrid. «Ich miste aus.»

Sie sah die Sorge in Jørgens Gesicht und sagte: «Ich werfe nichts weg, was Jan oder den Jungen gehört. Aber es ist unglaublich, wie viel sich angesammelt hat. Gerade habe ich eine ganze Kommode leergeräumt, da dachte ich: Was soll ich mit der Kommode? Ich habe sie ins Netz gestellt, und schwuppdiwupp kam jemand vorbei und hat sie abgeholt.»

Jørgen nickte und ging weiter, denn noch hatte Ingrid nicht bei ihm und Ulla am Küchentisch gesessen, geheult und über das gesprochen, was vorgefallen war, und Ingrid schaute ihm hinterher und dachte, dass sie sich bald zu ihnen an den Küchentisch setzen und eine Runde heulen müsste oder was auch immer von ihr erwartet wurde. Aber das tat sie nicht. Denn wozu sich ordentlich benehmen, wenn es sonst niemand tat, wozu die Regeln befolgen, wenn es sonst niemand tat, wenn alle anderen mit dem ganzen Gewicht auf ihrem Leben lasteten, wenn ihre Begierden und schlechten Angewohnheiten alles fluteten und zerstörten, dann sollte Ingrid brav sitzen bleiben und weitermachen wie bisher? Dann sollte Ingrid hier wohnen bleiben mit den beiden erwachsenen Männern, ihnen den Hintern abwischen und ihre Krümel zusammenfegen und die Einzige sein, die Glühbirnen wechselte und Stromrechnungen bezahlte und sich um die tausend anderen Dinge und Rechnungen kümmerte, weil

Jan beschlossen hatte, dass er nicht länger mit von der Partie sein wollte, sondern dass seine Energie von jetzt an anderswo gebraucht würde?

Ingrid nähte Vorhänge für den Caravelle. Im Baumarkt kaufte sie Schnur und Haken, und bald hatte sie alle Fenster hinten im Wagen mit einem dunkelblauen Stoff versehen, der sich zur Seite ziehen ließ. Zwischen den Schlafbereich und die Vordersitze hängte sie denselben blauen Stoff, der sich ebenfalls zur Seite ziehen ließ, so konnte sie im Auto liegen und war vor fremden Blicken geschützt. Sie zog die Vorhänge zu und legte sich auf die Matratze. Nach einer Weile hörte sie draußen Schritte, am Gang konnte sie erkennen, dass es Ulla war, und als Ulla am Auto vorbeiging, ohne zu wissen, dass Ingrid darin lag, spürte sie eine Begeisterung, die sie seit vielen Jahren nicht mehr empfunden hatte, vielleicht noch nie, und sie musste die Augen schließen. Mit geschlossenen Augen lag sie da und lächelte.

Von Tag zu Tag verbrachte sie mehr Zeit im Caravelle. Sie spielte ein Spiel: Was brauchte sie eigentlich aus dem Haus? Sie brauchte die Toilette, und zwischendurch die Dusche. Davon abgesehen: nichts. Sie nahm jetzt alle Mahlzeiten im Auto zu sich, besser gesagt davor. Sie saß auf dem Campingstuhl in ihren leichten Wanderklamotten und aß, was sie auf dem Primuskocher zubereitet hatte, von einem Plastikteller mit Plastikbesteck, trank Wasser aus einem Plastikbecher. Anschließend wusch sie die Sachen am Außenwasserhahn ab. Das alles verlangte eine Menge Einsatz, aber Ingrid stellte fest, dass die Beschäftigung mit diesen Dingen sie auf andere Weise ruhiger werden ließ, als wenn sie im Haus von Zimmer zu Zimmer ging und dort alle Gegenstände und Geräte in Ordnung hielt. All die Zimmer, Zimmer um Zimmer – wenn sie vom Auto ins Haus kam, schien es ihr, als käme sie in ein Schloss. Was sollte sie mit einem ganzen Schloss, mit all den Hallen, sie brauchte bloß ihren Caravelle, ihr gefiel das Begrenzte daran, sein ganzes Hab und Gut in einem Auto zu haben. Sie hörte auf, sich zu schminken, und eines Tages schnitt sie sich selbst die Haare mit einer Nagelschere. Langsam, aber sicher würde sie alles, wofür sie früher Geld ausgegeben hatte, unterlassen. Sie würde andere Lösungen suchen, und am Ende bräuchte sie nicht mehr zur Arbeit zu gehen. Während sie so handelte, betrachtete sie sich aus der Distanz. Sie wartete darauf, dass es vorbei wäre, sie wieder zu sich fände. Auch Ulla wartete darauf, dass es vorbei wäre und Ingrid wieder zu sich fände, sie tappte an Ingrid vorbei, wenn sie mit ihren Campingsachen dort saß.

«Ich mache Camping in meinem eigenen Garten», sagte Ingrid.

«Aha», antwortete Ulla und ging weiter, und wie gewöhnlich fragte sich Ingrid, ob sie früher verrückt gewesen war oder jetzt. Es ging ihr gut bei allem, was sie am und im Auto tat, sie kochte auf dem Primuskocher Haferbrei und schlief die Nacht durch, aber dass es ihr gutging, bedeutete nicht zwangsläufig, dass sie nicht verrückt war. Manische Menschen würden ja auch behaupten, dass es ihnen nie besser gegangen sei.

Nachdem sie eine Woche im Auto geschlafen hatte, ging Ingrid in den Keller und holte sich einen Eimer mit Deckel. Am nächsten Morgen pinkelte sie in den Eimer, anstatt im Haus auf die Toilette zu gehen, und als der Eimer voll war, leerte sie ihn in das Blumenbeet bei der Garage. Das Toilettenpapier sammelte sie in einer Plastiktüte, die sie in den Restmüll warf. Eimer, Plastiktüte, Leeren, Entsorgen. Letztendlich kostete es sie weniger Zeit und Energie als eine Toilette mit allem, was sie an Arbeit mit sich brachte, um für den

Strom, das Wasser, die kommunalen Abgaben, die Zinsen und Kredite zusätzlich zum Putzen und zu den Reinigungsmitteln aufzukommen. So viel Arbeit für eine Toilette, und auf der anderen Seite: ein Eimer mit Deckel, eine Plastiktüte und eine Klopapierrolle.

Einmal am Tag musste Ingrid trotzdem auf die Toilette im Haus, sie hatte nämlich noch keine Lösung dafür, was sie mit ihren Exkrementen machen sollte. Doch nachdem sie eine Weile darüber nachgedacht hatte, hob sie zwischen Haus und Hecke, der einzigen Stelle im Garten, die von Ullas und Jørgens Haus und von der Straße aus nicht einsehbar war, eine kleine Grube aus. Sie kaufte feuchte Toilettentücher und einen Sack Rindenmulch, wie sie ihn für das Plumpsklo in Ustaoset auch verwendeten, und stellte ihn zusammen mit einer Plastiktüte neben die Grube. Nachdem sie ihre Notdurft verrichtet hatte, streute sie Rindenmulch darüber. Sie wischte sich den Hintern ab und steckte das benutzte Papier und die Feuchttücher in die Plastiktüte, verknotete sie und warf sie in den Müll.

Ihr Handy lud sie in der Garage auf, wo es eine Steckdose gab. Jetzt musste sie nur noch eine Möglichkeit finden, das Duschen zu ersetzen, dann hätte sie überhaupt keinen Grund mehr, ins Haus zu gehen.

Im Keller fand sie eine weiße Waschschüssel, die sie am Außenhahn halb mit Wasser füllte, anschließend brachte sie auf dem Primuskocher Wasser zum Kochen und goss es in die Schüssel. Diese trug sie zum Auto, stellte sie neben die Matratze, nahm Seife, zwei Waschlappen und das leichte Campinghandtuch, das man zu einer kleinen dünnen Wurst zusammenrollen konnte, zog die Vorhänge zu, entledigte sich ihrer Kleidung und wusch sich Gesicht, die Ohren und den Hals. Sie wrang den Waschlappen aus und wusch sich noch einmal, dieses Mal ohne Seife, und am Ende wusch und wrang sie den Lappen aus und hängte ihn zum Trocknen über die Plastikkisten, die sie mit Edding beschriftet hatte. Dann nahm sie den anderen Waschlappen, wusch sich auf die gleiche Weise unter den Armen und im Schritt, und am Ende trocknete sie sich ab.

Eine ganze Woche lang wohnte Ingrid im Auto, ohne ins Haus zu gehen. Sie fühlte sich ausreichend präsentabel und war bester Laune, doch die wenigen Male, die sie sich auf dem Weg zum Einkaufen in einer Autoscheibe spiegelte, konnte sie erkennen, dass sie sich verändert hatte. Mit den Wanderklamotten, dem Rucksack und dem gebeugten Gang ähnelte sie mittlerweile den älteren Frauen in der Nachbarschaft, den Witwen, die allein in zerfallenden Villen wohnten, die sie aus Geldmangel nicht instand halten konnten. Sie liefen mit ihrem Rucksack durch die Gegend auf der Suche nach allem, was billig oder gratis war, sie lasen Zeitung in der Bibliothek und gehörten immer zu den Ersten, die auf dem Flohmarkt auftauchten. Mit gekrümmten Fingern suchten sie bei den Küchenutensilien, hielten Eierbecher mit einem Sprung hoch und versuchten, den Preis von drei Kronen auf eine zu drücken.

Am zwölften August wohnte sie seit zwei Wochen im Auto. In wenigen Tagen begannen die Vorbereitungen für den Schulstart, und bald kämen die Jungen nach Hause. Sie musste wieder ins Haus gehen, musste ihre normale Kleidung anziehen, musste ihr altes Leben wiederaufnehmen. Sie konnte sich nicht einfach so abmelden, das Ganze war trotz allem nur ein Experiment.

Am Nachmittag kam Ulla vorbei. Sie sagte: «Der Nachbarshund schnüffelt die ganze Zeit an unserer Hecke herum.

Ich komme da selbst nicht dran, die Stelle ist so eng. Kannst du nicht mal nachschauen, was da liegt? Eine tote Katze vielleicht oder ein totes Eichhörnchen?»

Obwohl sie seit fünfzig Jahren in Norwegen wohnte, sagte Ulla nicht Eichhörnchen, sondern gebrauchte den schwedischen Ausdruck.

«Ich sehe mal nach, was los ist», sagte Ingrid, und als Ulla außer Sichtweite war, ging sie zu ihrer Toilette und begrub sie unter einer Schicht Erde. Danach suchte sie sich eine andere Stelle in einem geschützten Teil des Gartens, wusste aber zugleich, dass sie so nicht weitermachen konnte. Am vierzehnten August ging Ingrid zu ihrem Hausarzt. Sie erzählte von ihrer Mutter und ihrem Vater, von ihrer Kindheit bei den Großeltern, davon, dass Jan abgehauen war, und jetzt habe sie nur eine Sache im Kopf, sagte sie, und zwar, sich das Leben zu nehmen, wie ihre Mutter. Sie wolle nicht sterben, aber sie sei so müde. Sie könne nicht mehr. Nach einer halben Stunde verließ sie die Arztpraxis mit einem Krankenschein für zehn Wochen in der Hand. Ingrid hatte sich noch nie krankschreiben lassen, nicht einmal während der Schwangerschaften. Aber die Leute meldeten sich am laufenden Band krank. In der Schule mussten sie ständig Vertretungen organisieren. Sie schickte den Krankenschein an ihren Arbeitgeber, und nach fünf Minuten kam die Antwort: Ingrid solle sich nur ja die Zeit nehmen, die sie brauche, um wieder gesund zu werden, sie würden eine Vertretung besorgen und sie im Herbst gern wieder willkommen heißen, mit freundlichem Gruß, der Schulleiter.

Ingrid starrte auf den Ausdruck *gesund zu werden*. Aber gerade jetzt bin ich doch gesund, dachte sie. Was die mit *gesund werden* meinten, bedeutete eigentlich, wieder krank zu werden. Wir freuen uns, dich im Herbst wieder willkommen zu heißen, war gleichzeitig ein Willkommensgruß an die Krankheit, an die Schlaflosigkeit, an die Plackerei den lieben langen Tag, an endloses Stehen im Dunkeln auf der Suche nach dem Schlüssel, an Unterhosen mit Bremsspuren und Familienfeiern mit Jan und Hanne (und früher oder später mit Hannes immer dicker werdendem Bauch), an unverständliche Bücher, an Menschen, die den Ausstieg in der Straßenbahn versperrten. Aber Ingrid konnte nicht einmal mehr in einem Haus wohnen. Sie hatte es versucht. In den zwei Tagen vor ihrem Arztbesuch hatte sie es versucht. Sie hatte versucht, im Bett zu schlafen. Nachdem sie die Matratze wieder die Treppe hinaufgeschleppt hatte, hatte sie zuerst eine Nacht, dann noch eine, darauf gelegen, sich hin- und hergeworfen und geschwitzt, und wieder einmal war die Nacht durchlöchert worden von Wachphasen und sinnlosem Grübeln, und am Morgen hatte sie sich durch die riesigen Hallen geschleppt und versucht, sich darüber zu freuen, dass sie aufrecht gehen konnte, was in ihrem Caravelle ja nicht möglich war, aber es nützte nichts. Durch das riesige Haus zu laufen löste bei ihr eine Agoraphobie aus, und sie wollte nur noch eins: zurück ins Auto, das sichere Behältnis um sich spüren, und nach zwei Tagen schleppte sie die Matratze erneut die Treppe hinunter ins Auto und nahm ihr Campingleben wieder auf.

Nachdem sie beim Arzt gewesen war, rief sie Jan an, der in der Türkei war.

«Ich will nicht länger hier wohnen. Ich will, dass du mich auszahlst. Ich will meinen Anteil haben und mir irgendwo eine kleine Wohnung kaufen, vielleicht in der Stadt oder in Lambertseter, das habe ich mir noch nicht überlegt, aber egal wie, ich muss hier raus, und zwar vor dem Winter.»

«Das kommt aber arg plötzlich.»

«Hanne hat eine Wohnung, die sicher einiges wert ist.»

«Darüber muss ich erst mit Hanne sprechen, es ist ja nicht gesagt, dass sie einverstanden ist.»

«Und du hast doch nichts dagegen, dass ich mir das Auto genommen habe, oder?»

«Nein, das habe ich ja gesagt. Nimm es nur.»

«Ich habe vor, damit wegzufahren, will heute los und bin ein paar Wochen lang weg. Nach meiner Rückkehr ziehe ich hier nicht mehr ein. Du kannst also gern hier wohnen, wenn du willst.»

«Jetzt komme ich gerade nicht ganz mit. Fängt nicht bald die Schule an?»

«Ich bin zehn Wochen krankgeschrieben.»

«Krankgeschrieben? Weshalb?»

«Der Arzt behauptet, ich sei suizidgefährdet. Aber du brauchst dir keine Sorgen zu machen. Das habe ich nur gesagt, um einen Krankenschein zu bekommen. Ich habe nicht vor, mir das Leben zu nehmen. Es ging mir noch nie so gut, ich habe im Moment nur keine Lust zu arbeiten. Und wenn man bedenkt, dass ich all die Jahre nicht ein einziges Mal wegen Krankheit gefehlt habe, bin ich jetzt an der Reihe mit Schmarotzen. Bin ich an der Reihe, den Parasiten zu geben.»

«Wo willst du denn wohnen?»

«In der Wohnung, die ich mir kaufen will.»

Ingrid hatte nicht vor, in eine Wohnung zu ziehen, der Plan war, sich eine Wohnung zu kaufen und sie dann zu vermieten und weiterhin im Auto zu leben. Aber im Winter würde sie ihre Meinung möglicherweise ändern. Im August in einem Auto zu leben war etwas anderes, als im Januar in einem Auto zu leben. Jetzt wollte sie zuerst eine Zeitlang krankfeiern, mit dem Auto herumfahren und sehen, wie es war, nach Süden zu kommen, dem Winter zu entfliehen, auszuschlafen, sie konnte es immer noch nicht fassen, wie gut es tat, die Nächte durchzuschlafen, in der alten Schüssel den Abwasch zu erledigen, den Tag zu nutzen, um die grundlegenden Bedürfnisse zu befriedigen, wie essen, sich waschen und auf die Toilette gehen. Sie konnte sich nicht mehr daran erinnern, warum sie sich jeden Morgen angezogen hatte und in die Schule gegangen war, warum sie sich belagern und aufreiben ließ, sich das alles gefallen lassen hatte. Warum? Das Wort hallte in Ingrids Ohren wider, wie sie dort auf dem Vordersitz saß und Kaffee trank. Warum?

# 8

Jetzt war Jan nicht mehr verboten. Jan war legal geworden, und sie waren nun ein Paar. Sie wohnten zusammen, sie sollten miteinander schlafen. Jedes Mal, wenn sie miteinander schliefen, klatschten Staat und Kommune Beifall, das war eins der vielen Bilder, die auf Hannes Netzhaut erschienen, wenn Jan sich in ihr bewegte, all die Sachbearbeiter, die sie anfeuerten und den Takt klatschten, obwohl Jan laut Einwohnermeldeamt noch an seiner alten Adresse wohnte und sich all seine Sachen dort befanden, während sein gesamter persönlicher Besitz in der Tøyengata lediglich aus einer Sporttasche bestand.

«Jetzt habe ich es getan», hatte Jan gesagt, als sie am Abend ihrer Rückkehr aus der Provence im Bett lagen.

«Was getan?»

«Jetzt habe ich es Ingrid gesagt.»

«Was?» Hanne setzte sich auf. «Was hat sie gesagt? Wie hat sie reagiert?»

«Sie hat nicht sehr viel gesagt. Ich habe die Nerven verloren und rumgeheult.»

«Sie hat nichts gesagt?»

«Sie stand unter Schock. Sie hat ja nichts geahnt.»

«Wie kann das sein? Warum hast du denn nicht zuerst mit mir gesprochen?»

«Willst du mich hier nicht haben?»

«Doch natürlich, aber du hättest zumindest eine SMS schicken können.»

«Verdammt! Ich habe dir in der letzten Woche hundert SMS geschickt, und du hast auf keine einzige reagiert.»

«Wenn du mir geschrieben hättest, dass du vorhast, Ingrid zu verlassen, hätte ich geantwortet.»

«Was soll das? Vor nur einer Woche hast du geschrieben …»

Jan stand auf und ging in die Diele. In der Zwischenzeit hatte er noch ein paar Kilo zugelegt, und von hinten hatte sein Körper ähnliche Proportionen wie der eines Babys. Auf dem Rückweg blieb er in der Tür stehen. Er hatte seine Brille aufgesetzt und schaute angestrengt auf das Smartphone in seiner Hand. Ein Riesenbaby mit Brille und grauen Haaren.

«‹Anderthalb Jahre sind genug, jetzt musst du dich entscheiden.› Hast du das etwa nicht geschrieben? Und was zum Teufel willst du mir jetzt sagen?»

Jan hatte erzählt, dass er und Ingrid sich nie stritten. Vielleicht ist das der Grund, dachte Hanne, wie sie da im Bett saß und ihn betrachtete, denn oft schien er bloß aus Spaß Streit anzufangen, so als wollte er sich vor einem unsichtbaren Publikum beweisen: Schaut her, wie temperamentvoll ich bin, schaut her, was für eine stürmische Beziehung wir haben.

«Willst du mich nach allem, was wir durchgemacht haben, nun doch nicht haben?»

Hanne stand auf, ging zu ihm und umarmte ihn. «Natürlich will ich dich haben. Es ist bloß so unwirklich, dass du jetzt hier bist.»

Aber schon nach einigen Wochen vermisste Hanne es, dauernd auf ihr Handy zu schauen, vermisste es, Szenen zu machen, bei denen sie am ganzen Körper zitterte und schrie, sie wolle Jan nicht wiedersehen, bis er sich getrennt habe, geschieden sei, vermisste es, unter dem entsetzlichen und unerträglichen Schuldgefühl zusammenzubrechen, eine Familie zu zerstören. Sie vermisste es, ihn trotzdem zu treffen und sich bei Regen oder Schnee mitten auf dem Bürgersteig in seine Arme zu werfen, während die Passanten an ihnen vorbeiliefen, sie vermisste das Unerhörte, vermisste seine Schritte im Flur und die Treppe hinauf, vermisste es zu spüren, wie ihr das Blut so kräftig durch den Körper gepumpt wurde, dass es alles andere zum Verschwinden brachte.

Das konnte sie niemandem erzählen, sie konnte es kaum denken, deshalb richtete sie ihren Blick fest auf das nächste Ziel, das darin bestand, eine neue Wohnung zu finden. Aber Jan wollte keinen weiteren Kredit aufnehmen, er wollte nichts unterschreiben, er machte sich Sorgen um Ingrid, darum, wie es mit ihr weitergehen würde, wie sollte sie es zum Beispiel schaffen, ihn auszuzahlen.

Jan gefiel es in der Tøyengata, aber Hanne roch den Gestank vom Badezimmer, von all den Nächten, die sie allein auf der alten Matratze gelegen hatte, betrunken, zugedröhnt oder deprimiert, und sie schuldete es dieser alten Version ihrer selbst, dem Ganzen eine Chance zu geben, jetzt, wo sie bekommen hatte, wonach sich die alte Version ihrer selbst so sehr gesehnt hatte, was sie nun aber nicht mehr haben wollte, weil es irgendwie zu spät war, als wäre Jan etwas aus dem Vorjahr, etwas, das sie hinter sich gelassen hatte, und dann stand er plötzlich auf ihrer Fußmatte in der Tøyengata, die Tasche über der Schulter.

In der letzten Zeit schien ihr Jan welk geworden zu sein, sein Glanz war verschwunden, und sie wusste nicht, warum. Lag es einfach nur daran, dass sie ihn nicht mehr haben wollte, nachdem sie ihn jetzt endlich bekommen hatte? Wenn das der Fall war, konnte sie darauf keine Rücksicht nehmen, denn so neurotisch konnte man gar nicht sein, wenn man in nur fünf Jahren vierzig wurde.

Es war Freitag. Jan stand in der Küche und bereitete eine Pastasoße zu. Er hatte Wein gekauft und ihn entkorkt, und Hanne wollte ihm am liebsten in sein zufriedenes Gesicht schreien, sie werde in fünf Jahren vierzig, sie wolle nicht in diesem Loch wohnen bleiben, sie wolle ein Reihenhaus in einer kinderfreundlichen Gegend kaufen und mit dem Renovieren anfangen, sie wolle Kinder. Eines Abends sagte sie ihm das, nicht dass sie Kinder wollte, aber dass sie es leid war, in der Tøyengata zu wohnen, weil die Wohnung mit zu vielen schwierigen Erinnerungen verbunden sei, mit so viel Sehnsucht und Einsamkeit, deshalb würde sie jetzt gern mit ihm zusammen etwas kaufen, das sie dann von Grund auf gemeinsam einrichten könnten.

Sie saßen im Wohnzimmer. An den Wänden stapelten sich Bücher und Zeitschriften, was Hanne damit begründete, dass sie nie die Zeit gefunden habe, sich hier richtig einzuleben, sie vermied es zu erwähnen, dass sie nirgendwo die Zeit gehabt hatte, sich einzuleben, weil sie immer wieder ausgezogen war, und Jan sah sich um.

«Einrichten? Ich dachte, für so was interessierst du dich nicht.»

«Jetzt interessiere ich mich dafür. Seit ich erwachsen bin, habe ich das Gefühl, auf der Flucht zu sein. Da war immer so viel Unruhe, jetzt möchte ich ankommen und mir ein richtiges Zuhause schaffen. Ich freue mich darauf, Leute zum Essen einzuladen. Ich möchte einen Freundeskreis haben, ein gesellschaftliches Umfeld. In den letzten Jahren bin ich Silvester nicht ein einziges Mal irgendwo eingeladen gewesen. Ich möchte einen Freundeskreis haben, bei dem nie ein Zweifel daran besteht, wo wir Silvester feiern werden. Ich möchte zu dir sagen: ›Was machen wir Silvester?‹ Und dann antwortest du: ‹Silvester? Da gehen wir doch zu Per und Kari, wohin sonst?›»

«Wer sind Per und Kari?»

«Keine Ahnung, das war nur ein Beispiel.»

Da Jan mit dem Kauf einer Wohnung warten wollte, musste Hanne sich ein neues Ziel suchen, bald fing sie an, sich Schwangerschaftstests zu kaufen. Bald lag sie an der Wand und streckte die Beine nach oben, nachdem Jan eingeschlafen war, und jeden Tag ging sie in der Mittagspause raus und kaufte sich in der Apotheke einen Test, ging ins Café, nahm den Test mit auf die Toilette, holte sich anschließend einen Kaffee und setzte sich an einen Tisch. Dort öffnete sie ihre Tasche, studierte das weiße Plastikstäbchen und bildete sich ein, sie könne einen Querstrich erahnen, so dass das rote Minuszeichen zu einem Pluszeichen würde, zur Sicherheit wiederholte sie deshalb die ganze Prozedur, aber das nächste Stäbchen zeigte ein Minuszeichen, also musste sie einen weiteren Test machen, und so ging es immer weiter. Jan erzählte sie nichts davon, denn er war damit beschäftigt, mit seinen Söhnen zu reden, Ingrid, seine Eltern und Freunde anzurufen, zu joggen, mit dem Laptop, dem iPad oder iPhone zu hantieren, oder damit, Hanne zu erzählen, wie gut es ihm gehe und wie erleichtert er sei, eine Entscheidung getroffen zu haben.

# 9

Jan lief mit dem Gefühl über den Bürgersteig, ständig tiefer im Morast zu versinken. Er sank und sank, hinab in etwas Dunkles, Braunes, Schweres.

Beim Gehen dachte er an den Tod, in der Straßenbahn dachte er an den Tod, in den Gesichtern aller Fahrgäste sah er den Tod.

Wenn ihr sterbt, dachte er, gibt es Blumen, Kränze, Reden, Anzeigen, in denen steht, ihr würdet schmerzlich vermisst, und Nachrufe voller lobender Worte. Und alle kriechen aus ihren Verstecken hervor. Jan fragte sich, wer hervorkriechen würde, wenn er starb. Er fragte sich, ob Ingrid zu seiner Beerdigung kommen würde. Ihm war, als habe er aus einem Nebel herausgefunden oder sei nach einer Operation erwacht, während die Betäubung langsam aus dem Körper wich, der noch voller Wunden und Verbände war.

Von jetzt an würde alles anders werden, dachte Jan. Das dachte er jeden Nachmittag. Er versuchte, sich nicht davor zu grauen, nach Hause zu kommen, wo Hanne im Schlafzimmer läge und die Jungen in ihren jeweiligen Zimmern und wo in der Küche Chaos herrschte – dieses besondere Chaos, das entsteht, wenn drei Menschen unabhängig voneinander ihre täglichen Mahlzeiten einnehmen, ohne hinter sich aufzuräumen.

Jan versuchte, einen Schritt nach dem anderen zu machen, eine Stunde nach der anderen hinter sich zu bringen. Er hatte sich angewöhnt, Selbstgespräche zu führen. Jetzt räumst du die Küche auf. Ohne zu schimpfen, ohne zu schreien, du räumst einfach auf. Dann gehst du zu den Jungen, und zum Schluss gehst du zu Hanne, nicht vorher. Geh nicht zuerst zu ihr, auch wenn du es gern möchtest, auch wenn du es für richtig hältst.

Liebend gern hätte er die Zeit zurückgedreht und alles anders gemacht. In der Zeit der Heimlichkeiten, in den anderthalb Jahren, die er hinter Ingrids Rücken mit Hanne zusammen gewesen war, hatte er viele Male gedacht: Dafür bin ich zu alt.

Jetzt wollte Jan sich durch die Zeit hindurch zurufen: Ja, das bist du. Du bist dafür zu alt!

Er hätte Hanne vorbeiziehen lassen sollen, wie ein kluger alter Fisch einen bunten Köder vorbeiziehen lässt. Der Fisch mag kurz an dem Köder schnuppern, aber er schwimmt weiter, ohne anzubeißen, so wie auch Jan nicht hätte anbeißen sollen, als Hanne vor über zwei Jahren vor ihm gesessen und an seinen Fingern gesaugt hatte.

Jan musste an einen Vorfall aus seiner Kindheit denken: Er stand mit seiner Mutter im Bus und hatte Druck auf der Blase, Ulla sagte, sie seien bald zu Hause, er müsse durchhalten. Aber er konnte nicht warten und ließ es dann einfach laufen. Als er dort stand und der Urin lief, hatte er wie ein Baby geheult, obwohl er damals eigentlich schon zu groß dafür war, dabei hatte er sich die ganze Zeit von außen beobachtet, die Strategien überprüft und angepasst, die er einsetzte, um sich aus der peinlichen Situation zu befreien, dass er sich im Alter von vier Jahren in die Hose machte, lange nachdem er aufgehört hatte, Windeln zu tragen. Jan erinnerte sich an den Augenblick, als er den Schließmuskel entspannt hatte und ihm etwas Warmes die Schenkelinnenseiten hinablief. Er hätte es ebenso gut lassen können, genau wie bei dem Weihnachtskonzert mit Hanne. Da hätte er seine Hand zurückziehen, aufstehen und vorgeben können, er sei krank oder betrunkener, als er es wirklich war. Er hätte so viele Möglichkeiten gehabt, so viele Fluchtwege, stattdessen war er sehenden Auges in diese Situation gerannt, in der er jetzt so tief feststeckte. Die Straßenbahnfahrt war ein Moment der Entspannung, bevor wieder alles auf ihn einstürmen würde, wie jeden Nachmittag, wenn er keinen Vorwand fand, um im Büro zu bleiben. Jan schloss die Augen. Er hatte nicht gewusst, dass es möglich war, so erschöpft und vollkommen erledigt und dennoch am Leben zu sein. Alle seine Organe funktionierten, sein Herz schlug, und bei der letzten Vorsorgeuntersuchung hatte sein Arzt behauptet, Jan könne hundert werden.

«Du möchtest sicher, dass ich ausziehe», hatte Jan an dem Abend gesagt, an dem er Ingrid von Hanne erzählt hatte. Eine ganze Weile hatte Ingrid bloß dagesessen und ihn angesehen. Jan hatte sich ausgemalt, er wäre der Ruhige, traurig, aber gefasst, während Ingrid die Kontrolle verlöre. Dann würde er gehen, mit festen, ruhigen Bewegungen, und beim Hinausgehen würde er sagen: «Wir können jetzt nicht darüber reden. Ich rufe dich an.» Und Ingrid würde toben und schreien – in einer Version warf sie sich sogar auf den Boden und klammerte sich an seinen Beinen fest, so dass er sich vorsichtig losmachen müsste –, und Jan würde gehen, und auf dem Weg würde er bei Ulla anklopfen und ihr erzählen, was passiert war – hier stellte Jan sich vor, dass er weinen würde, mit tränenüberströmtem Gesicht würde er bei seiner Mutter auf der Türschwelle stehen, wobei, wie er jetzt einsah, der einzige Grund dafür war, dass Tränen Ulla schneller reagieren ließen und sie dazu bringen würden, zu Ingrid zu laufen und sich um sie zu kümmern. Das war der Plan gewesen. Stattdessen hatte Ingrid bloß dagesessen und ihn sich selbst überlassen. War das normal? War das eine normale Reaktion, wenn einen der Mann nach fünfundzwanzig Jahren verlässt? War Ingrid verrückt, und hatte er es nicht immer gewusst, und war das, was er getan hatte, nichts anderes als die Flucht vor einer Verrückten, eine Flucht, zu der er sich schon viel früher hätte entschließen sollen?

Weiter hatte er sich vorgestellt, Ingrid würde in der nächsten Zeit Tag und Nacht bei ihm anrufen, ihn beschimpfen und die Jungen gegen ihn aufbringen, aber dann, irgendwann kurz vor Weihnachten, würde sich alles beruhigen, und sie könnten Weihnachten auf neutralem Boden bei seinen Eltern feiern. Mit der Zeit würden Ingrid und Hanne Freundinnen werden, und schließlich, an einem Abend, an dem sie alle zusammen aßen, würde Ingrid ihm in die Augen sehen und ihm danken. Wofür sie ihm danken sollte, wusste er nicht, dennoch phantasierte er sich zusammen, dass alles glücklich enden und letztlich etwas Gutes dabei herauskommen würde.

Als nichts davon geschah, sondern alles seinen verqueren Gang ging und Ingrid im Haus aufräumte, Sachen weggab und nur noch von Trennung redete und davon, dass sie «den Haushalt auflösen» müssten, wurde Jan wütend darüber, dass niemand ihn gestoppt hatte und alle ihn hatten weitermachen lassen: Ingrid (die blind und taub gewesen war), die Eltern, die Gesellschaft, die Freunde, der Therapeut. Denn obwohl viele ihn gewarnt hatten, hatte niemand ihn rein körperlich aufgehalten. Niemand hatte ihn so lange eingesperrt, bis er wieder zu sich kam.

Jan überlegte, sich einen neuen Therapeuten zu suchen, aber noch bevor er den Gedanken zu Ende gedacht hatte, erkannte er, dass sein Leben sich nicht mehr für eine tiefer gehende Analyse oder Erklärung eignete. Sein Leben vertrug das Tageslicht nicht, und er konnte nicht länger darüber reden wie früher, und mit jedem Tag vergrößerte sich der Abstand zwischen dem, der er war, und dem, der er zu sein vorgab.

Er dachte an den Mann zurück, der er vor über zwei Jahren gewesen war. So unschuldig war er damals gewesen, so rein und unbeschädigt. Vielleicht war er ein alter Hund gewesen. Und wenn schon, er war ja wirklich alt. Und jetzt war er sogar noch älter. Die Beziehung zu Hanne war eine Tür zu einem neuen Leben gewesen. Die Tür hatte bloß einen Spalt offen gestanden, Jan hatte sie aufgerissen, und jetzt schlug sie hin und her. Sie schlug ihm um die Ohren, wie er hier in der Straßenbahn saß und ihm davor graute, nach Hause zu kommen.

Aber das war keine Entschuldigung dafür, dass er eine Affäre mit einer Frau begonnen hatte, auf die Hanne niemals eifersüchtig gewesen wäre, das wäre ihr im Traum nicht eingefallen, denn Julie war genauso alt wie er, und Hanne war nur eifersüchtig auf Frauen, die so alt waren wie sie selbst oder jünger, und außerdem war Julie verheiratet und hatte nicht die Absicht, sich scheiden zu lassen. Ungefähr zweimal die Woche schliefen Julie und Jan miteinander, und zwar ganz ohne Getue, Versprechungen oder irgendwelche Beschönigungen, sie schliefen einfach miteinander, was völlig ausreichte, wenn Jan darüber nachdachte. Völlig. Julies Kinder waren ausgezogen, und Julies Mann war 240 Tage im Jahr geschäftlich unterwegs, also schliefen Jan und Julie immer zu Hause bei Julie miteinander, und oft verbanden sie es mit zu erledigenden Arbeiten. Sie schrieben «Meeting» in den Kalender und fuhren zu Julie, danach saßen sie im Bademantel am Tisch, Julie in ihrem weißen, Jan in dem helltürkisen, der Julies Mann gehörte und nach dessen Aftershave roch, und sie tranken Kaffee und aßen belegte Brote, vor sich auf dem großen Esstisch hatten sie ihre Laptops aufgeklappt und Dokumente ausgebreitet.

Hin und wieder fragte Julie nach Hanne, nach der Schwangerschaft, nach Ingrid.

«Was ist eigentlich bei dir und Ingrid schiefgegangen?», fragte sie beispielsweise. «Euch ging es doch gut, oder etwa nicht? Gab es irgendwelche Probleme?»

Anfangs hatte Jan versucht, ihr die damalige Situation zu erklären, dass es nicht so leicht für ihn gewesen sei, aber je mehr er redete, desto deutlicher hörte er das Beschönigende in seinen Ausführungen, seine Versuche, das Vorgefallene zu etwas umzudeuten, das ohnehin passiert wäre, es so aussehen zu lassen, als sei alles von Anfang an vorherbestimmt gewesen. Am Ende sagte er bloß: «Glück kommt, Glück geht.»

Diese Worte tauchten von selbst auf, gewöhnlich nachmittags, wenn er in der Straßenbahn nach Hause saß. Glück kommt, Glück geht. So einfach war es. Seine Mutter hatte recht, die Moralisten aller Zeiten hatten recht, und das war nicht zum Aushalten.

«Oh, oh», sagte Julie. «Du hast es ja wirklich geschafft, dein Leben gegen die Wand zu fahren.» Und dann musste Jan noch einmal erzählen, was Ingrid hier gesagt und dort getan hatte, und Julie wollte noch mehr über Ingrid wissen, ob es wirklich stimmte, dass sie in einem Auto lebte und durch Südeuropa reiste. Julie wurde es nie leid, darüber zu sprechen. Aber Jan wurde es leid, und er sagte: «Und was ist mit dir? Hier sitze ich, am helllichten Tag, im Bademantel deines Mannes. Und wir haben gerade gevögelt.»

Julie antwortete nicht, sie trank lediglich ihren Kaffee und lachte so, dass die weiße Espressotasse in ihrer Hand wackelte. Julie und ihr Mann hatten die gleiche Espressomaschine, wie Ingrid sie damals gekauft hatte, die immer noch im Haus stand, aber nicht mehr benutzt wurde. Natürlich hatte Jan in der letzten Zeit angefangen, den dreifachen Espresso zu vermissen, den Ingrid ihnen gewöhnlich samstagmorgens gemacht hatte. Er war so schlicht und primitiv, er hielt es nicht aus, er selbst zu sein.

Aus ihrem großen Haus in Røa waren Julie und ihr Mann ausgezogen, jetzt wohnten sie in einer riesigen Wohnung in Majorstua. Sie waren kulturinteressiert, gingen ins Kino, in Ausstellungen und ins Theater. An den Wänden hingen Gemälde und Druckgraphiken, und in der Küche stand ein gutgefülltes Weinregal. Einmal hatten Julie und Jan sich eine Flasche Chianti geteilt, bevor sie ins Ministerium zurückgegangen waren. So hatte Jan sich die Zukunft mit Ingrid vorgestellt: in eine Wohnung in der Innenstadt ziehen, ins Theater gehen. Er interessierte sich nicht im mindesten fürs Theater, trotzdem hatte er sich darauf gefreut, jemand zu werden, der ins Theater ging, sich darauf gefreut, sagen zu können, er wolle ins Theater. Oder sie hätten ins Gimle-Kino gehen können, dort in weichen Sesseln sitzen, sich französische Filme ansehen und Wein trinken.

«Erzählst du deinem Mann von mir? Habt ihr so eine offene Beziehung?»

«Bist du verrückt? Natürlich nicht», antwortete Julie.

«Aber wie kannst du ihn dann so betrügen?»

«Wie kannst du Hanne betrügen?»

«Aber Roar und du, ihr seid schon so viele Jahre zusammen, wie kannst du das alles aufs Spiel setzen für das hier, mit mir, mit uns?»

«Solange er nichts davon erfährt, ist es kein Problem.»

«Aber wie kannst du mit all den Lügen leben?»

«Wie kannst du mit all den Lügen leben?»

«Das ist was anderes.»

«Inwiefern ist das was anderes?»

«Mich belastet es.»

«Ach so, wenn es einen belastet, dass man falsch handelt, kann man ruhig falsch handeln?»

«Nein, aber es belastet mich, dass es dich nicht belastet.»

«Wieso?»

«Es lässt dich zynisch erscheinen. Als würdest du dem alten Adel angehören, mit Vernunftehen, bei denen Mann und Frau ihre Geliebten hatten und es von unehelichen Kindern nur so wimmelte. Als würdest du das befürworten. Ich befürworte das nicht, ich hätte lieber alles anders gemacht, aber du, du scheinst dich damit wohlzufühlen, du sitzt so selbstzufrieden da, dabei bist du keinen Deut besser als ich, auch wenn du diese Situation offenbar auf die leichte Schulter nimmst.»

Es war das erste Mal, dass sie so etwas wie einen Streit hatten. Julie sah zu Boden. Wenn sie so dasaß, schob sich die Haut im unteren Teil ihres Gesichts zusammen und ließ Falten und Furchen entstehen, die man sonst nicht sah.

«Ich bin auch nicht der Meinung, dass das hier ideal ist, wir zwei und was wir miteinander treiben», sagte sie. «Aber nach einem langen Leben habe ich den Glauben an alles Ideale verloren. Inzwischen bin ich sogar der Meinung, dass gerade das Streben nach Perfektion die schlimmsten Folgen hat. Ich weiß nicht, was mein Mann auf seinen Reisen macht, und ich will es gar nicht wissen. Irgendwo in mir juckt es mich zu erfahren, was er macht und mit wem er es möglicherweise macht, aber ich betrachte dieses Jucken als etwas potentiell Zerstörerisches, was es auch ist. Er ist immer so liebevoll, wenn er wieder zu Hause ist, zwischen uns läuft es so gut, und wir haben Spaß, und ich freue mich darauf, mit ihm zusammen alt zu werden. Bald bekommen wir Enkelkinder, und ich kann mir nichts Traurigeres vorstellen als Großeltern, die geschieden sind.»

«Aber wenn es zwischen euch so gut läuft und ihr so viel Spaß habt, warum sitze ich dann hier in seinem Bademantel?»

«Weil ich dich mag. Ich habe von dir geträumt, seit ich auf deinem Sofa gelegen habe, nachdem du gerade Referatsleiter geworden warst. Ich freue mich auf diese Stunden hier. Du nicht?»

Jan dachte nach. Dann sagte er: «Doch. Ich auch.»

Und das war die Wahrheit. Die Stunden in Julies Wohnung waren die einzige Zeit, in der er sich entspannen konnte, die einzigen Momente, in denen er nicht auf der Hut sein musste.


Hanne legte sich jeden Abend gegen neun Uhr schlafen. Trotzdem war sie immer noch wach, wenn er einige Stunden später ins Schlafzimmer kam, das hörte er an ihrem Atem.

Jan zog den Pullover aus.

«Hanne? Bist du wach?»

«Ja.»

«Kannst du nicht schlafen?»

Er zog die Hose aus. Als er sich vorbeugte, wurde ihm schwarz vor Augen, und er musste sich am Türrahmen festhalten.

Er hatte gerade bei Jonas und Martin vorbeigeschaut. Nachdem er wieder zu Hause eingezogen war, hatte er diese Routine aus früheren Zeiten wiederaufgenommen. Anfangs wollten sie nicht mit ihm reden, aber Jan blieb einfach sitzen und redete mit sich selbst. Im Laufe des Herbstes hatte sich die Situation entspannt, und jetzt saß er bei jedem von ihnen eine halbe Stunde. Obwohl sie viel zu alt für eine solche Abendroutine waren, hatten sie nichts dagegen, wie sich zeigte, und als Jonas wissen wollte, wie viele Liegestütze Jan schaffte, und Jan nicht mehr als zehn hintereinander hinbekam, hatte Jonas fünfzig gemacht und Jan laut zählen lassen.

«Mensch, bist du stark geworden», hatte Jan gesagt. «Bald kannst du mich mit einer Hand auf dem Rücken verdreschen.»

«Das kann ich schon lange», hatte Jonas geantwortet.

Martin hatte ihn zu einem Computerspiel herausgefordert, und Jan hatte ein ums andere Mal verloren.

«Mensch, bist du gut», hatte Jan gesagt, und Martin hatte ihn zu einer weiteren Runde überredet, die Jan wieder verlor. Dann hatte Martin über Nackenschmerzen geklagt, und Jan massierte ihn und schlug vor, einen Termin beim Physiotherapeuten zu machen. Schließlich zog Martin das T-Shirt hoch und zeigte Jan einen Ausschlag auf der Brust. Er fragte sich, ob er vielleicht allergisch auf Milch reagiere, und bat Jan, auch noch einen Termin beim Allergologen zu machen, wenn er schon mal dabei wäre, einer von Martins Freunden war bei einem Spezialisten gewesen, hatte einige Tests machen lassen und aufgehört, Milch zu trinken, und seitdem war er viel besser drauf. Und Martin fühlte sich oft erschöpft. Vielleicht hatte er ja eine Milchallergie? Das würde einiges erklären. Jan hatte sein Handy herausgeholt und notiert: «Für Martin Termin beim Physiotherapeuten und beim Allergologen machen.»

«Dann gute Nacht, Martin», sagte Jan.

«Gute Nacht», antwortete Martin.

Jan war ihr ergebener Sklave. Die Tatsache, dass ihre Mutter gegen eine fünfzehn Jahre jüngere Frau ausgetauscht worden war, die ihr Haus eingenommen hatte und schon bald ihren Halbbruder zur Welt bringen würde, musste er mit untertänigem Verhalten aufwiegen, er durfte nie die Stimme erheben, musste sich immer unter Kontrolle haben. In seinem alten Leben war er mehr er selbst gewesen und hatte mehr nach seinen Wünschen gehandelt. In diesem neuen Leben konnte er sich nur bei Julie entspannen. Ab und zu stellte er sich vor, wie es wäre, Hanne zu verlassen und mit Julie zusammenzukommen, und dann würde er sich noch einen vierten Ort suchen, einen weiteren geheimen Platz zum Durchatmen, und so würde es immer weitergehen.

Ja, er war auf ewig der Sklave und Leibeigene seiner Söhne, wie er zugleich Hannes Sklave war. Zuerst hatte er für die achtzehn Monate büßen müssen, die sie auf ihn gewartet hatte, und jetzt musste er dafür büßen, dass sie im Haus einer anderen Frau wohnte, mit einer lavendelblauen Neunzigerjahreküche, geschmacklosen Badezimmerfliesen und zwei großen, schweigsamen, durchs Haus trampelnden Männern.

Hanne antwortete nicht, und Jan wiederholte die Frage.

«Kannst du nicht schlafen?»

«Nein.»

Hanne weinte. Sie hatte das Gesicht im Kissen vergraben, und der Klang ihrer Stimme gab Jan unmissverständlich zu verstehen, dass sie weinte und gleichzeitig versuchte, es zu verbergen.

«Warum nicht?»

«Darüber will ich nicht reden.»

Das war eine Falle. Jan war schon einmal hineingetappt, das würde ihm nicht noch mal passieren. Das Dümmste, was er jetzt tun könnte, wäre zu sagen: «Na dann. Gute Nacht, mein Schatz», und sich schlafen zu legen, obwohl er das am allerliebsten täte.

Jan zog die Socken aus und schlüpfte unter die Decke. Er kroch zu Hanne, aber sie rollte sich weg. Jan war so müde, dass ihm übel war, trotzdem fragte er mit eindringlicher Stimme: «Aber Hanne. Bitte sag mir doch, was dich bedrückt. Bitte, Liebes.»

Hanne setzte sich auf. Ihr Gesicht war vom stundenlangen Weinen geschwollen. «Ich kann nicht mehr. Deine Söhne räumen ihren Kram nicht weg, sie antworten nicht, wenn ich mit ihnen rede, sie trinken die ganze Milch aus und okkupieren den Fernseher mit ihren Fußballspielen und Gewaltfilmen. Warum wohnen sie überhaupt noch hier? Sie sind ja fast so alt wie ich!»

«Hanne, ich kann sie jetzt nicht rauswerfen. Wie würde das aussehen? Erst werfe ich Ingrid raus, dann sie? Das geht nicht, das verstehst du doch. Wir müssen einfach durchhalten.»

«Du hast Ingrid nicht rausgeworfen, sie ist aus freien Stücken gegangen. Sie ziehen nicht ab. Als ich vorhin auf die Toilette musste, schwamm ein riesiger Klumpen unten in der Kloschüssel. Du weißt, dass ich nicht sonderlich ordentlich bin, aber die beiden – was habt ihr nur mit ihnen gemacht?»

Jan wusste nicht, was er dazu sagen sollte, also drückte er sie an sich. Noch befanden sie sich in einem Stadium, in dem sie einander auf diese Weise zum Schweigen bringen konnten. Aber ihr Körper war steif, und er wusste, wenn er die Angelegenheit nicht vor dem Einschlafen in Ordnung brachte, würden die nächsten Tage die reinste Hölle werden. Er hatte aufgehört, um seiner selbst willen zu existieren. Er hatte sich in ein Möbelstück in diesem Haus verwandelt, genau genommen in das Möbelstück, auf das sich alle setzten, in das alle kackten und wo sie sich kratzten. Zeilen eines alten Gedichts kamen ihm in den Sinn: ... *but I have promises to keep, and miles to go, before I sleep.*

Hanne fuhr fort: «Habt ihr ihnen denn gar nichts beigebracht, habt ihr ihnen nie Grenzen gesetzt?»

«Jetzt ist nicht der Moment, um Grenzen zu setzen. Sie ziehen bald aus.»

«Nein, sie ziehen nicht aus, warum sollten sie? Sie haben uns beide fest im Griff, wenn du nicht hier bist, können sie mich nach Belieben terrorisieren.»

Wenn wir wenigstens was trinken könnten, dachte Jan. Jetzt mussten sie wach bleiben, bis Hanne keine Kraft mehr hatte. Das konnte, wie er wusste, noch Stunden dauern, denn weil sie so unter Schwächegefühl und Übelkeit litt, war sie krankgeschrieben und lag den ganzen Tag herum. Lag da wie eine hungrige Löwin und bereitete sich darauf vor, über Jan herzufallen, als wäre er ein unschuldiges Gnu, ein unschuldiges Gnu, das nur ein bisschen schlafen wollte. Aber durfte er das? Nein, das durfte er nicht. Am liebsten hätte Jan ebenfalls geweint. Er vermisste Julie. Alle anderen wollten ihn bloß missbrauchen, ihn aussaugen. Jan war so müde, dass er sich nicht mehr darum scherte, seine Gedanken zu zensieren. Julie, dachte er. Ich will zu Julie. Ich will mit Julie zusammenleben, ich will in ihrer angenehm kühlen Wohnung wohnen, wo es keine Kinder gibt, sondern Kunst an den Wänden und ein Weinregal in der Küche, da will ich wohnen.

Irgendwo im Haus ging eine Tür. Vermutlich hatten die Jungen alles gehört, aber das kümmerte Jan jetzt auch nicht mehr.

Er legte sich hin und unternahm einen letzten Versuch. «Hanne, können wir das nicht auf morgen verschieben, ich bin wahnsinnig müde ...»

Hanne schlug mit der Faust gegen das Bettgestell, so dass das ganze Bett wackelte.

«Du bist STÄNDIG müde!»

Sie äffte ihn nach: «Du, ich bin so müde, ich muss jetzt unbedingt ein bisschen schlafen, können wir nicht morgen weiterreden. Aber wann, VERDAMMT NOCH MAL, sollen wir reden? Wir können doch bloß abends hier im Zimmer reden, kapierst du das nicht?»

Ihre Stimme gellte durch den Raum, und Jan wusste, dass noch viele Stunden vergehen würden, bis er schlafen könnte, und bevor sie einschliefen, stand noch Sex auf dem Programm. Jan konnte kaum aufrecht sitzen, wie sollte er da mit ihr schlafen? Er hatte im Laufe des Tages schon mit Julie geschlafen, und die Zeiten, in denen er mehrmals am Tag einen hochbekam, waren definitiv vorbei. Er musste sich hinsetzen, wenn er lag, würde er einschlafen. Er war so erschöpft, dass er trotz Hannes Geschrei einschlief.

Ein paar Tage später rief er Ingrid an. «Hallo, ich bin's.»

«Hallo.»

«Wie geht's dir?»

«Gut.»

«Wo bist du gerade?»

«In Altea, einer kleinen Stadt an der Costa Blanca. Hier ist es wirklich schön, die Saison ist vorbei, so dass kaum noch Touristen da sind. Ich gehe jeden Tag auf der Strandpromenade spazieren und habe ein Restaurant gefunden, in dem man eine unglaublich gute Paella und einen leckeren trockenen Weißwein für nur neun Euro bekommt.»

Jan setzte sich auf den Boden und lehnte sich an die Wand. «Das hört sich gut an.»

«Wie geht's dir?»

«Ich weiß nicht, wo mir der Kopf steht.»

«Was ist los? Ist was mit den Jungs?»

«Nein, nein, denen geht's gut.»

Jan war betrunken, er war bei Julie gewesen und hatte Wein getrunken. Zu Hanne hatte er gesagt, er würde mit einem Kollegen ausgehen. Zum ersten Mal war er abends bei Julie gewesen. Jetzt saß er unten im Keller, am selben Platz, an dem er sich in seinem vorherigen Leben versteckt hatte, um mit Hanne zu telefonieren. Jans Leben war so voll von Verstecken und Lügen, dass er oft selbst durcheinanderkam. Manchmal glaubte er, er würde Julie mit Hanne betrügen, Julie wäre offiziell die Frau an seiner Seite, Hanne dagegen die Frau, die immer noch versteckt werden musste.

«Wieso rufst du an?»

Ingrids Stimme war ganz normal, sie wollte lediglich wissen, wieso er anrief. Jan wäre es lieber gewesen, wenn sie sich wie im Frühling oder wie noch im Sommer verhalten hätte und gar nicht erst ans Telefon gegangen wäre oder mitten im Gespräch aufgelegt hätte. Ihre ruhige, freundliche Stimme machte ihn trauriger als alles andere.

Er hörte, wie sie schluckte. Kein nervöses Schlucken, eher so, als würde sie etwas trinken. Saß sie da unten in Spanien und trank allein im Auto? Jans Stimmung stieg. Nicht weil er Ingrid etwas Schlechtes wünschte, sondern weil ihr Leben, wenn sie angefangen hätte, für sich allein im Auto zu trinken, seinem ähnlicher geworden wäre und sie dann einander näher wären.

«Ich wollte bloß ein bisschen reden. Ingrid, ich weiß nicht mehr, wo mir der Kopf steht. Ich begreife nicht, was ich getan habe.»

«Du hast mich verlassen und bist jetzt mit Hanne zusammen. Bald werdet ihr ein Kind bekommen, und unsere Söhne werden einen Halbbruder oder eine Halbschwester bekommen. Du hast die Produktion wiederaufgenommen, genauer gesagt, die Reproduktion.»

«Bist du betrunken?»

«Betrunken? Nein, nein.»

Ingrid schluckte wieder.

«Was trinkst du?»

«Kakao. Wenn es windig ist, ist es hier unten ziemlich kalt, und man spürt die Elemente ja ganz anders, wenn man im Auto lebt. Es ist ein bisschen wie beim Zelten. Aber es ist schön. Ich lese, gehe spazieren und treibe jeden Morgen Sport. Ich schlafe die Nacht durch. Ich habe keine Toilette und kein fließendes Wasser, und trotzdem ging es mir noch nie so gut wie jetzt. Kannst du das verstehen?»

Nein, das konnte Jan nicht verstehen. Aber er behauptete, das höre er gern. Und er glaubte, dass er es ernst meinte, dass er Ingrid nur das Beste wünschte und dass das wiederum ein reines, vollkommenes Gefühl war, und dieser Gedanke tat ihm gut.

# 10

Ingrids erste Handlung hatte darin bestanden, sich und ihr Heim über die Grenze zu bringen, nach Schweden. Dort war alles besser. Der Meinung war sie schon immer gewesen, dass in Schweden alles besser war. Zumindest war alles billiger. Ihr Krankengeld würde in Schweden länger reichen, zugleich verstand sie die Sprache und konnte dort zum Arzt gehen.

Sie fuhr nach Strömstad und stellte ihr Auto am Hafen ab. Im ICA-Supermarkt kaufte sie Mineralwasser und Salat mit Thunfisch. Sie setzte sich ins Auto und aß, dabei betrachtete sie die Passanten. Anschließend legte sie sich hinten ins Auto und ruhte ein wenig. Leute gingen vorbei und unterhielten sich, wie Menschen sich unterhalten, wenn sie davon ausgehen, dass keiner sie belauscht, und Ingrid stellte sich vor, sie wäre eine Schildkröte und das Auto der Panzer, in den sie sich zurückzog. Es begann zu regnen, der Regen peitschte gegen das Auto und verscheuchte die Menschen von den Straßen. Aber sie war immer noch hier und trotzdem trocken und warm.

Am nächsten Morgen kaufte sie sich Knäckebrot und Schmelzkäse in der Tube. Da sie nur das kaufte, was sie direkt essen konnte, brauchte sie keinen Kühlschrank. Sie fuhr über schmale Feldwege am Meer. Sie besorgte sich Eier und briet sich auf dem Primuskocher ein Omelett, saß auf dem

Klappstuhl und aß, während sie die Boote, die Herbstsonne, die im Wasser glitzerte, und die Bündel von Fischernetzen betrachtete, die auf den Stegen lagen.

An den folgenden Tagen kam es vor, dass sie an diesen kleinen Orten übernachtete, aber in der Regel fuhr sie zurück nach Strömstad und verbrachte dort die Nacht. Draußen in der Natur zu sein, hatte ihr immer Angst gemacht, sie fühlte sich sicherer mit Häusern und Straßenlaternen um sich herum, Umgebungen, die von Menschen geprägt worden waren.

Sie schloss eine einwöchige kostenlose Probemitgliedschaft in einem Fitnessstudio ab, und nachdem sie sich fast einen Monat lang mit lauwarmem Wasser in ihrer weißen Waschschüssel gewaschen hatte, erschien ihr das Duschen wie ein Wunder. Warmes Wasser, das über ihren Körper lief, war ein unfassbarer Luxus. Jeden Morgen setzte sie sich aufs Trimmrad, und anschließend gab es ein kostenloses Frühstück. Ingrid rechnete aus, dass sich eine Mitgliedschaft allein wegen des kostenlosen Frühstücks mehrfach auszahlen würde.

Sie parkte ihr Auto in Strömstad immer wieder um und schlief nie mehr als eine Nacht am selben Ort. Doch bald würden ihr die möglichen Stellplätze ausgehen, und wenn der Winter kam und die Touristen verschwanden, wäre sie viel zu sichtbar in der kleinen Stadt.

Irgendwann fuhr sie in Richtung Süden, nach Lysekil. Zu dem Zeitpunkt war sie seit vier Wochen in Strömstad und stellte sich vor, dass Lysekil ein Ort sein könnte, an dem sie vier weitere Wochen verbrachte, so würde sie sich die schwedische Küste entlanghangeln, von einem Ort zum nächsten, immer nach Süden.

Doch als sie an dem einsamen Hafen in Lysekil entlang-
fuhr, der voller Pizza- und Dönerläden war, hätte sie am
liebsten kehrtgemacht und wäre zurück nach Strömstad gefahren. Trotzdem hielt sie am Stadtrand und machte einen
Spaziergang am Meer. Nach einer Weile kam sie zu einem
modernen Restaurant, das an einem der Anleger lag. Sie trat
ein. Das Restaurant war halb voll, die Abendsonne schien
durch die großen Fenster, und es roch nach Fisch und Knob-
lauch. Sie setzte sich an einen freien Tisch am Fenster und
bestellte sich die Spezialität des Restaurants, das «Hummer-
menü» mit den dazugehörigen Weinen, das ihr aktuelles mo-
natliches Essensbudget auf einen Sitz verschlang. Am nächsten Morgen würde sie überlegen, wie es weitergehen könnte.
Sie konnte tun und lassen, was sie wollte. Hier hatte sie alles,
was sie brauchte. Jan wohnte in ihrem Haus und kümmerte
sich um die Söhne, den Garten, um Ulla und Jørgen. Bald
hätte Hanne ihre Wohnung verkauft, so dass Jan sie auszahlen konnte, und Ingrid könnte sich eine Wohnung zulegen,
die sie vermietete und die ihr ein stabiles, erneuerbares Leben ermöglichen würde, ein Leben, das sich nicht aus irgendwelchen Reserven finanzierte, sondern von Monat zu Monat
erneuerte, ein Leben, das sich von den Abgasen ihres früheren Lebens ernährte.

Sie aß Hummersuppe und lauschte den Gesprächen um
sich herum. Die Stimmen schwollen zu einem Brausen an,
und es schien, als würde sie ihre Batterien aufladen, nicht nur
mit Essen und Wein, sondern auch mit Gesellschaft, obwohl
sie mit niemandem sprach. Mit jedem Atemzug sog sie Luft
ein, die durch die Lungen der anderen Gäste gegangen war,
Luft, die die Herzen der anderen zum Schlagen gebracht
hatte.

Nach dem Essen könnte sie bezahlen und nach Hause gehen, auf dem Fahrersitz Platz nehmen und noch ein wenig Autoradio hören, bevor sie nach hinten kroch und sich schlafen legte. Vor zehn Uhr schlief sie ein, und schon um fünf am nächsten Morgen war sie auf dem Weg nach Süden. So machte sie weiter, bis sie die äußersten Grenzen des Geltungsbereichs der Europäischen Krankenversicherungskarte erreicht hatte.